活在日本的鲁迅

赵京华 著

生活·读书·新知三联书店

Copyright © 2022 by SDX Joint Publishing Company.
All Rights Reserved.

本作品版权由生活·读书·新知三联书店所有。
未经许可，不得翻印。

图书在版编目（CIP）数据

活在日本的鲁迅 / 赵京华著. —北京：生活·读书·新知三联书店，2022.4（2024.1 重印）
ISBN 978-7-108-07337-2

Ⅰ.①活… Ⅱ.①赵… Ⅲ.①鲁迅研究 Ⅳ.①I210

中国版本图书馆 CIP 数据核字（2021）第 251522 号

策划编辑	叶　彤
责任编辑	周玖龄
装帧设计	蔡立国
责任校对	张　睿
责任印制	董　欢
出版发行	生活·讀書·新知 三联书店
	（北京市东城区美术馆东街22号 100010）
网　　址	www.sdxjpc.com
经　　销	新华书店
印　　刷	北京隆昌伟业印刷有限公司
版　　次	2022年4月北京第1版
	2024年1月北京第2次印刷
开　　本	635毫米×965毫米 1/16 印张 16
字　　数	178千字
印　　数	4,001-6,000册
定　　价	59.00元

（印装查询：01064002715；邮购查询：01084010542）

目 录

导论　思想论坛的重要标尺 …… 1
　　如何认识战后日本的鲁迅论 …… 1
　　绝望反抗的民族文学 …… 5
　　战斗的人道主义者 …… 16
　　创造"东洋的故事新编" …… 29
　　东洋思维的复权与中日文学同时代 …… 40
　　结语及本书构成 …… 45

第一章　民族自我反省和思想的抵抗线 …… 51
　　竹内好：战后日本鲁迅研究的开创者 …… 51
　　《鲁迅》的预设主题与历史语境 …… 54
　　"东洋的抵抗"与"作为方法的亚洲" …… 59
　　"民族问题"与思想的抵抗线 …… 67

第二章　"政治与文学"关系阐释架构中的鲁迅 …… 77

"政治与文学"关系论争的思想史背景 …… 77
　　丸山升："革命人一元论"鲁迅观 …… 81
　　竹内芳郎的"被压迫民族文学"说 …… 89
　　丸山升的实证方法与国际主义视野 …… 98

第三章　战士之"流动的哲学"与诗人的"向下超越" …… 101
　　木山英雄：以《野草》为中心的鲁迅论 …… 102
　　周氏兄弟的"文学复古"与"文学革命" …… 110
　　"无方法"的方法与对象的历史化 …… 117
　　伊藤虎丸：从"预言的文学"到"赎罪的文学" …… 119
　　亚洲的"个"与主体性的建构 …… 126
　　鲁迅思想文学的"向下超越"特征 …… 131

第四章　材源考的文化比较学与"鬼"之民俗学视野 …… 139
　　日本消费社会的到来与思想学术的转型 …… 139
　　北冈正子：实证方法与文化比较研究 …… 144
　　历史还原与青年鲁迅形象之重塑 …… 150
　　丸尾常喜：作为文学生成契机的耻辱与恢复 …… 157
　　鲁迅文学结构中的传统土俗世界 …… 162
　　"鬼"世界研究的学术史意义 …… 169

第五章　后现代语境下鲁迅研究的新视角 …… 175
　　藤井省三：社会史视野下的鲁迅与俄罗斯文学 …… 175
　　文学阅读史与意识形态分析 …… 184
　　代田智明：结构叙事学的分析视角 …… 189
　　开放的、内含社会政治的文本细读 …… 195

第六章 《野草》研究的两种路径与一条副线 …… 205

  战后日本《野草》研究的独特成就 …… 205

  文本内部研究的两种路径 …… 209

  文本外部关系研究的副线 …… 219

  战后日本《野草》研究遗留的课题 …… 222

结语 "东亚鲁迅"的世界意义 …… 227

  中日两国迟到的交流及其可能性展望 …… 227

  "东亚鲁迅"的世界意义 …… 235

附录 战后日本鲁迅研究书目一览 …… 239

后记 …… 243

导论

思想论坛的重要标尺

——战后思想史语境中的日本鲁迅论

如何认识战后日本的鲁迅论

鲁迅与日本渊源深厚，这不仅是指他有七年之久的留日经历且这段经历深刻影响了其思想的定型和文学理念的生成，包括后来他与日本各界种种或深或浅的交往关系，还意味着日本人对这位特异的中国文人有着长期持续的关注，并在特定的时期里使其成为本国思想论坛的一个焦点，从而激发了几代知识者的观念想象力。就是说，"鲁迅与日本"这一议题是个双向流动的关系结构，包含着鲁迅生前对日本的深深介入和死后日本人对他的诚挚接受。这本身构成了一个不同民族间跨文化交流与互鉴的典型案例，其传播的外在条件和接受的内在动因都值得关注。在我看来，这同时也映现出一段中日思想文化间特殊的东亚同时代史，它对于我们重新认识鲁迅及中国革命的20世纪史，以及战后日本的思想历程，同样重要。

这里，所谓"特定的时期"指1946年至1976年的三十年间，即日本社会激烈动荡的"战后民主主义"时期。1945年决定性的战败造成了深刻的历史断裂，日本人从帝国土崩瓦解的废墟上猛醒过来,在反思自身走向殖民侵略战争的近代史的同时,开始谋求民族、国家的复兴和基于个体独立的民主社会之重建。这是一个凤凰涅槃式的"第三次开国"(丸山真男)的时刻,几代日本知识者带着切肤之痛重新思考明治维新以来的现代化进程,在此,他们注意到长期被忽视甚至蔑视的另一个思想资源,即经过反抗殖民压迫和艰苦卓绝的社会革命而实现了民族解放及另类现代化的中国,发现了其精神代表——鲁迅。

鲁迅在战前就曾受到一部分日本文人学者的关注。在其死后,日本出版了《大鲁迅全集》(改造社,1937),而且还有相关的生平传记(小田岳夫,1941)、思想传记(竹内好,1944)乃至小说创作(太宰治《惜别》,1945)等问世。1980年以后,鲁迅作为外国文学家在日本的学院中也得到相当出色的研究,这些研究形成了独自的学术传统。但是,与这前后两个时期不同,在上述"特定"的三十年时间里,鲁迅不但是学院里的科学研究对象,更是思想论坛中的一个焦点乃至特别的精神标尺。日本知识界将鲁迅推到由思想、文学、历史等问题构成的思考场域的中心。例如,思想观念上的个人与国家、主体与他者、知识分子与社会改造,文学上的政治与文学的关系、写实主义与现代(超现代)主义、人道主义与东西方现代性,近代史上的传统与现代、殖民主义与民族主义、日本的战争与中国的革命,等等。就是说,近代以来日本知识者所遇到的种种思想难关,通过对鲁迅的阅读和阐发而得到深度思考,鲁迅及革命中国成为战后日本思想界价值判断的一个重要标尺,有力地改变了明治维新以来一切"以西洋文明为标准"(福泽谕吉)的思考惯性。鲁迅深深嵌入当代日本的内部,成为内在化于战后思想史的"他者"。

日本殖民扩张的失败与中国革命的成功建国，这样一种发生在20世纪中叶的结构性历史逆转，无疑是战后日本知识者密切关注鲁迅的重要社会语境；同为东亚地区的成员，在历史文化传统上相通而于各自社会条件下谋求现代化发展，日本只能产生人道主义式的文学或"优等生"文化，而中国却能够孕育出在不断抵抗中获得主体性的民族文学，这无疑也是日本知识者重视和敬佩鲁迅的文化要素。我在这里要进一步追问的是：第一，日本人在怎样前后关联的思想课题讨论中持续关注到鲁迅文学内面的精神特质，这些思想课题如何激活了在中国可能因理所当然而熟视无睹的鲁迅思想精神的某些内核；第二，战后三十年间日本前后关联的思想课题本身构成一个怎样的与20世纪世界史课题息息相关而又具有日本和亚洲独特性的问题系列和逻辑结构，在这个体系结构的内部鲁迅的思想文学是如何得到了系统化乃至创造性的阐发；第三，日本知识者是以怎样的方式将鲁迅推到战后思想论坛的中心，使其发挥了独特的精神启示力量和世界意义的。

"二战"后日本知识界自觉不自觉地形成了一个鲁迅逝世逢十纪念的传统。首先，1946年思想家竹内好发出第一声纪念——《关于鲁迅的死》，并通过后续文章《民族主义与社会革命》等将民族独立和主体建构的问题推向思想界，而历史学家石母田正《关于母亲的信——致鲁迅与徐南麟》则进一步把被压迫民族的问题引入研究，由此提出重构日本史的亚洲视角。其次，1956年文学家中野重治《某一侧面》及其前后的纪念文章，对如何在贯穿日本近代文学史的"政治与文学"关系论争结构中讨论鲁迅文学的人性基调和高度政治性特征提出自己的看法；而文化评论家竹内芳郎又将"政治与文学"关系转换成

"革命与文学"问题而使讨论得以深化。第三，1966年正处在全球爆发反越战抗议、社会政治运动达到高潮而"68年革命"即学生造反运动山雨欲来之际，由引领战后民主主义文学的新日本文学会主办的"鲁迅与当代"系列讲演，将思考带入个人与社会、传统与现代等当代世界面临的重大问题中来；戏剧家花田清辉则将这些议题转换成文学的现代与"超现代"（反现代或后现代）问题，用荒诞派手法成功改编《故事新编》而对鲁迅文学提出了独特阐释。第四，1976年，随着日本大众消费社会的到来和激进政治季节的结束，思想论坛上内涵丰富的鲁迅论也迎来落幕时刻，新锐出版机构青土社的杂志《Eureka[1]诗与批评》推出名为"鲁迅：东洋思维的复权"的大型特辑，在中日文学同时代的总题目下展开讨论，这仿佛是战后民主主义时代"落幕"前一个意味深长的纪念。

对于一位当代的外国作家要逢十纪念，的确是一个罕见的事态。这或许就是日本知识者在战后将鲁迅推向思想论坛中心的方式之一。因此在这里，我将以上述战后三十年间思想论坛上被言说的鲁迅为观察对象，通过整理和辨析逢十纪念的日本各领域知识者的相关论述，尽力挖掘其问题意识背后的思想史脉络及其前后的逻辑关联，以复原活跃于战后日本思想论坛中的那个鲁迅。当然，这些纪念活动并不能反映战后日本人对鲁迅思考的全部，也不是日本知识者将鲁迅推向思想论坛中心的唯一方式，但这个系列纪念活动还是能够大致呈现社会变迁导致的思想主题和问题意识的演进路线。例如，从反省战争的失败到谋求民族主体的重建，1950年代的思想议题主要集中在民

---

[1] Eureka是古希腊语，意为"发现自我"。

族独立和国家再造上面；反对《日美安保条约》的斗争和大规模社会抗议运动的兴起，导致国家民族问题开始转向社会建构，与市民社会紧密关联的个人与集团、知识者与大众等关系问题成为1960年代的思考焦点；1970年代前期，在"政治的季节"过去之后，人们猛然发现社会已然跨入大众消费时代，传统与现代、自我与他者、中日文学同时代性等开始再次受到关注。至于那个挥之不去的"政治与文学"关系的论争，则是贯穿战后日本三十年始终的基本母题，从思想的深层连接起民族国家、个体社会、传统现代、存在虚无等彼此交错的思考链条。而在这个日本战后思想主题的系列演进中，有中国作家鲁迅的深深介入。

绝望反抗的民族文学

1946年，鲁迅逝世十周年。对日本而言，这是一个怎样的时刻呢？

1945年日本的惨败导致其面对有史以来不曾有过的国土被占领和主权的丧失，占领者美国则将日本视为新殖民主义的"试验场"。所谓"新殖民主义"，即面对"二战"前后"反帝""解殖"的世界大潮和旧殖民体制行将退出历史舞台的局面，美国开始采取以"结盟"形式在对方国家建立军事基地、以"平等伙伴"名义与其缔结外交关系并通过经济援助实现干预和控制的世界战略——一种新的"不拥有殖民地的帝国"主义。从1945年的联合国盟军占领到1952年《旧金山和约》签署生效，中间经历了历史性的东京审判和冷战骤起导致的美国对日政策的转变，日本人特别是知识阶层经历了天翻地覆的精神历练，从日共盛赞美军为"解放军"到日本需要"全面媾和"还是"单方面媾和"及有关日美军事同盟的激烈论争，人们强烈意识到民族独立的危机和新殖民主义的压迫。

而在亚洲地区，伴随东西方冷战的兴起出现了反帝反殖运动的高涨及第三世界的崛起。"二战"结束不久的1947年，美国总统杜鲁门宣布外交政策新原则——美国外交必须支持那些正在抵抗少数派武装集团的自由民族，并通过"马歇尔计划"支援欧洲战后的经济复兴。同时，通过朝鲜战争助推日本和东南亚的经济复兴。这在苏联看来乃是美国遏制社会主义并构筑反苏基地的举措，故于1949年开始实施"莫洛托夫计划"以向东欧国家提供援助。由此，以美苏两个霸权国家为代表的东西方两大阵营紧张与缓和交替循环的冷战结构形成。历史的吊诡在于，超级大国称霸世界的冷战并没有阻碍亚洲特别是南亚、东南亚"二战"后波涛汹涌的民族独立和殖民地解放大潮。随着1945年日军从广大亚洲地区撤退，暂时填补这个制度空白的是旧殖民地宗主国重返该地区成为统治者，这激起了人民大众的激烈反抗。1947年印度宣布独立，1954年签署《印度支那停战协定》、法国军队撤出该地区，东南亚的民族解放初战告捷。包括之前的中国台湾的光复和朝鲜半岛的解放及中国革命成功建国，到了1955年万隆"亚非会议"的召开，亚洲民族主义已然成为新的典范，并内含着突破冷战格局的契机。

在这个过程中，法国学者阿尔弗雷德·索维于1952年提出的"第三世界"一词，成为冷战时期经济欠发达国家为表示自己不从属于北约或华约任何一方而用以界定自身的概念。上述亚洲地区的发展作为东西方冷战之外的"第三势力"，迅速受到日本进步知识界的瞩目。近代主义与民族问题、亚洲民族主义、国民文学论争等成为1950年代前后的思想焦点。1949年新中国的成立对日本的冲击尤其巨大，中国革命成为民族解放与社会改造相结合的健全民族主义的新样板。而冷战格局中，西方阵营对中国革命及共产主义的警惕与批判，也影响到日本国内"民族问题"的讨论。

例如，1950年10月，太平洋国际关系学会[1]在印度勒克瑙举行题为"亚洲的民族主义及其国际影响"的第十一次年会，日本也派出了代表团。丸山真男提交了《战后日本民族主义的一般考察》的讨论资料。此时，正是南亚、东南亚民族解放运动波涛汹涌，东亚的中国革命成功建国和朝鲜战争爆发之际。因此，亚洲民族主义问题成为会议主题。会上针对中国革命的评价问题形成了欧美与亚洲两种不同的态度，亚洲各国看到了民族主义的胜利，而欧美学者则感到了共产主义的威胁。人们视国民党的溃败为作为西方帝国主义工具的国民政府之败北，而共产党的胜利则被视为中国人民从帝国主义压迫下获得解放而实现了民族自由。这次年会及其议题也在日本国内引起了不小的反响，岩波书店及时出版了《亚洲的民族主义——勒克瑙会议的成果与课题》（1951）。《中央公论》则两次刊发"亚洲的

---

[1] Institute of Pacific Relations，简称"太平洋学会"。该学会为1925年在美国创立的以研究亚洲和日本为主的国际性研究机构，因培养出中国研究专家欧文·拉铁摩尔和日本政治史学者哈弗·诺曼等著称于世。成立之初有美国、中国、日本、加拿大、澳大利亚和新西兰等十余国学者参加，1950年代主要成员受到美国麦卡锡主义迫害，学会遂于1960年解散。该学会每两年举行一次年会。最初的两次年会在美国檀香山，第三次在日本，第四次在中国上海，第五次在加拿大，第六次在美国加州举办。

民族主义"新年特辑（1951、1952），突出反映了当时日本知识者的两种倾向：一种是从美国的冷战战略角度观察日本，另一种是维持中立的亚洲立场来看日本的民族主义。其中，丸山真男和远山茂树对中国民族主义的肯定，成为竹内好讨论日本"民族问题"的重要背景。[1]

竹内好（1910—1977）是以思想家的身份持续关注鲁迅，并将"中国作为方法"引入战后日本思想论坛的重要人物。有关他的鲁迅研究需要另做整体的系统化分析，这里仅就战后三十年间特别是在1950年代前后，他是如何把鲁迅主题化并推向思想论坛中心的略作阐述。我们知道，竹内好早在战火纷飞的1944年就出版了《鲁迅》一书，1946年该书再版，成为战后日本鲁迅研究的第一块基石。这一年，也是鲁迅逝世第一个十年纪念，再版无疑具有"纪念"的意味。而竹内好在祭日当月发表的《关于鲁迅的死》则可以说真正发出了战后日本纪念鲁迅的第一声。[2] 1956年，他又作《鲁迅的问题性》《鲁迅的读者》和《鲁迅的思想与文学——理解近代的线索》[3]等，积极推动了日本鲁迅纪念活动的传统之形成。如果把这十年间所发表的其他重要文章，如《何谓近代》（1948）、《民族主义与社会革命》（1951）和《近代主义与民族问题》（1951）等作为一个系列来看，则可以清晰地看到他把讨论从文学家的"诚实性"问题，逐渐推进到中日文学的现代性乃至两国现代化比较的深

---

[1] 参见佐藤泉《1950年代：批评的政治学》，中央公论新社，2018年，第55页、第70—77页。

[2] 竹内好《关于鲁迅的死》，载1946年《朝日评论》10月号。

[3] 分别载于1956年10月19日《西日本新闻》、岩波书店《文学》1956年10月号"鲁迅特集"和丸善书店《学灯》1956年12月号。

层这样一种不断将鲁迅主题化的思考路径。

《关于鲁迅的死》开篇讲到鲁迅逝世前夕所作《我要骗人》和稍早的《内山完造〈活中国的姿态〉序》两文，就其对中日关系抱有绝望与希望两种态度，竹内好强调"不幸的黑暗日子结束了"，今天的我们排除干扰去实现鲁迅对中日两国"相互理解"的希望，"才是最正确的纪念方法"。这个"相互理解"是竹内好为日本战后鲁迅论确立的高远目标，也确实得到了踏实的实践。文中还以"两个口号"论争为例，阐发鲁迅政治立场的明快、坚持从实践出发的行动力以及其思想文学精神上的"诚实性"特征。如果参照竹内好《鲁迅》一书，则不难发现这里所强调的文学家之"诚实性"，乃是对此前"启蒙者鲁迅"之"纯真"性和"朴素之心"观点的继承和深化[1]，而对战斗精神的阐扬和对中日两国"相互理解"的未来期待，则是跨越了历史巨变后竹内好的新思考。

这是一篇平实、诚挚的纪念文章。而将鲁迅深深引入战后日本思想论坛中的，则是两年后发表的《中国的近代与日本的近代——以鲁迅为线索》。[2]该文基于西洋对东洋的扩张导致东洋的"近代"这一基本命题，从中日两国现代化的差异入手进行文化类型比较，目的在于反观和批判日本的失败，而思考的参照和标尺就是鲁迅。竹内好通过对《聪明人和傻子和奴才》的独特解读，构建起一个对比的二元关系：一方是以觉醒的奴隶为历史主体的从被压迫走向抵抗，在抵抗中构筑自我主体性，

---

[1] 参见《鲁迅》序章"关于生与死"，创元社，1944年。
[2] 载《东洋文化讲座》第3卷"东洋的社会伦理"，东京大学东洋文化研究所编，白日书院，1948年。后收入文集时，改题为《何谓近代》。

最终实现了自身之现代性变革的中国;另一方是以虚幻的主人为主体的从被压迫走向顺从,在顺从中丧失自我主体性,最终成为"什么也不是"的西方附庸之日本。我们知道,关于鲁迅这篇寓言的寓意和人物所指,历来说法不一,竹内好认为,那个觉醒的奴隶与作者鲁迅是重叠在一起的。这"奴隶拒绝自己为奴隶,同时拒绝解放的幻想,自觉到自己身为奴隶的事实却无法改变它,这是从'人生最痛苦的'梦中醒来之后的状态……他拒绝自己成为自己,同时也拒绝成为自己以外的任何东西。这就是鲁迅所具有的,而且是使鲁迅得以成立的'绝望'的意味。绝望,在行进于无路之路的抵抗中产生,抵抗,作为绝望的行动化而显现。把它作为状态来看就是绝望,作为运动来看就是抵抗"。[1] 至此,一个绝望而抵抗的鲁迅,进而一个在抵抗中实现了民族现代性变革的"中国"得以建立,成为批判近代日本和西方的一个思想标尺和逻辑原点。在此,竹内好一改本国思想界用"先进的欧洲"经验来观察日本的主流观点,开拓出借"鲁迅的中国"及其现代化经验来质疑日本现代性的思想批判方式。如果考虑到"二战"以后美国现代化理论和亚洲研究中的"冲击-反应"说还没有出现,更不要说1970年代后以萨义德为代表的后殖民理论,那么竹内好的上述观点无疑具有独创性和理论批判的深度。这篇与战后日本代表性思想家丸山真男的《极端国家主义的逻辑与心理》(1946)一样产生了广泛社会影响的文章,在给战后思想论坛以巨大冲击的同时,也将鲁迅成功带入了日本关于现代性的讨论,而在逻辑上这个

---

[1] 竹内好《近代的超克》,孙歌编,李冬木、赵京华、孙歌译,生活·读书·新知三联书店,2005年,第206页。译文略有改动,后不一一标注。

议题已然包含了更为关键的民族主义问题。

竹内好于中日现代化比较的逻辑框架下提出"民族"问题，是在太平洋国际学会召开勒克瑙年会的1950年。分别发表于该年7月和10月的《民族主义与社会革命》和《近代主义与民族问题》两文，以"二战"后世界秩序的剧变和亚洲民族主义的兴起为背景，针对如何对待日本内部的"国民文学"，即明治维新以来包括"日本浪漫派"在内的民族主义的问题，表达了与"近代文学派"和左翼论坛主流大不一样的观点。《民族主义与社会革命》在肯定丸山真男中日现代化模式的比较和日本民族主义失去"处女性"的观点的同时，又沿着历史学家远山茂树所提示的存在着"进步与反动"两种民族主义[1]的看法而向前推进思考。竹内好认为，与中国现代文学传统中始终贯穿着的"良性的民族主义心情"相比，日本近代文学总体上表现出一种恶性的民族主义。但实际上，明治维新时期也有着与中国一样的作为"心情"的朴素民族主义和亚洲主义传统，这可以作为重建当下日本与亚洲相关联的民族独立意识的资源，即"从反革命中提取出革命"的良性民族主义文学。正如文章最后所示，这种思考直接源自鲁迅的启示："中国的人民文学表现出来的革命能量之丰富性的确为人震惊，但它并非一朝一夕所形成的，而是在反革命中把握到革命的契机，即在清末以来改革者们的努力之下完成的，其中的典型就是鲁迅。因此，鲁迅的抵抗才是我们今天应当学的。"从反抗绝望的鲁迅看到中国被压迫民族文学中的良性民族主义，竹内好的思考从中日现代化比较的原点上又向前推进了一大步。

---

[1] 远山茂树《两种民族主义的对抗》，载《中央公论》1951年6月号。

这里提到的"中国的人民文学……",是针对当时从新日本文学会分化出来的"人民文学派"只关注新中国成立前后的"人民文学"而不了解其背后长期积累下来的民族反抗精神而言的。《近代主义与民族问题》则主要针对"近代文学派"回避思考"民族"问题的倾向。竹内好的基本观点是,自白桦派以来的日本近代文学基本上是在抛弃了"民族意识"的情况下发展来的,不是在"对决"中积极地"扬弃"而是简单地"抛弃",结果被抛弃的"民族意识"必然伺机反抗,而为法西斯主义所"唤醒"。实际上,明治初期的民族主义呼声原本具有与亚洲各国"正确"的民族主义相连的性质。然而,亚洲尤其是中国的民族主义与社会革命紧密相连,"但在日本,由于社会革命疏离了民族主义,受到摒弃的民族主义者只好选择与帝国主义相勾结的道路而走向极端化。这就是所谓'失去处女性'(丸山真男)之说"。不可能有不植根于民族传统的革命,也不可能有不植根于民族的文学,中国现代文学的发展就是明证。此文的发表,引发了竹内好等与"近代文学派"之间的"国民文学论争"。

竹内好所言丸山真男中日民族主义比较的观点是这样的:晚清中国"由于未能通过改组统治阶层的内部结构以实现近代化,中国于是便受到包括日本在内的帝国主义列强势力的长期深入的渗透,但是这反过来又不容分辩地给反抗帝国主义统治的民族主义运动布置了一项从根本上变革旧社会及旧政治体制的任务。旧的社会统治阶层为避免灭亡,必然会或多或少地与外国帝国主义相勾结,走上所谓'买办化'的道路,所以他们当中不可能兴起反帝国主义的民族独立运动。旧统治机构与帝国主义的媾和往往会不可避免地引起民族主义与社会革命的结合。在此恐怕没有必要追溯从孙文开始经过蒋介石直到毛泽东的一系列革命过程。不过，这种民族主义与革命的内在结合在今日的中国自然显得最为典型，而其实它也出现在印度、法属印度支那、马来亚、印度尼西亚、朝鲜等除日本以外的亚洲民族主义当中，可以说构成了这些国家民族主义多少相通的历史特征"。[1]

丸山真男的论述严整而逻辑思辨性强，他以是否与社会革命相结合为判断民族主义正当性和健全性的标准，得出亚洲特别是中国的民族主义为成功"典型"的结论，并强调在亚洲唯独日本的"民族意识"未能与社会革命相遇，反而被帝国主义所利用，故日本的民族主义已然丧失了"处女性"。战后日本需要警惕的是右翼民族主义的死灰复燃，这种民族主义不可能实现与亚洲各国真实的民族主义的连接。[2]竹内好认同丸山真男的中日现代化模式比较，也接受他对日本民族主义已经丧失纯洁性的悲观看法。不同之处在于，竹内好坚持要"从反革命中提取出革命"的良性民族主义，至少在日本国家走上帝国主义道路之前的明治初期有可以挖掘并为今日所用的思想资源。我认为，现代民族国家的形成必须依赖国民意识的发生，国民意识的培养离不开民族主义的推动。战后日本的国家重建同样需要新的民族主义，因此竹内好提出重估明治维新以来的民族主义这一课题，不能不说有更深刻的思考。虽然，这"从反革命中提取出革命"要素的工作，

---

[1] 丸山真男《现代政治的思想与行动》，陈力卫译，商务印书馆，2018年，第156页。

[2] 参见《日本的民族主义》(1951)，收入《丸山真男集》第5卷，岩波书店，1995年。

本身包含着思想的冒险（如他 1959 年所作《近代的超克》对战争二重结构的错误认识）。

竹内好是活跃于 1950 年代日本思想论坛的重要人物之一，他善于在流动的状态中发现议题并通过论争将其主题化。他一方面对日共及其指导下的新日本文学派多有批评，同时对战后文学的另一个主流即"近代文学"群体以西方为标准的"近代主义"立场进行批判，这常常使他成为论争的焦点人物。这时，在竹内好手中被运用到极致的中国革命和鲁迅资源也便会引起人们的关注。1956 年，鲁迅逝世二十年。竹内好发表的《鲁迅的问题性》《鲁迅的思想与文学——理解近代的线索》两文，同样具有这样的性质。前者，在西方现代化的对立面上确立鲁迅所代表的中国革命之现代化意义。"近代化无疑是借助西欧的力量实现的，而且它赋予了人类各种各样的价值。但是，西欧式的近代化归根结底必须肯定殖民地制度。人道主义无法解决殖民地问题。这是西欧式近代化的盲点，它妨碍近代化的自我贯彻。"中国则通过尝试解决这一问题而推动了自身的现代化。鲁迅的基本思想命题之一是"奴隶和奴隶主都是不自由的"，如果不根除统治与被统治关系，自由就不会实现。这一"自由"观念不可能直接得自西欧式现代化。鲁迅所代表的中国现代化一方面与马克思主义民族理论相结合，另一方面直接联系着万隆会议精神。遗憾的是，这样一种"鲁迅的问题性"为战前乃至今天的日本所忽视。例如，"近代文学派"的荒正人就认为：日本没有产生鲁迅式的文人乃是一种幸运，因为"中国的近代化是特殊的、有一定欠缺的"。他依然只承认西欧的现代化为现代化的唯一模式，是人类必经的过程，而竹内好强调："近代化问题必须更加多元地且在全人类范围内思考。这正是鲁迅为今天的我们提出的课题。"[1]在后一篇文章中,竹内好进一步对荒正人提出尖锐批评:他只是在量上区别东西方现代化的差异,没有意识到亚洲的现代化与西方存在"质"的差异。至于说"鲁迅的文学是前近代的或只有少量近代性"的,则更是荒正人的错误所在。虽然,竹内好对"近代文学派"不满于当时日本进步阵营"中国一边倒"的情绪表示理解,但强调应该在现代化比较中对鲁迅及中国革命加深认识。

在日本战后最初的十余年间,由于竹内好等人的努力,鲁迅与中国革命在思想论坛上获得了广泛的认知,相关的讨论远远超出了中国研究乃至文学领域。这里,仅举在历史学界开拓了战后新史学的石母田正一例来看。石母田正(1912—1986)运用唯物史观重建史学,他的特色在于通过对朝鲜近代史的发现而获得了对"民族意识"重要性的理解,这又补充了马克思主义史学薄弱的部分。正如竹内好通过鲁迅和中国革命发现了日本的现代化及民族主义的问题所在,石母田正经由朝鲜民族抵抗的近代史而意识到"民族"在历史学中的重要性,并最早将"亚洲视角"引入日本史研究。

对日本殖民统治下朝鲜"三一运动"的持续关注,使石母田正形成了一个由俄国革命为先导的东方革命世界史架构,而其中民族解放乃是历史的发展动力。正如列宁所指出的,1905年在俄国开始,经由土耳其、伊朗和亚洲的南部逐渐向东方移动,最终在中国完结的这场革命运动,确实形成了一种历史波动。而在石母田正看来:"这一历史波动从1917年的'十月革命'开始,接着波及1918年的日本'米骚动'、1919年的朝鲜

---

[1] 竹内好《鲁迅的问题性》,收入《竹内好全集》第2卷,筑摩书房,1981年。

'三一运动'和同年中国的'五四运动',这三次巨大的民众运动从北方画出了一条弯曲的弧线。"[1]他在战后初期导入历史学的亚洲视角,而其历史想象力的灵感则来自朝鲜和中国。在《关于母亲的信——致鲁迅与徐南麟》一文中,他提到自己读了竹内好所译的鲁迅的《为了忘却的纪念》而感动,又由于鲁迅的关系对德国版画家珂勒惠支产生兴趣的过程。他同意竹内好的观点,认为鲁迅作为教师对学生柔石的心情与母亲失去儿子的心情相近。鲁迅用珂勒惠支的《牺牲》悼念柔石,乃是为了柔石乡下的母亲,也为了自己。青年的死让鲁迅振作起来,成为其参与革命的动力。《牺牲》所表达的为战争奉献儿子的母亲之痛苦,让石母田正联想到朝鲜独立运动的诗人徐南麟,由此意识到民族的存在意义和20世纪殖民地解放的主题。而面对《旧金山合约》签署在即,日本反动势力欲出卖民族利益与美国单方面媾和的行径,他提出要像中国和朝鲜的母亲那样,日本的母亲也要起来维护和平,反抗卖国行径和民族压迫。[2]

战斗的人道主义者

1956年,鲁迅逝世二十周年纪念。

比起战后一片废墟、百业待兴的1946年,这一年的鲁迅纪念可谓丰富多彩,讨论的议题也在随形势的变化而流动着。

---

[1] 石母田正《击碎坚冰》,载《历史评论》3卷5号,1948年6月。
[2] 石母田正《历史与民族的发现——历史学的课题与方法》,东京大学出版会,1952年。

上面曾提到竹内好的一系列鲁迅纪念文章。实际上，在左翼进步势力大本营的岩波书店和日共直接指导的战后最大文学团体"新日本文学会"策划之下，纪念活动俨然形成了规模。岩波书店《文学》杂志的"特辑：鲁迅"，刊发了包括竹内好、荒正人、杉浦平明、中野重治等作者的系列文章，同时有《鲁迅选集》（13卷本）及导读性质的别卷《鲁迅案内》出版。《新日本文学》杂志10月号则刊发"特辑：鲁迅死后二十年"，其中亦可见竹内好、中野重治等人的名字。而鲁迅曾经经常购置外文书的丸善书店则举办了"鲁迅展"，竹内好11月1日在展览上做题为《鲁迅的思想与文学》的讲演。另一方面，也是在这个鲁迅纪念最成规模的1956年，《故乡》第一次被选入日本中学国语教科书（教育出版社），之后数十年又有光村图书、三省堂、筑摩书房、学校图书和东京图书陆续跟进。如果考虑到日本中学国语教科书一直由这六大出版机构所垄断，那么"可以说三十年来几乎所有日本人在中学都读到了《故乡》。这样的作家不论国内国外都在少数，鲁迅虽为外国人却成了近乎国民作家的存在"。[1]

这里要关注的是，与竹内好一样在战后倾注全力宣传、言说鲁迅，逢十纪念必有文章或讲演的中野重治。如果说竹内好是以思想评论家和中国文学专业研究者的身份而致力于鲁迅的阐发并将其深深导入日本的思想语境，那么，中野重治则是以无产阶级文学代表性作家的立场接近鲁迅的。由于他与鲁迅的特殊因缘关系，也因为其在日本近代文学史上"政治与文学"关系论争中的特殊位置，其鲁迅论更具有文学方面的洞穿力和

---

[1] 藤井省三《鲁迅事典》，三省堂，2002年，第291页。

对政治性的精湛理解。同时，作为信奉马克思主义而积极参与国际共产主义运动的日共党员，他有着鲜明的国际视野，能够在世界社会主义革命与帝国主义战争之矛盾抗争的关系结构中阐发鲁迅思想与文学的价值，并不懈地致力于在日本普及鲁迅的工作。可以说，中野重治一系列积极的鲁迅纪念活动使竹内好在战后初期重点思考的民族问题和现代化比较得以向更为广阔的"政治与文学"关系领域深化。而"二战"后世界政治的风云变幻和日共内部的思想斗争等，则成为中野重治思考的重要现实背景。

与战后最初的十年相比，1950年代的国际政治和国内环境复杂多变。从1953年朝鲜战争停战到1956年苏共二十大召开，冷战形势的发展可谓波云诡谲。美国在开始调整亚洲的冷战结构的同时，与苏联展开包括核武器开发在内的军备竞赛。而1955年在日内瓦举行的关于德国问题的美、英、法、苏四国会议则给冷战体制带来"融冰"的希望，紧张局势出现一时的缓和。另一方面，苏共二十大上赫鲁晓夫发表秘密报告《关于个人崇拜及其后果》，其"斯大林批判"在震惊世界的同时也引起了社会主义各国特别是东欧的一系列自由化波动。由于苏共迫使各国共产党表态，中国的毛泽东主持中央政治局会议进行了讨论，随后相继发表《关于无产阶级专政的历史经验》（《人民日报》1956年4月5日）、《再论关于无产阶级专政的历史经验》（《人民日报》1956年12月29日），在肯定斯大林功绩的基础上对其个人崇拜提出批评，同时强调共产党要坚持大众路线和集体领导及社会主义各国的独立与平等，反对全面否定斯大林和推行修正主义。而自1959年赫鲁晓夫访华后中苏对立激化，社会主义阵营出现分裂。这一切直接影响到日本知识界对世界格局走向的判断及对社会主义中国的态度。至于日本国内，伴随着美国亚洲政策的调整，战后保守政治体制渐趋形成。1954年，坚持在《日美安保条约》下重视经济发展而减轻军备的吉田茂内阁总辞职，迎来强调自主外交与修改宪法的鸠山一郎内阁的出场。1955年，日本社会党左右两派实现统一，并与合并后的自由民主党在国会形成保守与革新两大政党长期抗争的所谓"五五年体制"。两年后，岸信介内阁成立，在追随西方和反共路线上日趋"反动化"，最后导致1960年大规模社会反抗运动——安保斗争的爆发。

在上述国际国内形势急剧变化之下，日共的指导思想发生变化，民主主义文学界有关"政治与文学"关系的论争亦不断发酵。我们知道，日本近代思想史上"政治与文学"关系问题由来已久，始于1920年代的无产阶级文学运动在达到高潮的1928年出现"艺术之价值"论争。1930年代问题的讨论在"转向派"和"艺术派"综合而成的《文学界》（1934）上得到继续，其范围已然超出左翼文学内部而成为文艺界的普遍话题。战后则在新形势下持续燃烧，直至1980年代才偃旗息鼓。包括最初在"新日本文学派"和"近代文学派"之间的第一波，1950年代前半期"新日本文学派"与同阵营分化出来的"人民文学派"之间的第二波，以及1956年"斯大林批判"之后在马克思主义系统乃至民主主义文学阵营内外广泛展开的第三波，论争可谓波澜叠起。而作为新日本文学会[1]日共领导人的中野

---

[1] 新日本文学会创立于1945年，2005年解散。作为战后日共影响下的全国文学团体，六十年间它积极推动民主主义文学的发展，贡献巨大，培养了宫本百合子、小田切秀雄、花田清辉、野间宏、安部公房、竹内实、佐佐木基一等一大批优秀人才。

重治，始终处在论争的旋涡之中。

"近代文学派"[1]作为战后文学第一代作家群体，他们上承人道主义文学"白桦派"，中经退潮期的马克思主义熏陶，到战后则首先揭起幸福、人本、美三位一体的文学理想。他们有社会主义理想但更倾向人道主义立场，对文学与历史有一种追求"本源性"的倾向，期待"文学"这一文化领域获得独立性。[2]这样一种多元理想化的文学姿态自然与有着鲜明"党派性"的"新日本文学"群体大异其趣，故而"论争"首先在两派之间发生。1946年中野重治发表《批评的人间性》[3]，针对荒正人和平野谦的非政治之人道主义倾向展开批判。他认为，两人的作品看似是"人性"的，但那不过是以"人性"为招牌而行"非人性"和"反人性"的文学批评，在被占领状态下他们并没有对"被给予的自由"加以批判，却粉饰"反革命的文学势力"而充分暴露出其"匠人根性"。他们把帝国主义专制和反帝民主政治等同看待，不具有从人性角度思考政治问题的能力。而荒正人、平野谦则强调人性的复杂和"政治与文学"关系中"文学的特殊性质"，批判无产阶级文学运动中日共的文艺政策是以共产主义观念直接要求艺术作品，粗暴地将一个党派的任务强加给艺术创作活动。两人批判的矛头，直接指向那个战前就发挥了巨

---

[1] "近代文学派"也称"战后派文学"，因1946年创刊的《近代文学》杂志而得名，主要成员有荒正人、平野谦、埴谷雄高、本多秋五等。他们对过去的特别是日本无产阶级文学持批判态度，注重人的主体性建构。1964年杂志停刊，该文学流派也逐渐衰落。

[2] 参见久野收、鹤见俊辅、藤井省三《战后日本的思想》，岩波书店，2010年。

[3] 载《新日本文学》1946年7月号。

大威力的"政治优先、文学次之"的原则。中野重治则从维护马克思主义文学理论的立场出发，批评他们以"保卫艺术"为招牌而试图阻止艰难时世下的进步文学的发展。批评家本多秋五指出，中野重治绝非僵化的马克思主义理论家，他只是强调不能抹杀文学自然带有的政治性。[1]不过，新日本文学会的文学理念直接承袭了战前马克思主义传统，也有未能摆脱从固定观念和教条理论出发演绎的弊端。[2]

新日本文学阵营内部与"人民文学"派的争论[3]在不久之后便达成和解。此后，迎来的是一个在更大范围内的有关"政治与文学"的长期论争。受到欧洲"斯大林批判"潮流和新左翼崛起的影响，论争在民主主义文学阵营内外展开。我认为，"政治与文学"（有时以"文学与革命"来表述）在"极端的20世纪"成为一个彼此无法分离的对立统一结构。战争与革命作为政治的最激进形态对包括文学在内的整个社会文化构成全景式渗透和操控，这已非一国一地域而是具有世界性的普遍现象，是一个深层的文化政治问题。仅就无产阶级社会主义内部而言，自俄国革命前列宁《党的组织与党的出版物》（1905）发表，革命后苏联文艺政策出台和托洛茨基《文学与革命》（1923）诞生以来，"政治与文学"的关系形成了两大焦点。一个是政党政治

---

[1] 参见本多秋五《物语战后文学史（下）》，岩波书店，1992年，第248页。
[2] 参见本多秋五《物语战后文学史（上）》，岩波书店，1992年，第53页。
[3] 实际上是因受到1950年苏联－欧洲"共产党和工人党情报局"发表的批判日共路线的《关于日共的情况》的冲击，而于日共内部出现以德田球一为代表的主流派（"所感派"）和以宫本显治等为代表的非主流派（"国际派"）的对立与分裂，作为"国际派"的中野重治与"所感派"的政治分歧导致了论争。

如何创造新文学使之成为阶级革命的意识形态，另一个是新兴无产阶级如何在旧文学基础上发展新文艺以获得文化上的领导权。这是一个持续了半个多世纪而影响深远的总体性问题。日本和中国，自然都包括其中。在日本，跨越战前战后的时空而始终处于"论争"旋涡之中的中野重治，他那带有特殊经验的解读有力地激活了同样存在于鲁迅思想文学深层的"政治与文学"结构要素，其鲁迅论也自然有着特殊经验和普遍法则融为一体的面向。

中野重治（1902—1979）的一生可谓波澜壮阔[1]，作品也卷帙浩繁。谈鲁迅只是他文学写作和思想评论的一小部分[2]，但却具有典型性。竹内好曾将其视为自战前以来日本文学家鲁迅叙述的两种代表之一："一种是东洋式的虚无主义者，另一种是战斗的人道主义者。"太宰治的《惜别》代表前者，中野重治的杂感文章则属于后者。[3]的确，"战斗的人道主义"是中野重治一以贯之的立场。而在我看来，他始终从"人道"出发观察鲁迅的文学性与政治性，其文学视角是基于深厚的人性和社

---

[1] 中野重治1902年生，日本福井县人。早在东京帝国大学学习的1926年，就加入了日本无产阶级艺术联盟并被选为中央委员。1928年发表《艺术并非政治性价值》，直接参与"艺术之价值"论争。1931年加入日共后次年便遭逮捕，1934年5月"转向"出狱。战后的1945年重新入党并成为新日本文学会的主要领导者（1949—1961年担任书记长）。1964年新日本文学会第11次大会召开，因在中苏论战等国际共产主义运动和停止核试验条约问题上与日共指导部意见对立，被开除出党。1979年病逝。

[2] 大概有14篇，集中收于筑摩书房1976年开始发行的新版28卷本《中野重治全集》第20卷。

[3] 竹内好《鲁迅的祭日》（1952），收《竹内好全集》第1卷，筑摩书房，1981年。

会历史而非单纯的阶级文学,其政治视角是高度综合的唯物史观而非简单的党派性。就是说,在中野重治那里,"政治与文学"不是从观念和教条演绎出来的二元对立,而是基于艺术经验和政治感知的高度统一的辩证法。也因此,他能够从鲁迅那不免黯淡悲哀的文学世界感受到催人改革奋进的力量。中野重治从战前开始,就确立起了从中日无产阶级文学连带的视角认识"战斗的人道主义者"鲁迅的立场。战后则进而意识到,需要从日本帝国主义侵略战争导致中国民族解放与社会革命的历史逻辑关系出发,强调日本人有深入理解和研究鲁迅的特殊义务与使命,阅读和理解鲁迅也便是对日本人自身的近代史及其问题的认识。[1]

例如,1937年发表的《两个中国及其他》。中野重治注意到当时的中国存在两个政权——国民党政府和共产党苏维埃政权,而以鲁迅为核心的上海左翼文化阵营则代表共产主义进步势力,且与日本无产阶级文学运动息息相关。中日普罗文学联手实现飞跃性发展正是在这个时期,鲁迅作品被翻译到日本也在此时。基于这样的认识,他对夏目漱石、佐藤春夫以来轻视中国的叙述表示不满,提出要从中国近代史本身特别是中日无产阶级文学共同发展的视角认识鲁迅的价值、理解当代中国。1939年所作的《鲁迅传》,则借评论小田岳夫的新作《鲁迅传》而表达了自己的认识。他依据何干之的鲁迅不仅是文学家更是永远反抗之战士的观点,强调鲁迅是文学上的现实主义者,同时也是政论家,而且其政论家方面更为深刻而阔大。鲁迅对

---

[1] 参见中野重治《鲁迅先生祭日》(1949)、《某一侧面》(1956)、《鲁迅研究杂感》(1967)等。

"政治与文学"关系的论述，不仅可以与作为日本近代文学源头的北村透谷、二叶亭四迷相比，而且他所代表的民国以来的中国文学史在规模上远远超越了1930年代的日本文学。因此，中野重治更希望日本人能够写出更加深刻而阔大的中国革命史背景下的鲁迅传记。

战争结束之后，中野重治重新入党并成为战后日本左翼文学阵营的一面旗帜。而其鲁迅纪念的第一声则是1949年10月19日在中国留日学生同学总会、明治大学东洋思想研究会等联合举办的"鲁迅祭"上所做的讲演《鲁迅先生祭日》[1]，讲演的主旨内涵如下：鲁迅是伟大的中国革命所孕育的作家，但逼迫青年鲁迅走向革命和文学的直接推手却是对中国实行帝国主义侵略的日本。也因此，日本人只要是从事文学工作的，都有对鲁迅先生做出自己的价值判断的义务。思考和研究鲁迅同时也便是认识日本帝国主义。对此，中野重治进一步提出三点思考。第一，在中国和日本同样处在时代"大转折"并试图建立两国人民之全新友好关系的今天，日本必须集合以往分散的鲁迅研究之学术力量，并将研究成果惠及广大日本民众。第二，尊敬且爱读鲁迅，就应该深入了解中国的革命。第三，鲁迅的所有作品均有一种将读者引向故乡和祖国的力量，从悲愤于故乡和祖国的惨淡黑暗中生出改革的心愿，这是鲁迅文学的一大特征。这特征也会感染不同国度的人，使他们去思考本国的状况。日本人尤其应学习鲁迅反帝、反殖民的伟大精神。

1956年10月为岩波书店《鲁迅选集》别卷《鲁迅案内》所作的《某一侧面》，更代表了中野重治战后鲁迅论的基本立

---

[1] 载《新日本文学》1949年12月号。

场——对其文学的高度政治性的认同。他首先谈到作为一个普通日本人阅读鲁迅的感受："无论遇到什么也要做正直的人。在此之上进而自己要为日本民众尽力，为了日本的工人和农民工作，为了包括冲绳人在内的日本民族的独立承担使命努力奋斗。为此要抛弃一己的利害，即使遭遇压迫和困难乃至阴谋家的诡计也要忍耐前行，即使孤立无援被包围也要战斗到底，不屈奋进。就是说，让人产生政治性战斗的感奋。在人性上非常深刻地获得感动，但又不仅仅局限于此，进而产生与恶势力斗争的欲望，进而憎恨这恶势力……通过人性而将读者引向政治上的感动，在这一点上有着鲁迅的基本性格。"[1]就是说，鲁迅很少直接触及政治议题，"他的人性化、文学性的言辞多数场合并不伴随着政治性的言辞，但却能成为痛烈的政治批判。……这是鲁迅文学特别给人以铭感的地方"。[2]这种文学的高度政治性，与近百年来中国反抗压迫的大历史息息相关，因此能够得到如瞿秋白、毛泽东等革命家的高度赞扬。[3]

战后的中野重治始终坚持在两条战线上作战，一方面是激烈抨击只有信奉而不加怀疑的近代主义文学话语，另一方面是对建立在日共党组织和政治纲领上的非人性化言辞展开讽刺批评。他不断陷入"政治与文学"关系的论争，也是这种两条战线作战的体现。《某一侧面》对鲁迅作品文学性、人性与政治性高度统一的把握，就源自中野重治自身斗争的经验。他期待向这样的鲁迅学习，以改变理论信仰和教条主义导致的文学与政

---

[1]《中野重治全集》第20卷，筑摩书房，1976—1980年，第644页。
[2]《中野重治全集》第20卷，筑摩书房，1976—1980年，第645页。
[3] 除此之外，中野重治在1956年的纪念活动中还有一篇《日本历史问题》，载《新日本文学》特辑"鲁迅死后二十年"，1956年10月号。

治割裂的日本文学现状。1964年因与日共指导部意见相左而被开除后，他对教条主义和党派政治的批判更加激越，这在1967年的纪念讲演《鲁迅研究杂感》中有突出表现，我们将在后面介绍。批评家奥野健男在中野重治逝世之际有如下评价："众多文学家、知识者、平民乃至青年们，在战前和战后是通过中野重治而理解到马克思主义者和日本共产党，并对此产生信赖之念，这样说也并非言过其实。他通过自己的文学和人性展现出有魅力的共产主义者日本人的形象。曾经如此赋予日本文学以重要动机和意义的日本共产党自开除中野重治之后，完全失去了文学上的发言权。一个革命诗人和文学家中野重治，其实实在在的存在意义远远超越了日本共产党的存在。"[1]

同样是非中国文学专业研究者而以马克思主义理论家的身份介入有关鲁迅的讨论，且始终从"政治与文学"关系角度进行思考的，是活跃于20世纪六七十年代日本思想论坛的竹内芳郎。如前所述，竹内好的《鲁迅》于战后1946年再版而成为日本鲁迅研究的重要基石。其中，竹内好在"政治与文学"的关系结构中强调鲁迅首先是启蒙者＝文学家的观点，给后来者留下强烈印象和影响，也受到了来自研究界内部的挑战。1965年丸山升出版《鲁迅——其文学与革命》，即针对竹内好的"文学主义"倾向而提出鲁迅首先是革命人的主张。竹内芳郎则从"政治与文学"关系结构的有效性方面同时对竹内好和丸山升的论述提出批评进而引起论争。他在1967年和1968年连续两次论及此问题。前者作为书评讨论的具体问题，包括引发的论争，

---

[1]《艺术小说的重要意义》，收《奥野健男：文艺时评（上卷）》，河出书房新社，1993年。

我将另文分析；后者是一篇讲演稿，重点说明自己的逻辑思路、基本结论以及讨论的目的所在。[1]

这个讲演题为"鲁迅的文学与革命"。首先，竹内芳郎表示要从理论上理解"革命与文学"之内在结构关系，通过检讨鲁迅的贡献以深化我们的认识。这里使用"革命与文学"的范畴而回避了更为一般的"政治与文学"提法，是因为日本文学史上长期的论争使讨论变得异常缠绕、思维固化，掩盖了更为原本的"革命"问题。鲁迅的伟大和独特之处就在于他一生不断地回溯到"原点"——屈辱的体验，由此反思"革命的原本性和文学的原本性"。文学如何与革命相关联及怎样深化了对文学乃至革命本身的自觉，这正是今天我们要向鲁迅学习的关键。其次，竹内芳郎强调鲁迅对"革命与文学"关系的认识有一个发展变化过程，并非竹内好所说有什么"不变的核心"，或者丸山升所谓是"永远的革命人"，我们需要阐明这种变化的结构性规律。他认为，鲁迅从1927年到1930年的转变过程非常重要，其间对于"革命与文学"的思考有许多宝贵的东西带到了之后成为马克思主义者的鲁迅文学论中，对我们尤有参考价值。

这里提到的"原点"——屈辱的体验，当然是指"幻灯事件"。在竹内芳郎看来，这个事件成为鲁迅文学成立的基点，而重要的是它有两重的作用。一个是屈辱感的普遍化，即将文学引向"民族的普遍性"。个人的屈辱感扩大到民族全体，个性化的文学表达转变成普遍性的语言表现，这决定了鲁迅文学作为"民族文学"的性质。另一个是内在化，即在"幻灯事件"中自

---

[1] 两文分别为《鲁迅——其文学与革命》《鲁迅的文学与革命》，后均收入竹内芳郎《文化与革命》一书，盛田书店，1969年。

己"被看见",由此那种不甚分明的感受内在化为"屈辱感"。在此,与"革命者"鲁迅达成一体化的"文学者"鲁迅得以形成,即"某种意义上,可以说在革命者诞生的同时,革命的不可能性也被意识到"了。映入鲁迅眼帘的中国社会的暗黑是任何半生不熟的革命所无法撼动的,而暗黑世界本身的内在化运动又使"文学者"鲁迅得以诞生。在此,鲁迅文学的本质性格呈现为:一方面是革命不可能发生而唯有文学是可能的;另一方面甚至文学也是无力的。鲁迅文学形成的根基就在于这二者的辩证统一。

这是鲁迅前期思想文学的"原点"和基本结构。由于中国革命的不断发展使鲁迅文学的"原本性"结构也发生了变化。简言之,即由革命的不可能性向"并非不可能"的转化,使他的文学观也产生蜕变——因为文学的无力反而可以服务于革命。在此,竹内芳郎基本认同瞿秋白、冯雪峰的鲁迅前后期转变说,但不同意冯雪峰的后期马克思主义者鲁迅对自己前期文学观做出了"清算"的观点,认为带入后期的思想文学"原点"上的认识使鲁迅的文艺观与一般来自观念理论的马克思主义者不同。这种自我否定式(反思)的对于"原点"的忠诚,既是鲁迅的特点同时也是中国革命不断前进的内在逻辑。同时代的日本无产阶级文学,其发展过程中存在着当革命遭遇挫折时的文学"转向",革命势力伸张时则从属于政治这两种偏颇。与此相比,鲁迅则在超越这两种偏颇的同时确保了自身的文学原本性和革命原本性。1930年代以后,鲁迅强调不是文学服务或独立于政治,而是文学本身的革命化。这对今天的我们来说,是最可宝贵的理论贡献。

正如竹内芳郎所强调的,他的鲁迅论追求从理论上理解

"革命与文学"的关系。这一方面是为了反思战前日本无产阶级文学论争和战后"近代文学派"与"新日本文学派"之间有关"政治与文学"讨论的逻辑偏颇，同时也是为了理解中国的"文革"何以发生。[1] 而在我看来，现实政治的大背景则是1956年"斯大林批判"以来日本马克思主义内部发生的种种分歧，特别是一贯听从共产国际旨意而走向僵化保守的日本共产党受到"新左翼"的冲击，包括"政治与文学"在内的各种理论问题需要从原理上重新思考。而中国革命及其象征的鲁迅思想文学有哪些历史经验可以参照，也就成为思想论坛上的焦点话题。这促使追求变革的马克思主义理论家竹内芳郎将目光投向鲁迅，以期获得新的思想灵感。从专业角度讲，他的论述可能有史料和技术上的一些问题，但其努力不仅引起专业领域内的论争，而且起到了在思想论坛上将鲁迅主题化的作用。在这一点上，他与中野重治有异曲同工之妙。

创造"东洋的故事新编"

讲到20世纪60年代的日本，我们首先会在脑海里浮现1960年初夏上百万市民集结于国会前抗议政府强行通过《日美安保条约》的震撼画面，然后是1965年前后和平组织发起的反战示威游行，1969年学生造反运动中东京大学安田讲堂的攻防战，等等。这是一个社会运动高涨的"政治季节"，战后民主主义时代走过其要求民族独立和市民社会重建的前期阶段，日

---

[1] 竹内芳郎《文化与革命》，盛田书店，1969年，第137—140页。

本社会结构及其思想文化观念迎来重大转型。经济上，通过朝鲜战争"特需"的启动，战后日本走上再工业化和高速发展的轨道。政治上，在日美同盟的制约和保护之下，保守与革新的自民党与社会党斗而不破的"五五年体制"稳步运行。这给战后日本社会秩序的建构提供了重要保障，同时经济高速发展和政治结构固化——文化教育和道德秩序建设滞后也引起广泛的社会反弹，与西欧的情形相似，政治抗议运动在"斯大林批判"之后崛起的新左翼主导下向前推进。而"68年革命"高潮过后，人们迎来了由工业社会向大众消费社会转型的完成。

仅就思想、文学领域的变化而言，以下这些"事件"具有特别的象征意义。例如，在安保斗争旋涡中，战后民主主义的重要棋手丸山真男遭到新左翼的批判。他参与1960年5月19日国会前的群众示威游行，并于24日代表学者进入首相官邸表明立场，但之后则宣称不再参与大规模运动。这在新左翼看来，乃是将安保斗争转换成了"拥护民主主义"的运动，他因而受到吉本隆明等的激烈批判。[1] 又比如1964年发生的一系列事情：中野重治被开除出党，日共在文化界威信遭到重创；"讲座派"马克思主义者花田清辉在与吉本隆明的论争败北后退出文学批评界[2]；《近代文学》杂志停刊与"战后派文学"的消失……这意味着战后思想界、文学界争取民族独立和民主斗争的第一阶段落幕，而新左翼成为思想论坛的领跑者。民族与国家、政治与文学等基本议题逐渐让位于知识分子与大众、个人与社会、传统与现代（超现代），以及带有大众消费社会特征的

---

[1] 参见吉本隆明《丸山真男论》，一桥新闻部，1963年。
[2] 参见绘秀实《吉本隆明的时代》，作品社，2008年，第98—108页。

种种新问题。此外，新左翼在建构激进革命的理论基础之际将目光投向毛泽东思想（包括其第三世界构想），而中国"文革"的爆发更吸引了"全共斗"时代的各激进派别。另一方面，学术文化领域受到西方解构主义运动等新潮刺激，对阶级解放、革命主体、客观理性的关注渐次让位于对共同体、文化边缘、原始思维、主观感觉等等的关注，所谓学术思想从"存在到结构"的焦点转移悄然出现，成为1970年代后现代主义思潮兴盛的前兆。

以上社会转型和种种思想文化焦点的变化，潜移默化地影响到直至1970年代后期的日本鲁迅论。其中，一个直接的影响就是中国"文革"的爆发，不仅冲击到战后已然形成的论述传统，而且纪念活动也在1966年几乎陷于停顿。[1]唯有每到逢五逢十都要举行纪念的新日本文学会"鲁迅逝世三十周年特别系列讲座"略成规模，但也是延迟到1967年才举办。从稍后出版的讲演集《鲁迅与当代》[2]可以了解到，系列讲座一定程度上反映了那个时代鲁迅论的焦点及其前后变化，足以作为我们考察的依据。其中包括尾崎秀树的《鲁迅与日本》、尾上兼英的《鲁迅的"个人主义"与"人道主义"》、竹内芳郎的《鲁迅的文学与革命》、桧山久雄的《左翼作家联盟与鲁迅》、竹内实的《阿金考》、中野重治的《鲁迅研究杂感》、佐佐木基一的《我所了解的鲁迅》、花田清辉的《关于〈故事新编〉》，是8人的

---

[1] 例如，日本中国文化交流协会曾组成"鲁迅逝世三十周年纪念会"（龟井胜一郎主持）并提出活动方案，但遭到竹内好的反对。而中国"文革"的突然爆发，也致使活动中途停止。参见"年谱"，收入《竹内好全集》第17卷，筑摩书房，1982年，第318页。
[2] 佐佐木基一、竹内实编《鲁迅与当代》，劲草书房，1968年。

讲演。从人员构成来看，大多为新日本文学会成员和活跃于思想论坛的批评家及马克思主义理论家，而与学院中的鲁迅研究者稍有不同。从内容上归纳，大致有鲁迅与日本、革命与文学、传统与现代（超现代）三类议题。

尾崎秀树和中野重治的讲演继承了一贯的传统，关注"鲁迅与日本"的特殊关系及其意义。尾崎秀树（1928—1999）是反战斗士和国际共产主义者尾崎秀实的弟弟，也是战后最早开拓台湾文学研究的学者、文艺批评家。他的讲演根据自己的亲身经验和尾崎秀实与中国的关联史实，分析鲁迅对日本文学有"隔膜"与"认同"的两面，即与曲解中国文化、不理解革命，甚至有帝国主义意识的日本文化人相"隔膜"，而对日本普罗文学运动以及进步作家有热诚的"认同"。讲稿中谈到瞿秋白、毛泽东的鲁迅论及1930年代的"两个口号"论争，明显受到中国"文革"中"文艺黑线"批判的影响。

中野重治讲演的主题是鲁迅在现代中国革命中的重要意义，日本帝国主义战争如何促成了后期鲁迅文学的政治批判性，以及日本人有对其加以深入研究的特殊义务，基本上是对此前《鲁迅先生祭日》和《某一侧面》中观点的延展。值得关注的是，他对当时中日两国鲁迅研究停顿不前、缺乏冲击力的现状的观察，和对日共系统评论家和日中文化交流协会当初追随周扬而今却跟风"文革"的不满。中野重治一方面肯定周扬对战后中日两国文化交流的贡献，一方面对其解放后逐渐官僚化的理论文章提出批判，并反思日本思想论坛曾经沿着周扬路线解释鲁迅的做法。与此同时，他重提瞿秋白的《鲁迅杂感选集·序言》并给予极高评价，明显是针对"文革"的混乱和周扬对日本鲁迅论的影响，而试图重新回到马克思主义者和"战斗的人道主义者"鲁迅。他认为,瞿秋白以先见之明从"政治与文学"的辩证统一方面深入把握到作为艺术的鲁迅文学及其政治性,其深刻程度反映了一个革命家乃至新闻记者的远见卓识。中野重治强调自己只比瞿秋白小三岁,可谓同时代人,然而同时代的日本似乎没有出现像瞿秋白这样杰出的文学家。

谈到日本人研究鲁迅的条件和责任,中野重治强调比起苏联等国日本有更适合研究鲁迅的优势,也有义务拿出更好的成果。因为,"九一八事变"以来日本帝国主义扩张侵略的过程深刻左右了中国现代史,不仅导致文化艺术界"两个口号"的论争,也促成了鲁迅后期大量杂文的写作——他至死都在思考抗日问题。近代以来两国殖民侵略与反殖民侵略的历史,从反面证明了两国关系以及鲁迅与日本的密不可分。这就是所谓的有利条件和应尽的义务。中野重治还根据切身感受讲到鲁迅与革命的关系。他认为,自己对劳动阶级和苏联革命的认识在总体上与鲁迅接近,但在认识路径上又不尽相同。鲁迅根据自身追求革命的经验而承认俄国社会主义和中国革命的意义,因此其文字有千钧之重,读到这些文字,对于今天已然高度资本主义化的日本人来说依然有被刺痛之感。

我感兴趣的首先是,中野重治开篇对"文革"中的周扬既肯定又批判的态度,以及最后谈到的对俄国社会主义与中国革命的认识。话题当然是围绕鲁迅展开的,但也曲折反映了中野重治对日共教条主义的批判及拥护苏联和国际共产主义运动的心情。[1]换言之,他是在日本现实的政治状况和社会主义阵营

---

[1] 竹内荣美子《中野重治——其人与文学》,勉诚出版,2004年,第134—142页。

发生变化的国际语境下来思考鲁迅的,同时也有对自身的反思。其次,虽然没有经过缜密的理论化,但中野重治一以贯之的世界无产阶级革命——战斗的人道主义和在民族压迫与阶级解放的关系结构中观察鲁迅的视角,十分突出。他以"人性"为媒介连接起鲁迅的"政治与文学"的辩证关系,也非常有启发意义。这无疑深化了战后日本鲁迅论中那个"政治与文学"阐释架构,并将鲁迅有力地推到思想论坛斗争的焦点上。最后,是他始终如一以文学家的直观感受言说鲁迅的方式,即以全身心投入的姿态直面对象,通过与对象的深层对话来叩问自己的灵魂。这恐怕与中野重治一生复杂的经历及其与鲁迅的特殊关联有关。逝世前不久的 1977 年,他曾深情回顾:"我知道,鲁迅谈到了我的'转向',珂勒惠支版画选集中文版出版后也曾惠赠我一册。战争中我失去了好多东西,但很幸运这版画依然在我手中。鲁迅下葬时鹿地亘是抬棺人之一,那张小小的照片应该还在我手上,希望能够找到。我应该是第一个在北京鲁迅博物馆发现《为横死之小林遗族募捐启》的日本人……如今,青木正儿教授、佐藤春夫、竹内好、增田涉等人都已离开我们,而我对于鲁迅有种种深深的思绪。"[1]

---

[1]《中野重治全集》第 20 卷,筑摩书房,1977 年,第 698 页。须对这段引文中提到的事项略作解释:1. 鲁迅谈到中野重治的"转向"是在 1934 年 11 月 17 日《致萧军、萧红》信中。2. 鲁迅赠中野重治的《凯绥·珂勒惠支版画选集》(1936)为所印 103 部的第 36 部,大概是托鹿地亘代送的。3. 1936 年 10 月 22 日鲁迅安葬日,作为抬棺人的 12 位青年中鹿地亘是唯一的外国人。4. 1957 年 10 月应中国作家协会等邀请,中野重治作为团长率日本作家代表团访华,其间,参观北京鲁迅博物馆之际发现这则由鲁迅等 9 人署名的为小林多喜二募捐的启示,该文刊于 1933 年 6 月 1 日北平左联机关刊物《文艺月报》创刊号。

与"革命与文学"话题有关的人,除了上一节已经介绍过的竹内芳郎之外,还有鲁迅研究会(1953)的发起人尾上兼英、新日本文学会的年轻会员桧山久雄和竹内实。他们分别从鲁迅的个人主义与人道主义(知识精英与大众)、鲁迅与左联及中共的关系,以及1930年代上海革命环境中的《阿金》写作等方面,论及文学与革命的复杂关系。我们可以视此为战后日本鲁迅论中"政治与文学"关系话题的延续,同时,他们对"文革"的关注乃至困惑也反映了1960年代政治环境的急剧变化。

这个系列讲座中最具时代性和前卫色彩的,是在第三类传统与现代(超现代)关系中讨论鲁迅思想艺术特性的佐佐木基一和花田清辉。佐佐木基一是"近代文学派"的青年理论家,他的讲演通过自己爱读鲁迅的经历,结合当时国际共运及中国"文革"的现实,强调鲁迅否定精神的意义。这就涉及传统与现代乃至"超现代"的问题。他认为,鲁迅是过渡时代的人物,他支持新事物但强调必须同内部的旧事物作斗争,他否定传统同时也将自己作为剖析的对象。鲁迅给我们留下的最大启示在于:"只有自我否定的革命才能真正成为新时代诞生的要素。"鲁迅的文学世界也与果戈里不同,是一个无法回到原有秩序的存在。资产阶级及其文学在中国的不发达反而造就了其现代文学的"超现代性"。《眉间尺》那种自我与对象同归于尽的斗争方式仿佛描画出了20世纪我们的命运一般。总之,如果没有痛烈的否定精神,像苏联革命会产生斯大林主义那样,胜利者将成为新的附着于权力的统治者而使革命堕落。

这里的"超现代性"相当于我们今天所说的后现代或"反现代的现代性"。在战后日本的鲁迅论中,传统与现代的理论模型是一个重要的阐释架构,但基本上是以西方现代性为标准或在西洋与东洋的对抗关系中思考的。像佐佐木基一这样论及鲁迅思想的"超现代性"无疑是一个理论思维上的重要突破，虽然在当时并没有怎么引起人们的注意。在此，现代性本身成了怀疑和反思的对象。在这样的理论思维光照下，鲁迅文学与革命的关系、《故事新编》的艺术创造性得以显现。我想，这与1960年代的日本社会转型和西欧解构主义运动的兴起密切相关。而在这个问题上，从思想理论和艺术实践两方面做出深入思考的则是"战后派文学"的重要作家花田清辉（1909—1974）。[1]他在文艺批评上具有辛辣讽刺的格调，戏剧创作上追求喜剧性幽默的现代主义（先锋派），政治上则是坚持战前"讲座派"理论的马克思主义者，且古今东西视野开阔而有国际主义倾向。[2]早在战争期间他就开始思考如何超越"近代"的问题[3]，在这个系列讲座中谈的则是《关于〈故事新编〉》的"超现代性"。

花田清辉回顾了自己战争期间阅读《故事新编》而对《铸剑》《出关》《非攻》尤有铭感的经验。他认为，《铸剑》中有强烈的革命欲望，鲁迅要表达的是个人的败北可能导致阶级或集团的胜利，其文学中同时有喜剧和悲剧的要素，但悲剧性似乎更为浓烈。这可以称为"东洋式"的色调，与包括日本在内的

---

[1] 花田清辉：1909年福冈市生人，早年就读于京都帝国大学，战后，在成为"近代文学派"同人的同时，也于1949年加入新日本文学会和日本共产党。1950年代前期曾担任《新日本文学》杂志主编。在文艺批评和戏剧创作上成就卓著，被视为"战后派文学"的代表性作家之一。

[2] 后来，他在与吉本隆明的论争中被贴上法西斯主义者（战前参与右翼"东方会"的杂志编辑工作，战后固守斯大林式旧马克思主义理论）的标签，而渐渐失去影响力。参见绛秀实《吉本隆明的时代》，作品社，2008年，第98—101页。

[3] 花田清辉《复兴期的精神·后记》，未来社，1959年，第274—275页。

东方古典悲情世界密切关联。鲁迅身上有血肉化了的传统存在，他有时对其加以激烈的抵抗，有时从改变现实出发又积极地利用传统的要素，这也正是《故事新编》不易把握的地方。在鲁迅的思想意识中有着强烈的开创现代中国文学的使命感，同时又有对自身根深蒂固的传统抵抗的一面。换言之，在阻碍现代化的各种要素中，他亦有以"传统"为否定性媒介而试图超越"现代"的强烈意识。鲁迅不仅在文学上而且在社会革命方面也是如此，即希望半殖民的中国在实现现代化、资本主义化的同时，又走向与西方不同的另类现代化道路——社会主义。花田清辉坚信，1960年代的世界正处在资本主义向社会主义的转换时期，因此鲁迅对社会革命的认识和艺术上的创新尝试对我们有着重要的参考价值。

如前所述，战后最初一段时间里日本知识者主要着眼于民族复兴和国家重建，或者在东西方现代性的关系结构内部通过鲁迅及中国革命来进行类型化比较，所谓"亚洲另类现代性"也还是属于现代性内部的东西。后来出现的"传统与现代"理论模型仍然没有跳出这个逻辑结构规定的边界。而花田清辉于1967年这个时刻所作的《故事新编》论，在"传统与现代"之上提出"超现代"或反现代的可能性问题，的确有思考方式上的突破。虽然他从自己先锋戏剧创作的实践经验中直觉地感受到这一点而未能做进一步的理论抽象，但无疑具有承前启后的特殊意义。他预示了稍后，特别是1990年代以后日本学术界以反思现代性为中心的鲁迅研究时代的到来。1976年冈庭升的《亚洲的近代》[1]一文已经对"亚洲的近代"提出了方法论上的

---

[1] 冈庭升《亚洲的近代》，载《Eureka 诗与批评》杂志"鲁迅：东（转下页）

质疑，1990年代丸尾常喜对"传统与现代"理论模式所遮蔽的中国民间习俗"鬼"世界的关注[1]，代田智明对后期鲁迅的围绕上海"殖民地现代性"批判的重视[2]，乃至伊藤虎丸晚年所意识到的鲁迅"向下超越"的思想特征[3]，等等，其学术思考的源头大致都可以追溯到花田清辉。同时，这也意味着对战后竹内好一代鲁迅论的超越。

实际上，临终前的竹内好也意识到了这一点。他在生前最后一次讲演《阅读鲁迅》时说到花田清辉："该人属于近代否定论者，简单说即主张以前近代为杠杆超越近代，据此立场来评论鲁迅。尤其对鲁迅的《故事新编》这部小说集评价极高，我多次被他的这种观点所吸引。因为，在战后通过阅读鲁迅我提出了自己的假说：近代化有多种类型，或者暂且称之为日本型与中国型。……当时我认为近代化是人类历史无法避开的课题，但现在想法已多有变化。这种变化可能是受到了花田的启发，或者是因为我清楚看到了我们近代社会乃至近代文学的崩溃也说不定。如今我觉得花田对我的批评是相当准确的，这不是因为他已经死去才这样说的。"[4]

更可贵的是花田清辉还将上述对鲁迅的认识付诸戏剧实践，与小泽信男、佐佐木基一、长谷川四郎共同创作了《戏曲：故事新编》脚本。由《寄身洪水的叙事诗——大禹》《亦守

（接上页）洋思维的复权"特辑，1976年。

[1] 参见丸尾常喜《鲁迅——"人"与"鬼"的纠葛》，岩波书店，1993年。
[2] 参见代田智明《解读鲁迅》，东京大学出版会，2006年。
[3] 参见木山英雄《也算经验》，载《鲁迅研究月刊》2006年第7期。
[4] 《竹内好全集》第3卷，筑摩书房，1981年，第467—468页。此文为1976年10月18日在岩波文化讲演会上的讲稿。

亦攻——墨子》《头颅飞溅在所不惜——眉间尺》《永恒的乌托邦——老子》四幕组成的这个脚本，最终于1974年11月在东京六本木俳优座剧场，1975年1月在京都府立文化艺术会馆成功上演，这无疑是对1974年不幸逝世的花田清辉最好的告慰，也是对其鲁迅以前现代为否定性媒介实现对现代之超越这一认识的重要实践。长谷川四郎认为，辩证法是一种实践即认识事物内在过程的"伟大的方法"，而花田清辉的艺术实践正是这一方法的实际应用。"我们的工作并非要追赶和超越西方，而是尝试创造包括日本在内的东洋的故事新编，并创造我们的国际主义文化。"[1]

创造"东洋的故事新编"，的确是一个超越古今历史和东西方时空的宏大愿景。它源自中国的鲁迅而在战后日本生成并付诸实践，显示人们一旦摆脱西方中心论式现代性思维的牢笼则必将释放出灵动的想象力，而亚洲悠久的思想传统和新时代日本文人的国际主义视野自然是这种想象力的根基。我读日本知识者的鲁迅论，就时常会感到这种独有的"亚洲"感觉和视野，这种感觉和视野能够有力地激活鲁迅文学中中国人不易察觉到的亚洲底色，这或者就是周作人经常引用的永井荷风所谓"东洋人的悲哀"也说不定。它是传统中国的也是东方的，但在中国文化的视域内部不易显现，而在东亚边缘的日本则会明显被感知到。总之，它提示今天的我们，鲁迅文学的区域特征还有待深入开掘。到了1970年代的日本，鲁迅进而成了"东洋思维的复权"之象征。

---

[1] 长谷川四郎《戏曲：故事新编》"前言"，河出书房新社，1975年。

活在日本的鲁迅

东洋思维的复权与中日文学同时代

1976年，鲁迅逝世四十周年。

这一年，岩波书店《文学》杂志（1976年4月号）刊出特辑"鲁迅与三十年代中国文学"。同年10月18日，岩波文化讲演会在京都会馆举办，竹内好发表题为"阅读鲁迅"的讲演。另一个大型出版机构筑摩书房，则于当年8月陆续刊行《鲁迅文集》（全6卷）。综合其他信息可以看出，鲁迅逝世逢十纪念的传统得到恢复，但时代气息和论述焦点已大不同于此前。结合日本国内和国际的现实课题展开思想交锋的紧迫感和论战性格已然减弱，与战后民主主义"政治季节"的终结相照应，日本思想论坛上的鲁迅论也仿佛迎来了落幕的时刻。其中，青土社所办杂志《Eureka 诗与批评》推出的"鲁迅：东洋思维的复权"特辑，从作者阵容到主题的设定及讨论的深度等方面都颇有特色。特辑以竹内好、桥川文三的对话《革命与文学》为中心，邀请不同领域的新老作者28名，并配有资料文本《鲁迅评说编年抄（1920—1949）》，可谓壮观。"东洋思维的复权"仿佛是在强调鲁迅精神的亚洲特征，与东方古老传统有深远的历史关联，足以获得对抗西方现代性思维的灵感，这在传统与现代（超现代）的结构关系中有思考上的推进。对话《革命与文学》表面上沿袭了战后日本"政治与文学"思考架构，但讨论的重点是从1930年代中日文学同时代的角度观察后期鲁迅的，这是它的亮点。

28名作者中增田涉和小田岳夫属于前辈学者，两人的《恩师鲁迅先生》和《回顾》分别追忆了与鲁迅直接、间接的交往过程和体验，且有新史料的披露。尾崎秀树、竹内芳郎、竹内实等的观点，已见于上面新日本文学会的"鲁迅与当代"系列讲演中。从本特辑的亚洲之现代（东洋思维的复权）和中日文学同时代两条主线观之，首先值得注意的是桧山久雄的《奴隶史观与〈故事新编〉》。作者从历史观方面比较鲁迅的奴隶史观＝创造史观与日本文人思想家的历史观差异，由此进入对《故事新编》创作主题的阐释，可以说延续了此前佐佐木基一和花田清辉的"超现代"论，但紧贴着"东洋思维的复权"主线而对亚洲内部的中国与日本存在差异和复杂性的分析，则多有新意。

桧山久雄认为，《故事新编》的主题在于从中国固有文明的内部抗争来寻找亚洲独自的"现代"之创生。鲁迅《灯下漫笔》中所言中国历史上只有做奴隶而不得和暂时做稳了奴隶的两个时代，与"一乱一治"的循环史观相对应，并非夸大其词而是作者确曾相信过的。这与日本近代初期文明开化论者福泽谕吉对治者历史的批判神似，但鲁迅没有像福泽那样强调"以西洋文明为目的"，其欧化论也只是摆脱传统停滞的"手段"。这恐怕源自两者历史观的根本差异，福泽谕吉坚持以西方为旨归的文明进步史观，鲁迅则怀抱以未曾有过的"第三样时代"为指向的奴隶史观，即"创造史观"。进而，鲁迅的奴隶史观建立在民众的立场上，能够看到固有文明的欺瞒性。当这种循环往复的奴隶史观难以找到出路的时候，鲁迅没有简单抛弃而是沉潜到固有文明的内部以寻求解放的道路，其实践便是后期的《故事新编》创作。总之，《故事新编》的核心主题在于谋求中国固有文明内部的斗争，这是欲在东洋的场域中实现独自的现代之创生的鲁迅必然选择的课题"。

"东洋独自的现代之创生"其反题则是西洋现代称霸世界。就是说，在西洋现代性向世界全面扩张的过程中，受其压抑才催生了创造"东洋独自的现代"这种对抗意识。现实的悲惨状况和历史的发展结构，造就了这样一种悖论式的逻辑结构关系。既然"东洋独自的现代之创生"本身包含着对西方现代的超越，那么从原理上对其加以深度批判就成为必然的前提。早在日本战后初期，竹内好的《何谓近代》一文就曾敏锐地洞察到这一点。时隔三十年之后，桧山久雄的《奴隶史观与〈故事新编〉》从"超现代"的角度再次提出此议题。而在这个特辑中，继承竹内好抵抗的亚洲近代论，由此进一步对西方现代做出理论批判的则是冈庭升《亚洲的近代》一文。

文章认为，鲁迅的存在意义与亚洲的现代直接相关。当摆脱了视亚洲现代为落后和不成熟的陈旧观念时，鲁迅将作为杰出的积极性契机出现在我们面前。如果不把西欧现代视为必然的规范和追求目标，而是作为必须超越的压抑模式，那么鲁迅就是唯一能在亚洲把握到逆转东西方非对称的现代性价值判断契机的思想家。冈庭升的理论依据是："近代"这个神圣规范与神圣的中世纪一样，仍然是一个压抑和规训我们身体的东西。"近代"虽以"人类"为规范但最终还是走向了人的异化，原因在于它是一个以人为规范而对人类实施恐怖和异化统治的体系。人取代神而成为规范"人类"的标准，意味着这是对每个个体的身体进行压抑和支配的新神。这个悖论导致欧洲近代根源上的黑暗——欧洲世界为了证成自己的人类性而创造出"非世界"（非人类）存在的殖民地。结果人类成了分裂的二元——作为人的西欧世界和作为非人的非西欧世界。

鲁迅临终所作《写于深夜里》讲到近代以来"秘密的杀人",表示但丁《神曲》地狱篇亦没能描写出"现在已极平常的惨苦到谁也看不见的地狱来"。[1]在冈庭升看来,鲁迅是能够改变但丁视线(从欧洲内部看世界)的稀有的思想家,这样的思想家在日本近代史中不曾出现过。冈庭升认为,"鲁迅思想代表了亚洲现代的本质",这体现在三个方面:一是通过学习欧洲＝现代而达到反抗其非合理性的境地;二是从根本上否定了"脱亚"路线,而"脱亚"乃是日本帝国主义殖民侵略的原理性错误,若与欧洲文艺复兴后出现的那个压抑个体的近代相比,则更是二重的原理性错误;三是对"青春"的否定,38岁始创作《狂人日记》而走向文学的鲁迅,拒绝一切青春期的特质——轻信、盲目投入等,从而避免了所有规范的束缚,最终成为亚洲现代思想的体现者。

这个特辑的另一个重要议题是1930年代中国左翼文学的发展和中日文学同时代视角,它主要体现在竹内好与桥川文三的对谈《革命与文学》中。虽然年事已高的竹内好的发言没有达到预想的高度,但在桥川文三的引领下还是触及了基本议题和相关要点,反映出1970年代日本思想论坛的关心所在。

"对谈"从桥川文三的"何以30年代成为问题"开篇。竹内好强调:中国的文学革命始于1910年代,到了1920年代新的文坛已然形成,直到中日战争爆发形势才骤然改变。因此,"30年代"作为此前文学发展的一个重要阶段,具备了中国现代文学思想形态上的整体性,可以作为一个独立单元来考察。桥川文三回应,日本人有一种孤立地看鲁迅的倾向,因此需要

---

[1]《鲁迅全集》第6卷,人民文学出版社,1981年,第502页。

回到1930年代的历史场景中。竹内好则提出"1930年代文学的世界同时代性"概念："所谓30年代，在我看来是在1920年代全面现代化了的中国文学的基础上，以无产阶级文学为媒介而获得了世界同时代性的时期，在这一点上又与日本有着非常密切的关系。"例如，日本左翼作家鹿地亘受到政治迫害而亡命中国，在上海与胡风联系促成了鲁迅逝世后改造社《大鲁迅全集》的出版。就是说，1930年代中日之间出现了文学上的同时代性，而战争导致后来两国文学的分道扬镳。其标志就是"两个口号"论争，无论是"国防文学"还是"民族革命战争的大众文学"，其后中国文学的发展与日本大相径庭。桥川文三则强调：如果日本人能够了解到邻国的同时代人，他们有着相同的生存方式，用同样的方法和武器挑战同样的问题，那么才能加深对鲁迅的理解。鲁迅是中国和世界史大转变时代之1930年代的伟大文学家，其伟大在于他作为新旧过渡的桥梁，从人性出发思考革命而没有私心私欲，也因此中国社会无论怎样变化，鲁迅都将载入文学史册。竹内好则回应：鲁迅是历史存在中的一种形态，同时某种意义上也是超历史的。

　　无论中国社会怎样变化，鲁迅都将载入史册，这明显是针对新中国成立后文学史不断被改写，"文革"中"30年代文艺黑线"论几乎把文学史书写搞乱的现实，反映出日本知识者对现实政治的关注。而1930年代的中国文学已然具备世界同时代性，日本人能以感同身受的方式深化对鲁迅的理解，则可谓提出了新视角。这既与中野重治早年提出的从中日无产阶级文学共同发展视角认识鲁迅的观点相联通，又反映了跨越战争鸿沟、中日邦交得以恢复的1970年后的大时代语境。不仅中日无产阶级文学的同时代性被确认，而且提出了中国1930年代文学的世界同时代性课题，可谓意义深远。然而，日本的战争和中国的革命导致这种中日同时代性的断裂，其所造成的相互理解之巨大鸿沟该如何克服，却也还有待深入讨论。特辑中，与竹内好、桥川文三"对谈"相呼应的是丸山升的《鲁迅与丁玲》、伊藤虎丸的《鲁迅文学的"伦理"》、小野信尔的《毛泽东与鲁迅》、松本健一的《鲁迅与昭和最初十年》等，他们都试图复原中国1930年代的历史环境，以深化对中日文学同时代性的认识。

结语及本书构成

　　1976年，在日本也是一个有象征意义的年份。这一年前后仅本书涉及的战后知识分子，就有花田清辉（1974）、武田泰淳（1976）、竹内好（1977）和中野重治（1979）相继辞世，石母田正则在1986年逝世。它标志着一个时代——战后日本民主主义时代，也即鲁迅论最辉煌的时期的终结。这一代人以各种方式，如逢十纪念的形式，将被压迫民族的伟大作家鲁迅推向思想论坛的中心，使鲁迅发挥了远远超过西方思想家如萨特的影响力。战后主体性论争、斯大林批判、早期马克思异化思想重估等，萨特的存在主义马克思主义乃至知识分子立场，影响深深及于20世纪五六十年代的日本思想论坛，但依然局限于哲学理论和知识分子启蒙方面。而鲁迅所发挥的思想影响力，则可谓整体的、全方位的。世界殖民体制与反殖民斗争的激荡，东西方冷战对抗中的国际共产主义运动，日本战后民主主义的成就和缺失，亚洲民族解放的现实与日本民族主义走向国家法西斯的历史，还有战争与革命造成的中日近现代历史的同时代性，乃至"政治与文学"关系论争涉及的种种问题，都是战后日本知识者思考鲁迅的现实背景。

战后三十年，也是丸山真男所谓日本历史上第三次伟大的"开国"时代[1]，知识者以对侵略战争的自责和对未来的憧憬——"悔恨共同体"——为依托，利用手中知识在推进舆论形成和社会重建的过程中发挥了启蒙的主导作用。与19世纪欧洲发达资本主义国家相比，明治维新以来的日本属于"后发型"，其经济社会文化改革主要依靠"国家"强力推动。这种"极端国家主义体制"未能给知识者预留更多发挥思想启蒙和社会改造作用的空间。而1945年的战败使"国家"一时出现真空状态。知识者得以发挥观念的力量，思想得以化成实践性的行动，由此打开一个辉煌的"战后民主主义"知识启蒙时代。在此语境下，日本知识者面对本民族生死攸关的现实问题，将鲁迅作为思想资源推向思想论坛的中心，他们有力地激活了鲁迅文学中深藏着的宝贵的实践性要素。鲁迅成了他们思考战后种种思想课题的参照，一个重要的价值判断标尺。如果再结合"二战"后韩国或中国台湾地区鲁迅传播影响的历史，则可以说鲁迅文学的世界意义首先是在东亚得到体现的，因为在此地鲁迅直接参与了人们改造社会和思想斗争的实践。

我想，这将促使中国学界自我反思。近代中国创造了具有世界意义的鲁迅，但为什么后来的研究者未能将其推向世界的中心位置？正如美国学者寇志明所追问的：这难道不是今日中国鲁迅研究者的普遍焦虑吗？日本人致力于把鲁迅提升到"一

---

[1] 第一次为室町战国时期，第二次是在明治维新时代。参见《丸山真男集》第8卷，岩波书店，1996年，第46—47页。

个更广阔的背景下，展示他的生活世界，理解他为什么用这种混合着讽刺和幽默的方式来回答这个问题。鲁迅倡导一种让人民更强大的民族主义，以取代狭隘的民族主义，就像竹内好倡导真正的现代性，反对那些浮于表面的伪现代性一样"。[1]这个曾经"失败"的日本民族，其知识精英在艰苦卓绝的努力中创造了他们战后的"鲁迅像"。这个"鲁迅像"有时也不免有"圣化"乃至脱离中国现代史语境的情况。这是可以理解的，因为他们面对着自身特殊的时代课题，有自己的问题意识。我们不能因此而苛求他们甚至指责其"偏至"。[2]中国学术界不能用一般的学术规范和单纯的本国视野来衡量其成就与缺陷，而应当以"了解之同情"的态度理解他们何以如此言说鲁迅，在深入开掘那段特殊历史情境中的一个个案例的同时，结合"二战"后亚洲乃至世界大势来做出判断。这样，我们才能与日本知识者共享这份珍贵的鲁迅论遗产，才能重新认识诞生于中国的伟大作家鲁迅的民族身份和世界意义——超越民族性的界域走向世界普遍性的契机。

　　诞生于中国的作家鲁迅在1936年与世长辞之后，却于异域日本获得了新的思想生命，这种特殊的跨文化传播现象足以引起我们的长久思考。以上所论，主要聚焦于战后日本思想论坛，通过整理逢十纪念过程中鲁迅如何被言说并在异域发挥了重要的思想参照作用，大致描绘出活在日本的鲁迅形象。实际

---

[1] 寇志明《竹内好的鲁迅·中国的竹内好》，载《鲁迅研究月刊》2019年第11期。
[2] 李明晖《百年日本鲁迅研究的生机与偏至》，载《文学评论》2016年第5期。

上，在思想论坛之外另有一个学院里的鲁迅研究也得到蓬勃发展并形成了传统。两者虽然场域不同却也相互交叉而多有联系，并共享同一个战后民主主义的时代背景和思想语境。本书以下将主要讨论日本学院里的鲁迅研究传统之形成。这个研究传统，包括认识鲁迅的基本立场和思想史语境，主要观点的确立与阐释架构的形成及其方法论视角的前后演变。重点在于梳理学术传承的内在理路，尤其关注那些构筑起独自的"鲁迅像"之代表性学者的研究。例如，竹内好那个充满"赎罪的心情"而执着抵抗的文学者鲁迅，丸山升那个片刻不曾离开中国政治过程的革命人鲁迅，木山英雄那个穿越对死亡的深度思考而获得新生的诗人之哲学思考者鲁迅，伊藤虎丸那个象征着新亚洲个人主体性原型的鲁迅，还有丸尾常喜的在土俗民间世界获得反现代立场的现代主义者鲁迅，以及代田智明的通过对1930年代上海文化所象征的殖民地现代性之批判而达到后现代境界的鲁迅形象……代表性学者之外，本书还特设一个章节讨论战后七十余年来的《野草》研究历程，以之为个案力图呈现日本学者在文本内部分析和外部关系研究方面的精致功夫和卓越贡献。

与此同时，我将把战后至今的日本鲁迅研究大致划分为两个时期，并强调七十余年来的日本鲁迅论实际上出现过两个高峰。如果说，上述由竹内好所开创并以丸山升、木山英雄和伊藤虎丸为代表的鲁迅研究在20世纪五六十年代形成了第一个高峰，那么，在稍后的八九十年代又出现了以北冈正子、丸尾常喜、藤井省三和代田智明等为代表的另一个高峰。如前所述，两个高峰之间是日本经济高度发展和大众消费时代的到来，以及大规模社会抵抗运动的消退所象征的"政治季节"的终结。与西欧1960年代后期的思潮相仿佛，这时期的日本也出现了从"存在到结构"的思想关注焦点的转向，存在主义式的主体论和关于革命、解放等观念的本体论思考，逐渐让位于从结构乃至解构的角度来反省和批判现代性的问题。此种变化自然影响到鲁迅论的走向，使作为一个整体的战后日本鲁迅研究"传统"呈现出前后不同又包含内在联系的发展局面。如果说，20世纪五六十年代研究者凸显的是鲁迅特有的抵抗精神和革命要素，那么，八九十年代则深化了对其思想文学中"反现代的现代性"品格的开掘。而且，值得注意的是，这种思想课题和关注重心的变化伴随着这样一个大的背景，即战后三十年里思想论坛上非常显著的以思想斗争和政治介入的姿态讨论鲁迅的方式逐渐弱化，代之而起的是更加技术性和学科化的研究。作为对象的鲁迅，也从政治斗争的思想资源和参照物的位置转回到一般"外国文学研究"的学术场域了。

这种思想政治问题的学术化，可能将对象原本具有的思想内涵和政治价值的某个方面遮蔽掉，从而削弱人文社会科学研究本来应有的文化政治诉求和思想批判的价值取向。不过，1980年代以后的日本鲁迅研究虽然"学术化"的倾向明显，但竹内好的传统特别是他借鲁迅以讨论思想问题的工作方式和批判立场还是得到了一定的继承。因此，在实证分析成为主流，研究进一步技术化、规范化的同时，日本学者依然对关乎鲁迅思想精神的重大问题有深入的探讨。像丸尾常喜、代田智明从各自的角度出发，将研究最终推到鲁迅与现代性的问题上来，从而对在现代性之追求中批判现代，或者鲁迅思想文学中"反现代的现代性"品格有了深度开掘。这无疑是日本鲁迅研究所取得的另一个重要成就，与对抵抗精神和革命要素的阐发使我们注意到1950年代之后在中国逐渐旁落的鲁迅精神之某个方面一样,"反现代的现代性"议题将促使我们在一个更高的文化政治层面上理解鲁迅思想文学的特征及其与现时代的内在联系。

2006年,在韩国举办的鲁迅诞辰一百二十五周年、逝世七十周年学术研讨纪念活动上,日本学者木山英雄做了题为"也算经验——从竹内好到'鲁迅研究会'"的发言。这是一篇回顾战后日本鲁迅研究复杂历程的非常简要而精彩的讲演。作为来自历史现场的报告,该文对研究战后日本的鲁迅论具有指导意义。本书将主要沿着木山英雄提供的线索深入开掘下去,力争全景式地复原那段极具特殊意味的鲁迅研究学术史图景。

第一章
民族自我反省和思想的抵抗线
——战后日本思想斗争中的竹内好鲁迅论

竹内好：战后日本鲁迅研究的开创者

　　一个学术传统的形成需要两个必要条件：一是它要有一个开创性的原点，要有一个不拘一格独自建构起思想学术生成核心的开拓者，凭借敏感的才觉把握到历史和现实的脉动，从而提出足以应对时代要求的基本命题；另一个是需要不断有后继者追寻和反思这个基本命题并与开拓者进行对话、交锋乃至激烈的抗辩，又能根据时代的变化将新的课题纳入思考的视野，从而逐渐累积起一个厚重开放且一脉相承的学术传统。

　　战后七十余年间的日本鲁迅研究正是这样一个形成并逐渐累积起传统的过程。为了讨论的方便，我把这个过程划分为三个相对独立的阶段：第一阶段是在1950年代前后，竹内好通过再版战争期间所作的《鲁迅》（日本评论社，1946；世界评论社，1948），发表长篇论文《何谓近代》（1948），出版普及性著作《鲁迅入门》（东洋书馆，1953），确立起通过鲁迅观察中国革命和亚洲的现代性并由此反思日本"近代"失败历史的阐释架构；第二阶段在1960年代前后，以丸山升、木山英雄、伊藤虎丸为代表的战后第一代学人在竹内好所开创的基础上进一步深入开掘，筑就了辉煌一时的鲁迅研究传统；第三阶段则是从1970年代末至今这一时期，随着日本战后再工业化的完成，出现了由生产型社会向消费型社会的转型，那种极具思想意义和政治论辩性的鲁迅论逐渐学术化，代之而起的是包括实证研究、社会史视野、比较文学、结构叙述学和文本分析等方法论的多元化的鲁迅研究，虽然竹内好提出的一些基本命题依然是讨论的重要焦点，但通过鲁迅介入思想论坛的斗争这样一种相当政治化的方法已然退到后台，有关鲁迅的叙述和想象也进入了规范化的学术范围。其中，又可以具体划分出略有差异的、前后相继的两个群体。一个介于战后第一代和第二代知识者之间，如北冈正子、丸尾常喜等。他们虽然经历了日本社会的巨大转型，但在学术立场和观察视角方面更直接地承接着第一代学者所开创的传统，其讨论问题的逻辑理路依然处于以现代性为规范内涵的脉络中。另一个属于战后第二代知识者，他们在社会进入后现代状况时接受教育而成为鲁迅研究者，如藤井省三、代田智明等。他们对鲁迅的思考和理解不仅更加学院化、规范化，而且多呈现出后现代思想影响下的某些特征。

这里，首先要讨论的是开拓者竹内好。[1]然而，问题的复杂

---

[1] 竹内好，1910年生于日本长野县。1934年毕业于东京帝国大学文学部支那文学科，之后即与武田泰淳等创立中国文学研究会。1937年至1939年留学北平，1940年始任回教圈研究所研究员（直到1945年）。1943年应征入伍被派往中国战场。1946年复员归国，在庆应义塾大学等校任兼职教师，1953年至1960年被聘为东京都立大学教授。1960年安保斗争中为抗议政府强行通过《日美安保条约》而辞去大学教职，之后作为独立撰稿人从事著述活动直至1977年逝世。代表作有《鲁迅》（1944）、《现代中国论》（1951）、《国民文学论》（1954）、《日本与亚洲》（1966）、（转下页）

性在于竹内好是一个思想家型的学者,一个运动型的思想家。一方面,如传记材料所示,他一生中的某个时期虽身在学院,但大部分时间是以独立写作者的身份积极地介入社会运动和思想斗争,从而获得广泛声誉的。因此,他的鲁迅研究兼有思想论战和学理探究的两面。我们必须将其放在"二战"前后日本社会的思想史语境下来解读,以深入理解其基本立场和方法论意义。另一方面,鲁迅是贯穿竹内好思想历程的原点,他人生的第一本著作是《鲁迅》,最后一篇讲演则为《阅读鲁迅》(1976),通过阅读鲁迅所获得的思想滋养使他在战后提出一系列影响深远而争议不断的议题,如中日现代化类型比较、日本民族主义问题、国民文学论争、作为方法的亚洲、近代的超克等。一些重大问题的讨论虽然没有直接以鲁迅为对象,但背后的逻辑支撑或思考契机则源自鲁迅。因此,以下的论述将同时兼顾这两个方面,即竹内好的鲁迅论本体和由此延伸开来的思想议题。

这两个方面的第一个方面,是以战后版的《鲁迅》(1948)、《何谓近代》(1948)为开端而延伸到《作为方法的亚洲》(1961)的一系列思考活动。它包括"竹内鲁迅"论的本体,以鲁迅为基点展开的有关中日现代化类型比较的论述,以及有关"亚洲论述"的方法论思考。它表现为由鲁迅、中国革命到日本乃至亚洲的、不断向纵深发展并逐步将思考理论化、抽象化的过程,且在积极的意义上深刻影响了日本鲁迅研究和战后思想界。第二个方面,则是以《近代主义与民族问题》(1951)和《近代的超克》(1959)这两篇文章为代表的面向日本内部问题的思考系列。它们表面上并非主要以鲁迅为议题甚至完全没有涉及,但

(接上页)《作为方法的亚洲》(1978)、《近代的超克》(1983)等。

鲁迅及中国革命作为思想参照或比较的标尺隐含在背后，则是毋庸置疑的。换言之，它们依然是毕生以鲁迅为精神向导和思考对象的竹内好的整体思想活动的一个组成部分，且由于涉及近代日本的民族主义及其帝国主义侵略战争这个棘手的问题而引起争论并不断受到批评，故更容易使竹内好的鲁迅论及中国革命论述的成就与不足凸显出来。同时，这也提醒我们必须回到"二战"前后，即日本昭和时代的思想语境和话语实践当中去理解这位复杂的历史人物。

《鲁迅》的预设主题与历史语境

1944年出版的《鲁迅》，是竹内好在太平洋战争爆发前的1941年配合日本评论社"东洋思想"丛书的出版计划而开始写作的一部思想传记。其间，他经历了日本帝国的对英美宣战（由"大东亚战争"转变为"太平洋战争"），本人拒绝参加"大东亚文学者大会"和文学报国会，乃至被征召而赴中国战场等国家、个人之重大事件。因此，《鲁迅》注定是一本带有时代特殊印记和个人思想紧张的叩问灵魂之书。于是，我们看到这部著作是以"关于死与生"为"序章"开篇的。在此，竹内好提出以下几个问题。第一，鲁迅"在晚年已超越了死"，但这种超越不是思想家而是文学家式的超越。因此，竹内好要从"把鲁迅的文学放在某种本源的自觉之上"的立场出发，来思考其文学诞生的秘密。第二，鲁迅并非宗教性的人，但他的表达方式是殉教者式的。鲁迅的根底里可能有某种"赎罪的心情"，"他是作为一个文学者以殉教的方式活着的"。而在人生的某个时机里，他意识到了人得生存因而必须死,"这是文学的正觉,而非宗教的谛念。但苦难的激情走到这一步的表达方式,却是宗教的。也就是说,是无法被说明的"。第三,鲁迅之所以能够"在文学的政治主义偏向中恪守文学的纯粹",就在于他"让自己与新时代对阵,以'挣扎'来涤荡自己,涤荡之后再将自己从里边拉将出来"。在人生的某个时期——辛亥革命后十年的沉默期,鲁迅获得了"文学的正觉",而文学家鲁迅最后孕育出了启蒙者鲁迅。文学与启蒙,"在他那里一直互不和谐,却也彼此无伤"。

在提出问题的"序章"里,竹内好如此强调鲁迅文学的本源性,当然是要对抗战时日本强大到令人窒息的"政治"对于文学的压迫。那么,在鲁迅那里"政治与文学"构成怎样一种关系呢?这是该书后续五个章节的主题。而在以"政治与文学"为标题的章节里,竹内好借对鲁迅《革命时代的文学》(1927)的解读,以甚至带有玄学味道的表达方式阐述了两者"矛盾的自我同一关系":"文学对政治的无力,是由于文学自身异化了政治,并通过与政治的交锋才如此的。游离政治的,不是文学。文学在政治中找见自己的影子,又把这影子破却在政治里……政治和文学的关系,不是从属关系,不是相克关系。迎合政治或白眼看政治的,都不是文学。所谓真的文学,是把自己的影子破却在政治里的……真正的文学并不反对政治,但唾弃靠政治来支撑的文学。"[1]

这是一段相当抽象的议论,我们不必认真计较"把自己的影子破却在政治里的"文学究竟是什么含义,但大致可以体

---

[1] 竹内好《近代的超克》,孙歌编,李冬木、赵京华、孙歌译,生活·读书·新知三联书店,2005年,第134—135页。

会到竹内好强调文学的存在价值乃在于表达对一般政治的厌恶和唾弃！实际上，首先是文学家而后成为启蒙者的鲁迅，其文学本身是高度政治性的。对这个"政治性"，在该书"附录：作为思想家的鲁迅"中，竹内好在对中国批评家平心，还有政治家毛泽东、瞿秋白的论述基础上也提出了自己的看法：鲁迅是有着一颗朴素真诚之心的文学家，他直面当时中国的后进性而拒绝一切解放的幻想。于是，只有"绝望"。然而，他并没有将"绝望"目的化，并"没有把目击黑暗的自己同黑暗的对象分开"，而是在黑暗中"挣扎"。"为了生，他不得不做痛苦的呐喊。这抵抗的呐喊，就是鲁迅文学的本源，而且其原理贯穿了他的一生。"换言之，这"抵抗的呐喊"正是鲁迅文学的最大政治性。如果要给鲁迅一个历史定位的话，竹内好认为：他是介乎于孙中山和毛泽东之间的"一个否定的媒介者"。而近代中国，不经过鲁迅这样一个否定的媒介者，是不可能在自身的传统中实行自我变革的。[1]

以上，是竹内好《鲁迅》一书的基本观点，即探索鲁迅文学的本源，从中提取出"抵抗"（挣扎）精神，由此来说明文学家鲁迅与启蒙乃至中国革命的政治关系，并定位其在历史中的位置。其中，对文学价值之本源性和重要性的强调，即对"文学者鲁迅无限地生成出启蒙者鲁迅的终极之场"的追究，乃是竹内好的根本立场——预设前提。这个预设的前提，既关乎《鲁迅》一书的成功，也与其失败密切关联。所谓"成功"是指在特殊的时代语境下，竹内好将鲁迅的文学性提升到哲学乃至

---

[1] 竹内好《近代的超克》，孙歌编，李冬木、赵京华、孙歌译，生活·读书·新知三联书店，2005年，第148—151页。

宗教性的抽象层面，在与启蒙的协调性关系和政治的对抗性结构中肯定了文学的终极价值——抵抗的呐喊。同时，青年竹内好强有力地将自己的问题意识和思想苦恼渗透到关于对象的叙述中，以前所未有的方式实现了作者对研究对象的主体投入。由此，构成了《鲁迅》一书引人瞩目的鲜明特色。所谓"失败，在于过度的'文学主义'"倾向，也造成了其对某些传记史料的误解，甚至曲解了文学与启蒙乃至政治本来应有的关系。而无论其成功与失败，都使《鲁迅》这部独特的思想传记得以成为一个学术传统诞生的开创性原点。

在书中，为了认识和追索一个本真的鲁迅，竹内好试图将其"文学置于近似宗教的原罪意识之上"，甚至用接近西田几多郎绝对"矛盾的自我同一"式的哲学方式提出"文学的正觉"、"回心之轴"和"赎罪的心情"等问题。同时，他又以一般中国人缺少宗教性为由，把自己提出的问题消解掉——强调这个"本源性"无法被说明。在这种自相矛盾的论述中，竹内好强有力地凸显了自己关注的问题焦点：鲁迅特有的思想品格与其文学诞生的秘密，即作为一个文学家他如何在自己的生涯中实践了永久革命这一最大的政治课题。这的确是一个足以让人长期思考的基本命题，而命题本身的"无法被说明"反而构成了论题的开放性和诱惑力，虽然其中隐含着日本浪漫派的思维特征，有走向极端反讽的危险。简言之，《鲁迅》一书从竹内好特有的思想立场出发，提出了鲁迅何以成为真正的文学家以及在"政治与文学"这一矛盾关系中来阐释对象的方法论路径。它成为影响和规定此后日本鲁迅研究走向的基本命题之一。

人文社会科学不能与自然科学相比，无法到人类历史和现实中寻求实在的内容和本质规律。因此，马克斯·韦伯提出

"理想类型"的概念，强调这是一个设想出来的自身无矛盾的结构，用以描述文化事件。"理想类型"也称为"思想图像"。"这种思想图像将历史活动的某些关系和事件连接到一个自身无矛盾的世界之上，这个世界是由设想出来的各种联系组成的。这种构想在内容上包含着乌托邦的特征，这种乌托邦是通过在思想中强化实在中的某些因素而获得的。"[1]进而言之，"理想类型"不是对历史实在本质内容的描述，也不是描述历史的标准。文化科学借助"理想类型"要表现的是历史实在可能有的本来面目。

我们可以借用马克斯·韦伯的这个"理想类型"概念，来思考竹内好上述鲁迅阐释的特征和意义。文学家、启蒙者、革命人，这是竹内好构筑自己的鲁迅认识"思想图像"的三个要素，其逻辑结构在于文学是"本源性"的，启蒙和革命是衍生的，它们构成一个先后有序而不断生成演化的关系。如果说，鲁迅文学的诞生是一个"文化事件"，那么这个"把鲁迅的文学放在某种本源的自觉之上"来分析的"理想类型"，对试图以孤高的文学来抵抗政治高压的竹内好来说，的确是一个有效的阐释架构。进而，如果我们说人文社会科学并非要探索人类历史的本质和普遍规律，而是要表现历史实在可能有的本来面目，那么竹内好的鲁迅论自然有其逻辑合理性和思想表达的鲜明性。当然，后来的研究者对此不断提出质疑也是自然而然的。就是说，这个阐释架构只在竹内好那里是一个"自身无矛盾的结构"，如果选取另外的视角和立场来看鲁迅，就可能是矛盾而

---

[1] 马克斯·韦伯《社会科学方法论》，韩水法、莫茜译，商务印书馆，2018年，第18页。

无法自圆其说的了。重要的是，我们要了解竹内好这样言说的独特时代背景和思想语境。

总之，这本负载了应征奔赴战场前竹内好的全部思绪——绝望、困惑、矛盾、挣扎的作家思想传记，与其说是在1920年代以来中国社会变迁和革命斗争激荡的历史条件下展开的实证主义鲁迅论，不如说是面对1940年代严酷的战争状态，竹内好以启示录的方式对自己灵魂的拷问。文学是什么？在战争与革命的极端政治面前我们如何定义文学家的位置？文学家与启蒙者乃至革命人构成怎样一种关系？鲁迅是怎样在获得文学的自觉之后最终达成永久革命之政治品格的？这的确是贯穿《鲁迅》一书始终的追问。日本学者子安宣邦认为：1940年代的竹内好以浪漫派式的反讽语言构筑了一个本真的文学家鲁迅。这是一个在面对绝望的现实政治世界保持作为无用者之否定的自我的同时，又直面现实政治世界而得以成为彻底的永久革命者的文学家鲁迅。毋庸置疑，此乃面对战争这一酷烈的日本现实而求其生存的竹内好所解读出来的鲁迅。[1]

"东洋的抵抗"与"作为方法的亚洲"

如果说《鲁迅》是竹内好为战后日本鲁迅研究铺设的第一块基石，那么《何谓近代》则是他以鲁迅为参照提出"东洋的

---

[1] 子安宣邦《何谓"近代的超克"》，青土社，2008年，第178页。（中文版为《何谓"现代的超克"》，董炳月译，生活·读书·新知三联书店，2018年。）

抵抗"概念，并据此展开中日现代化类型比较和民族自我反省的开端。就是说，议题已经不仅局限于鲁迅研究本身，而是延展到了日本、亚洲、现代性等重要的时代课题上。1948年4月，受东京大学东洋文化研究所饭塚浩二教授主办的"东洋文化讲座"邀请，竹内好做了题为"中国的近代与日本的近代——以鲁迅为线索"的讲演，后来，在此基础上形成论文并改题为《何谓近代》。也许是讲座的"东洋文化"主题直接促成了竹内好选择以鲁迅为参照来论述日本及亚洲现代性的话题，实际上这也正是那一代战后日本知识者所遭遇的严峻时代课题。帝国日本的惨败导致国土成为一片废墟，国权已然丧失，东京审判即将对战犯做出最终判决（1948年11月12日），这个曾经快速实现了国家现代化并雄踞亚洲之首的日本民族，其现代化的历史进程究竟哪里出现了问题？竹内好无疑是带着这样沉重的时代课题展开思考的。因此，我们能够感受到背后那种"近代批判"和民族自我反省的强烈意志。

　　这篇论文的开篇"近代的含义"，以"鲁迅是建立了近代文学的人。我们无法把鲁迅视为近代以前的人物……鲁迅的出现具有改写历史的意义"起笔，最后一节"第三样时代"则以鲁迅《灯下漫笔》结尾那著名的一段做结。就是说，在讨论东西方现代性问题，包括进行东亚的中日现代化类型比较之际，竹内好的思考起点、逻辑展开乃至最终结论的提出，都是依据他对鲁迅的认识并由此促发而形成的。特别是其中的关键性概念"东洋的抵抗"，无疑是从《鲁迅》中那个"抵抗的呐喊"乃文学之本源的观点发展而来的，鲁迅的"抵抗"成为"东洋的近代"是否成功或内涵是否合理的价值判断标准。而表示中日文化类型差异的"回心与转向"模式，乃是《鲁迅》中"文学的正觉"

或"回心之轴"的扩展和进一步理论化。为了更准确地理解竹内好的观点，我们在此对其逻辑思考的理路整理如下：

第一，关于"东洋的近代"。东洋的近代产生于抵抗欧洲近代的入侵这一过程中，即"东洋的近代是欧洲强制的结果"。欧洲为了证成自己的存在，必须通过向自身之外扩张而达成，即"欧洲为了得以成为欧洲，它必须入侵东洋，这是与欧洲自我解放相伴随的必然命运"。一方面，欧洲的资本主义精神在于解放了的人只有通过运动才能确保自身的存在，因而产生了"进步"的观念。故在欧洲看来，对东洋的入侵导致该地资本主义的产生，此乃世界史的"进步"和理性的胜利。但是，到了19世纪后期，"东洋的抵抗"使欧洲即将完成的世界史本身产生了矛盾，由此分裂为"三个世界"——西欧、俄国、东洋。另一方面，"欧洲一步步地前进，东洋一步步地后退"，通过抵抗后退的"失败"，东洋实现了自身的现代化，而"抵抗"的关键在于持续不断，在于对失败和忘却失败的二重抵抗。

第二，关于东西方的精神关系和来自鲁迅的对于"东洋的抵抗"的认识。竹内好在谈到上述前进与后退的东西方关系之际，发现自己无法通过抽象思维给这种关系形态一个清晰的意象，而只能以经验论之。这时，他与鲁迅在精神上相遇了。"我从经验上获得了这样的认识，而当我读到鲁迅的时候，我发现他对于同样的状况，有着比我远为准确的感觉。通过鲁迅，我的经验内容得到了确认，并使我得到了解决问题的线索。"[1]欧洲在精神的运动过程中产生了"进步"观念，东亚却没有精神

---

[1] 竹内好《近代的超克》，孙歌编，李冬木、赵京华、孙歌译，生活·读书·新知三联书店，2005年，第190页。

的自我运动。从日本近代文学的发生就可以看到，它没有"发展"只有"重复"。原因何在？这时竹内好开始意识到"抵抗"的作用，抵抗是运动的契机，运动以抵抗为媒介。日本文学的没有发展只有重复，就在于它缺乏"东洋的抵抗"精神。那么"抵抗"又是什么呢？在此竹内好想到了鲁迅的"挣扎"，"从鲁迅的抵抗中，我得到了理解自己那种心情的线索，从此，我开始了对抵抗的思考"。[1] 日本文化不断求新求变，但没有抵抗。日本人只看重现实，沉睡于现实可以变革这一被给予的观念中。然而，此种科学理性主义是奴隶性的。

第三，日本的"优等生文化"与中日文学精神的差异。日本文化的代表选手们志在"赶上"和"超越"来自外部的先进文化，这源自"日本文化在结构上是一种优等生文化"，即等级化金字塔式的社会结构造就了金字塔式的优等生文化。它同时造就了代表选手们的指导者意识和优等生情绪心理，因此，他们不仅要指导自己的人民，还要将教训"落后的东洋各国"视为自己的使命，此种文化结构中隐含着产生日本法西斯的根源。优等生文化的逻辑认为，日本的失败在于劣等生的存在。问题的严重性在于，劣等生也这样认为。在此，竹内好恰到好处地引入鲁迅的《聪明人和傻子和奴才》一文，在将"聪明人"比作优等生、傻子比作劣等生的同时，对优等生文化中不存在的"奴才"（我觉得，竹内好是在"奴隶"的意义上使用这个词的）做出了不同寻常的解读，由此推导出鲁迅"绝望反抗"的内涵："奴才拒绝自己为奴才，同时拒绝解放的幻想……这就是鲁迅

---

[1] 竹内好《近代的超克》，孙歌编，李冬木、赵京华、孙歌译，生活·读书·新知三联书店，2005年，第198页。

所具有的,而且使鲁迅得以成立的'绝望'的意味。绝望,在行进于无路之路的抵抗中显现,抵抗,作为绝望的行动化而显现。把它作为状态来看是绝望,作为运动来看就是抵抗。在此没有人道主义插足的余地。"[1]这里对人道主义的批判,针对的是战后"近代文学派"的人道主义主张。例如,竹内好接着写道:"日本的人道主义作家大概只会把被叫醒的感觉描写为喜悦,而不是痛苦。在这种人道主义者的眼中,鲁迅之阴暗,是解放的社会性条件还不具备的殖民地落后性的表现。"从竹内好之后的文章中我们知道,这正是荒正人等以西方现代为标准而说中国的现代性有缺欠的观点。[2]总之,两相比较,鲁迅及其所代表的中国文学是拒绝被解放的幻想、在抵抗中创出主体性的文学,而日本文学乃至文化是一开始就放弃了"抵抗"的奴才式"优秀文化"。

第四,差异的根源在于"回心"与"转向"文化结构的不同。至此,竹内好最终提出了中日现代化类型比较的深层模式:"表面上看来,回心与转向相似,然而其方向是相反的。如果说转向是向外运动,回心则是向内运动。回心以保持自我而反映出来,转向则发生于自我放弃。回心以抵抗为媒介,转向则没有媒介。发生回心的地方不可能产生转向,反之亦然。转向法则所支配的文化与回心法则所支配的文化,在结构上是不同的。"或者说,转向源自无抵抗和没有自我拯救的意识,而回心则在于坚持走自己的路并执着于自我拯救的意识。这个"坚

---

[1] 竹内好《近代的超克》,孙歌编,李冬木、赵京华、孙歌译,生活·读书·新知三联书店,2005年,第206页。
[2] 参见竹内好《鲁迅的问题性》,收《竹内好全集》第2卷,筑摩书房,1981年。

持"，在个体身上表现为"回心"，在历史上则表现为革命。比较的结果在竹内好十分明确："日本文化在类型上是转向文化，中国文化则是回心型的文化。"[1]我想，过多的解释分析已无必要，竹内好已经点到了要害，"回心"和"转向"都是从宗教和思想方面借来的概念，重要的是用其说明"抵抗"的有无。有"抵抗"则能够产生主体性并创造出自身的现代；反之，则不过是对西方现代的模仿而最终必然走向失败。

我们不得不说，竹内好是创造马克斯·韦伯所谓"理想类型"即理论模式的高手。他善于在对立的两极建立起类比的关系，通过类比阐发所要反思和批判的目标。这是一种二元思维，但竹内好用以反省自身及本民族的近代史，故能够产生有效的积极功能。他一再强调的"东洋的抵抗"也好，"亚洲的近代"也罢，都是作为方法而非实体的存在，我感觉这是在警惕此种二元思维可能走向本质主义的二元对抗而产生的反面作用。《鲁迅》中的那个"文学者无限生成启蒙者乃至革命人鲁迅"的模式是如此，《何谓近代》中的这个"鲁迅—回心—东洋的抵抗与日本—转向—优等生文化"也是如此，它们作为民族自我反省的方法是精彩而有效的。但如果将"亚洲""近代"实体化，也可能走向以"亚洲"取代"欧洲"、以东洋的"近代"为唯一历史模式的极端化境地。这是我们今天理解竹内好及其鲁迅论时需要特别注意的。

此外，该文在最后讲到明治维新并非真正的革命之际，竹内好引用了加拿大外交官也是日本史研究者诺曼的《日本的士

---

[1] 竹内好《近代的超克》，孙歌编，李冬木、赵京华、孙歌译，生活·读书·新知三联书店，2005年，第212—213页。

兵与农民》，在认同后者对日本帝国主义军队必然走向野蛮化的分析的同时，他盛赞诺曼的著作"有着抓住读者使其跟进的力量；层层推进的逻辑论述具有造型的效果，仿佛罗丹的雕刻似的充满空间性的质感"。[1]我感觉，竹内好受到了诺曼的刺激，加之此前接受的西田几多郎哲学的影响，便试图通过鲁迅建构起一个中日文化类型比较的理想模式，并给予原理性的解释。《何谓近代》基本上实现了这种愿望，并在当时的日本思想界产生了不亚于丸山真男《极端国家主义的逻辑与心理》（1946）的反响。在文中，竹内好有意识地将鲁迅的思想作为中国乃至亚洲独自现代化道路的典型，从其"挣扎"意识中解读出"东洋的抵抗"原理，以此来批判日本乃至西方扩张型的现代性逻辑。在日本战后一个时期里，竹内好依据"落后的中国"之现代化经验来反省批判"先进的日本"，这一思想评论的方式使他成为一个重要而独具特色的思想家，同时也使鲁迅在学院之外获得了广泛的认知，那个时代的许多日本知识者正是通过竹内好的论述得以与中国的鲁迅相遇的。

1960 年，应日本国际基督教大学亚洲文化研究委员会的邀请，竹内好做了题为"作为方法的亚洲"的讲演。这个讲演使竹内好在《何谓近代》发表十余年后有机会对自己的中日现代化类型比较再做方法论上的总结和提炼，他一面回顾自身从研究鲁迅及中国革命到开始思考亚洲问题的过程，一面在回答听讲者的质询时给出了以下结论：

---

[1] 竹内好《近代的超克》，孙歌编，李冬木、赵京华、孙歌译，生活·读书·新知三联书店，2005 年，第 220 页。

> 为使西洋优秀的文化价值获得更广阔的实现，有必要从东洋的角度重构西洋，即从东洋来变革西洋本身，这种文化上的或者价值上的转守为攻，将用东洋的力量来提升源自西洋的普遍性价值，已成为今天东方与西方关系的关键……但是，当转守为攻之际，在我们自己的内部必须具备独特性的东西。这个独特性是什么呢？想来，这不可能是实体性的。不过，作为方法即主体形成的过程还是有可能的，我称其为"作为方法的亚洲"。[1]

这里竹内好清楚地表明，从"东洋的角度"重构西洋现代的普遍性价值，是当今处理东西方关系的关键。所谓"东洋的角度"不是以实体性的亚洲来否定或代替作为文明实体的西洋，而是作为一种立场或方法去实现源自西洋的普遍性价值，即构成现代社会基础的自由和平等观念。我认为，这是竹内好从早年"东洋的抵抗"概念大大跨出了一步而达到的新的思想高度。在此，竹内好更清醒地意识到了东西方不是文明冲突或者二元对抗的关系，而是同为人类具有"内涵上的共通性和历史发展上的等质性。因此，现代社会是世界的共通性存在，由此产生出等质的人类类型。同时，文化价值也是性质相同的……只不过，文化价值在从西欧渗透到世界的过程中，如泰戈尔所言是伴随着武力的——马克思主义则称之为帝国主义，即通过殖民侵略而实现的，因此，其价值本身遭到了削弱。例如，所谓平等在欧洲内部是可能的，但若是认可对亚洲和非洲的殖民地榨取的平等，它就不能贯彻到全人类。在这一点上，欧洲的力量

---

[1] 竹内好《日本与亚洲》，筑摩书房，1966年，第469—470页。

无论如何都是有局限的"。正如泰戈尔和鲁迅等"东洋的诗人"所直观地意识到的那样，只有通过自己的努力才能将自由和平等的观念贯彻到全世界去。[1]这也正是竹内好强调"作为方法的亚洲"之终极意义所在。

难怪有学者指出，竹内好并非人们印象中的那种"亚洲主义者"，他所谓"东洋的近代"不仅是时代的历史划分概念，同时也是与西方构成对立统一关系的非西方的空间概念。而从不曾放弃全人类之解放这一理念的角度看，他依然是一个地道的现代主义者。竹内好通过鲁迅的"挣扎"而构筑起来的"东洋的抵抗"概念，要拒绝的是西方关于"解放"的那套意识形态，而不是解放本身。[2]

"民族问题"与思想的抵抗线

以上是竹内好的鲁迅论本体和经由鲁迅展开的有关日本及中日现代化类型比较的问题系列。如前所述，他的另一个思考活动系列是从《近代主义与民族问题》到《近代的超克》等对"民族问题"，即明治维新以来日本民族主义的重估工作。前一篇已经在本书"导论"部分讨论过，这里只就《近代的超克》一文的思想动机、逻辑推理和基本结论略作解析，在此基础上我们将重返使包括《鲁迅》及《何谓近代》在内的竹内好思想

---

[1] 竹内好《日本与亚洲》，筑摩书房，1966年，第468—469页。
[2] 参见酒井直树《胎死腹中的日本语·日本人》，新曜社，1996年，第49页。

话语得以产生的昭和时代，以进一步加深对其历史语境的整体把握。

1959年，竹内好接受筑摩书房"近代日本思想史讲座"的编辑工作，并为第七卷"近代化与传统"撰写讨论战争期间"近代的超克"座谈会的文章，即是此篇。我们知道，历史上的"近代的超克"座谈会是由同人杂志《文学界》于1942年组织召开的，次年，其发言纪要及与会者准备的论文合二为一，出版了名为《近代的超克》的单行本。座谈会的人员组成比较复杂，大致来讲可以归为三类，即具有"日本浪漫派"倾向的《文学界》成员，属于京都学派的西洋哲学史研究者，以及与现代科学技术相关的学者文化人。座谈会的宗旨，在于讨论日本知识分子如何面对太平洋战争的时局和道德秩序重建的课题，以确立新的思想目标。其中，批判西方现代性文化的危机与弊病，反省明治维新以来"文明开化"式的现代化道路，重估东洋文化，并以东洋精神文明克服和超越西洋物质文明的危机，乃是一个依稀可见的总议题。不管自觉与否，"近代的超克"座谈会隐含着一个为日本的"大东亚战争"提供思想依据和正当性基础的主旨。因此，直到1945年战败，"超克"一词仿佛一个象征符号式的"咒语"迅速扩散，其中既包含着那个时代知识分子对"现代性"问题的思考，同时也带有明显的战争意识形态色彩。"二战"以后，人们提到这个座谈会时，往往要冠以"臭名昭著"等字样。

竹内好在战争过去十五年之后重提此话题，正如他所言这是从《近代主义与民族问题》发展而来的自己一直在思考的问题。"我无法认同战后把'近代的超克'论者视为恶之根源的观点，始终想经过自己的手加以调查研究。结果发现，他们在某种意义上也是被害者。"[1]因此，竹内好以"火中取栗"的姿态试图重估"近代的超克"论，并从中搭救出民族主义的思想资源。他的基本观点是，1942年的"近代的超克"论虽因与大东亚战争一体化而臭名昭著，但"依然有许多可以拯救的余地"。[2]"超克"论试图要解决的课题，如日本的现代化、日本在世界史上的地位等，依然是今天的日本人面向未来为自己制定生存发展目标时需要解决的。而论文的主要部分，通过分析大东亚战争的性质得出以下结论："近代的超克"论的最大特征在于，它以思想之形成为志向却以思想之丧失而告终，在当时未能充当法西斯战争的意识形态，然而它又确实与大东亚战争结为一体发挥了象征符号的功能，这是为何？竹内好解释说，当时的日本知识分子无法认识到战争的二重结构性，即1931年以来对中国大陆推行的战争是一种殖民侵略战争，而1941年的对英美宣战则是帝国主义战争。直至看到后来东京审判中印度法官巴尔的法庭陈述，他们才得以知道这种战争的二重结构性和帝国主义战争无法制裁帝国主义的道理。竹内好进而指出，这种战争的二重结构性源自近代日本国家对外决策上的双重原理，即在采用亚洲原理对抗西方的同时，又以西方帝国主义霸权逻辑对待东亚而实行殖民侵略。这也正是日本最后陷入战争深渊的主要原因之一。[3]

这个"战争的二重结构"说，是备受争议的。实际上，包

---

[1] 竹内好《日本与亚洲》，筑摩书房，1992年，第477页。
[2] 竹内好《近代的超克》，孙歌编，李冬木、赵京华、孙歌译，生活·读书·新知三联书店，2005年，第313页。
[3] 竹内好《近代的超克》，孙歌编，李冬木、赵京华、孙歌译，生活·读书·新知三联书店，2005年，第322—325页。

括竹内好上述有关"亚洲的近代"的思想话语，也绝非可以直接作为透明的知识架构而应用于当今的。例如，他依据鲁迅的"抵抗"和中国革命的现代化经验对日本乃至西方现代性的批判，通过战后日本民族主体性重建问题对明治维新以来的民族主义的重估，以及这个通过"近代的超克"论对大东亚战争"二重结构"的解读，还有"作为方法的亚洲"等命题。总之，对于深深烙有日本昭和时期意识形态色彩而又颇有思想深度和批判性的竹内好的上述一系列思想话语，有必要从总体上对那段包含战争暴力的"昭和时代"历史加以清理和解构。

2008年5月，日本思想史学者子安宣邦出版了《何谓"近代的超克"》一书。在我看来，这是迄今为止对"竹内好问题"及其"亚洲论述"给出最有力的批判性解读的一部著作，对于我们理解竹内好的鲁迅论，亦有重要参考价值。该书的主旨在于"昭和意识形态批判"，而讨论的核心则是"竹内好问题"。归纳起来，子安宣邦从以下三个方面给出了独到的解读。第一，竹内好战后的思想话语与日本浪漫派反讽式的现代批判和京都学派"世界史的哲学"逻辑具有同构性，反映了"昭和日本"意识形态上的基本特征。第二，竹内好"近代的超克"论是一种大东亚战争论，其"战争二重结构"说是一个错误的判断。而将此推至日本近代史的整个过程，由此构筑起来的"亚洲原理"，则是竹内好为对抗"欧洲原理"而画出的一条抵抗线。第三，竹内好以鲁迅和中国革命为参照构筑起来的"作为方法的亚洲"，也是一个无法实体化的思想抵抗线，即在世界史上持续地画出一条抵抗的亚洲线，立足亚洲转守为攻地去革新和发展源自欧洲的现代价值。这是最值得我们今天作为思想资源来继承和重构的遗产。

"昭和日本"知识者思想话语的基本特征，首先在"近代的超克"座谈会与会者以及日本浪漫派诗人保田与重郎身上得到了集中典型的反映，那就是反讽式的近代主义否定：在不断从根本上谋求"本真的近代"的同时，坚持否定那种仅在表层实现的"虚假的近代"。或者说，在要克服的"欧洲近代"之对立面上设定"亚洲近代"的绝对价值。子安宣邦通过对保田与重郎《近代的终结》等文本的分析，并将其与竹内好战后所著《何谓近代》《近代的超克》等重要文章进行比较，发现两者之间在"话语姿态"即反讽式表述方式上具有同构性。当竹内好在《近代主义与民族问题》一文中将"近代"与"民族"作为两个相互对立的概念来规定时，他为我们呈现了这样一种思考逻辑：在日本的"近代"作为外来之物受到批判的时候，另一面的"民族"必将作为本真之物被构筑起来。如果说这个外来之物的"近代"指称的是欧洲近代，那么，作为另一面的"民族"则必然是要到亚洲的深层去发现的某种本真之物。在此，外来与本真、近代与民族、西洋与亚洲构成了一系列对抗的二元关系。竹内好战后的思想言论，包括《鲁迅》一书，给我们提供了解读"昭和日本"意识形态话语的钥匙。

而"世界史的立场"座谈会及京都学派的历史哲学则反映了"昭和日本"知识者思想话语的另一个特征，那就是循环论证式的对于日本帝国主义战争的肯定，并把大东亚战争视为"永久战争"即"思想战"。子安宣邦注意到，京都学派这些理论家们高雅的哲学漫谈中根本没有对于"中国问题"——经过"满洲事变"到"支那事变"再到座谈会召开之际的1941年，日本对中国的侵略战争已经深深陷入不能自拔的境地，而中国的抗日民族主体于抵抗中已然形成——的现实分析，对日本当时所面临的内外危机和国际环境也没有详细的阐明。出现危机的只是欧洲的世界史，他们所要论证的则是日本如今在世界历史上的位置。京都学派这种"循环论证"与日本浪漫派"反讽式的近代主义否定"在逻辑结构上是一致的。高山岩男就曾明确指出：由于这次战争是一场秩序转换战、世界观转换战，而所谓世界观属于思想的范畴，因此，这次的总体战争当然在根底上具有"思想战"的性质。这个"思想战"的看法，不仅是日本帝国主义者发动殖民战争的意识形态化托辞，而且也是"昭和日本"知识者思想话语的构成要素之一。子安宣邦在解读"近代的超克"论时，注意到竹内好不仅对上述"世界史的立场"给予高度评价，而且他将"大东亚战争"视为"永久战争"的观念就来自对京都学派"总体战"观念的重构。

当然，指出竹内好战后一系列思想言论与战前"近代的超克"论乃至京都学派"世界史的立场"之战争意识形态话语具有同构性，并不意味着前者只是复制了后者。子安宣邦说，竹内好给我们提供了了解"昭和日本"意识形态话语的钥匙，我理解其含义是：竹内好在战后以自己独特的方式将战争期间提出却没有得到解决的思想课题如"近代""亚洲""战争"等接受过来，进行了不免有失败和偏颇但又颇具思想史意义的探索。他对日本浪漫派的"反近代主义"和京都学派"世界史的哲学"有赞同和共鸣，但同时对其进行了重构，由此形成自己新的思想课题和方法论。

在岸信介内阁与美国修改《日美安全保障条约》在即，日本将自愿加入美国核保护伞之下的1959年，竹内好写了《近代的超克》一文。文章开篇便直言："'近代的超克'作为事件已经成为过去，但是，作为思想还没有成为历史。"这无疑表现了论文的前提和主旨。而在子安宣邦看来，如果考虑到"大东亚战争"乃是负载着"近代的超克"之理念的战争，那么，这将意味着战争在"思想战"的意义上还没有结束，或者说还没有真正得到解决。实际上，当时的日本国家也确实面临着这样的问题：随着《旧金山和约》的签署，日本的战争问题得到了处理而结束了被占领状态，国家主权也得以恢复。然而，《日美安保条约》的修改问题引起了日本内部广泛的社会抗议运动，其对战争的处理方法受到质疑。《旧金山和约》是在没有中国、韩国等众多亚洲受害国参与的情况下签署的与欧美单方面的媾和文件，所处理的只是太平洋战争即日本帝国发动的那场战争的后半部分，而作为前半部分的"支那事变""满洲事变"等问题依然没有解决。子安宣邦在此提出一个明确的判断：竹内好《近代的超克》因此不可能不具有"大东亚战争"论的性质，或者说，"大东亚战争"正是其讨论的核心问题所在。

这个判断十分重要。我们翻检竹内好的这篇论文，也确实得到了验证。该文共有五个部分，而最核心的第三和第四部分通篇讨论的是"12月8日的意味"和"总体战争的思想"。这提醒我们注意，竹内好讨论"近代的超克"问题，其根本目的在于重新认识"大东亚战争"。他提出的"二重结构"说也绝非次要的附属性论题或一时政治判断上的失误。我们今天讨论竹内好的思想，这个核心问题不能回避。关于战争的"二重结构"，竹内好是这样表述的：

> 龟井（胜一郎）排除了一般的战争观念，从战争中抽取出对于中国（以及亚洲）的侵略战争这一侧面，而试图单就这一侧面或者部分承担责任。仅就这一点来说，我愿

意支持龟井的观点。大东亚战争即是对殖民地的侵略战争，同时亦是对帝国主义的战争。这两个方面事实上是一体化的，但在逻辑上必须加以区分。[1]

必须指出，竹内好这个与战时日本帝国对于侵略战争的辩解之辞乃至战后右翼历史修正主义的观点如出一辙的"二重结构"说是不能成立的，无论是在事实上还是在逻辑上都不能成立。子安宣邦对此也持鲜明的批判态度："帝国主义国家间的战争乃是霸权之间的对立，是围绕帝国主义世界秩序及其重组的争斗，要想由此排除掉侵略战争的性质，那是不可能的。日本侵攻菲律宾，对美国／菲律宾来说乃是侵略，攻占新加坡，在英国／新加坡来看无疑也是侵略。说日本对这些地区的战争与对中国的侵略不同，这种说法即使可以进一步确认日本对中国负有更大的罪责，也绝对无法改变日本所推行的帝国主义战争的性质，更不能使其具有双重结构的性质。强调那场战争的二重性，除了将引导人们走向自我辩解式的靖国神社史观，还会有什么结果呢！"[2]

当然，批评竹内好的"战争二重性"说与靖国神社史观如出一辙，并不意味着两者完全等同。实际上，细读《近代的超克》文本，我们可以知道，竹内好并没有止于"二重结构"说的提出，也不是要刻意宣扬。他追究的是一个更大的逻辑推演过程，即推动日本近代史发展的双重原理——欧洲原理与亚洲

---

[1] 竹内好《近代的超克》，孙歌编，李冬木、赵京华、孙歌译，生活·读书·新知三联书店，2005年，第322页。
[2] 子安宣邦《何谓"近代的超克"》，藤原书店，2008年，第195页。

原理的矛盾所导致的历史紧张。竹内好说,"大东亚战争的确具有双重结构","这就是一方面对东亚要求统领权,另一方面通过驱逐欧美而称霸世界,两者既是一种互补关系,同时又是一种相互矛盾的关系。因为,东亚统领权之理论根据正是导源于先进国家对落后国家这样一种欧洲式原理……同时,为了使欧美承认日本为'亚洲的盟主',不得不依据亚洲的原理,可是日本本身在亚洲政策上却放弃了亚洲的原理"。"这种分而用之的勉为其难造出不断的紧张,因而只能依靠无限地扩大战争,不断地拖延真正的解决,才能掩盖真正的问题所在。"[1]

到此,竹内好宏大的逻辑推演的真正目的才得以呈现,那就是批判日本国家在亚洲政策上放弃了亚洲的原理,仅依据"欧洲原理"即帝国主义称霸世界的逻辑,导致战争的无限扩大而走向不能自拔的毁灭深渊。1959年,竹内好做出上述批判的意图无疑在于重构日本的亚洲主义和那个足以抵抗欧美的"亚洲原理"。那么,重构这个"亚洲原理"在当时具有怎样的意义呢?子安宣邦认为:"这应该是一个对抗欧洲原理所需要的非实体的消极性原理",或者说"是由竹内好构建起来的亚洲概念之杰出的非实体化构成。因此,也是由日本近代史上少数非主流人士所肩负着的抵抗的原理"。[2]

在此,子安宣邦也注意到了竹内好的另一篇讲演《作为方法的亚洲》,认为这个讲演延续了其战后通过与中国现代化的比较来质疑日本的思想主题。但是,这个类型比较容易给后来者

---

[1] 竹内好《近代的超克》,孙歌编,李冬木、赵京华、孙歌译,生活·读书·新知三联书店,2005年,第324页。
[2] 参见子安宣邦《何谓"近代的超克"》,藤原书店,2008年,第202—203页。

造成可以将"亚洲"概念实体化的幻觉。因此，我们解读"作为方法的亚洲"时，必须首先确认其非实体性的方法论意义。从竹内好战后言论的上下文来思考，"作为方法的亚洲"强调的是从不断抵抗的自立的亚洲立场出发转守为攻，重新找回欧洲现代的自由和平等等价值，并焕发其已经失去的光辉。然而，所谓自立的亚洲并非作为抵抗的民族实体，更不是亚洲式国家。实体化的亚洲一旦被设定为对抗性的存在，立刻就会开启对自身问题和弊端的遮蔽，而那个"超克"的逻辑也将成为自我辩解的修辞。竹内好所谓"作为方法的亚洲"应该是于世界史上持续不断地画出一条亚洲抵抗线的斗争过程，是转守为攻从亚洲出发不断变革欧洲现代的持久的思想战。[1]

我理解，子安宣邦这个意味深长的解读，强调必须看清楚竹内好的"亚洲"论述与"昭和日本"知识者自我认识话语乃至帝国战争意识形态之间的同构性，同时积极地剥离出同构性背后隐含着的他那特有的抵抗精神和民族自我批判的立场。而剥离的方法就在于不能把作为思想斗争抵抗线的"亚洲"实体化。因为，日本近代史上知识者的"亚洲"想象在1930年代就曾被帝国日本实体化而成为殖民侵略和称霸世界的战场。与此同时，指出竹内好的战后言论与昭和日本知识者的自我认识话语具有同构性，也提醒我们在阅读他的《鲁迅》等著作时，不能忘记那个特殊的时代背景和日本语境。

---

[1] 参见子安宣邦《何谓"近代的超克"》，藤原书店，2008年，第250页。

第二章
"政治与文学"关系阐释架构中的鲁迅
——丸山升的革命人鲁迅与竹内芳郎的批判

"政治与文学"关系论争的思想史背景

1920年代前后,与劳工运动和社会主义思潮同时传入日本的是马克思主义。它不仅促成了日本无产阶级文学的出现,而且给予思想知识界以巨大的冲击。将这种冲击形容为一场"台风"的丸山真男认为:马克思主义之所以影响巨大,原因在于它是作为一种完整的"世界观"体系和"具有逻辑性结构的思想"第一次降临日本知识界的。[1]依据这样的马克思主义而形成的无产阶级文学理论,从一开始就确立了威力强大的"政治优先,文学次之"的原则,因此也产生了对于这个原则的"抵抗",并在两个层面上引发了论争:一个是马克思主义者内部的"政治价值和艺术价值"关系的论争;另一个是自由主义作家群体和马克思主义文学家之间有关"文学主义"与"科学主义"的论争。就是说,论争实际上波及了整个日本文坛和知识界,

---

[1] 丸山真男《近代日本的思想与文学》,收入《日本的思想》,岩波书店,1961年,第55—56页。

而且以不断变换的多种形态一直持续到战后时期。按照丸山真男的概括，直到太平洋战争结束为止的这场论争可以划分出三个不同的阶段。一是1920年代初到1934年前后的时期，即无产阶级文学的全盛期。"作为唯一科学的世界观"之马克思主义和其代表者共产党"组织"，针对文学确立起"政治优先"的原则，从而发挥了强大影响力。二是1934年随着无产阶级作家联盟（纳普）的解体，以及共产党作家、知识分子受到法西斯政治的高压纷纷"转向"，到1937年中日战争爆发这一时期。"政治优先"原则下的文学与政治关系论开始发生微妙的变化，而"科学主义与文学主义"的问题被评论界提出来讨论。在抵制"政治优先"原则的过程中，实际上，自由主义作家群体的"文学主义"渐趋强势。因而，新闻媒体有称此时期为"文艺复兴"期的说法。三是到"二战"结束为止的整个战争期间。由于国家"政治"的强化和战时"新体制赞翼运动"的推进，作家知识分子面临着进退取舍的抉择。一方面，包括许多1930年代共产党左翼"转向者"在内的大批文学家开始转向内涵完全不同的新政治（代表民族国家即天皇制的政治），前一阶段以"科学主义与文学主义"的形式提出的"政治与文学"关系问题淡化下来，代之而起成为论争焦点的是文学如何更直接地与政治相结合。另一方面，在日本文学报国会（1942年5月组建）和大东亚文学者大会（1942年11月第一次大会）等法西斯文学成为潮流的同时，也有一些反感于这种为"国家政治"服务的文人以"文学主义"为旗帜默默地与之抵抗。

例如，以竹内好当时的思想立场和写作《鲁迅》的时代背景为例，木山英雄更直接地指出，从1934年开始对东京的"汉学"之儒教意识形态和京都"支那学"之客观主义解释学发起批判，到1943年完成《鲁迅》的写作而被征召送到中国战场为止，大约这十年间：

> 正值无产阶级文学由于受到彻底镇压而归于毁灭，作为对以"唯一的科学世界观"的名目而吸引了知识阶层的马克思主义的反动，反政治主义的文学主义，反世界观的直觉主义、行为主义以及生命主义等思潮与侵略性的法西斯意识形态微妙地纠合在一起，这是一时呈现出"文艺复兴"状态的时期。如对此种情况亦有所留意，我们毕竟不能不注意到书中在指出鲁迅的"政治嫌恶"的同时而流露出共鸣的竹内，在这一方面也深深受到了同时代思潮的感染。不过，这本书的奇特之处在于它不但没有由于时代性的反政治主义而躲入狭窄的文学世界，而且相反地从文学与政治的对立被逼迫到"绝对矛盾"的地点出发，构想两者相互依据对方而自我否定的同时得以唤醒真的自我之场域，甚至试图摸索文学全面参与历史的和现实的政治之可能性。[1]

由于"政治与文学"的关系不仅是一个思想立场和文学理念的问题，而且还与随着时代的变化文学家如何选择人生和政治立场相关联，因此战争的结束并没有使论争消失。"战后文学"在起步的1946年，便在"新日本文学会"与"近代文学派"之间引发了新一轮的论争。根据本多秋五《物语战后文学史》介绍，论争首先在"近代文学派"的荒正人、平野谦和

---

[1] 木山英雄《也算经验——从竹内好到"鲁迅研究会"》，载《鲁迅研究月刊》2006年第7期。

"新日本文学会"的核心代表中野重治之间展开。前者强调人性的复杂,以及"政治与文学"关系中"文学的特殊性质",批判无产阶级文学运动中日共的文艺政策加速了对文学的破坏,指责其以共产主义的观念直接要求艺术作品,粗暴地将一党派眼前的任务强加给艺术创作活动。实际上,其矛头直接指向了那个在战前就发挥了巨大威力的"政治优先、文学次之"的原则,目的在于张扬"文学的自律性"。后者则从维护马克思主义革命文学理论的立场出发,对前者予以尖锐的批判,甚至上升到政治立场的高度,认为他们是以"人性""保卫艺术"为招牌试图阻止处于困难条件下的民主主义进步文学的发展,是在美化"反革命的文学势力"。当然,中野重治绝非那种僵化的马克思主义理论家,他只是在强调文学自然带有的政治性不能被抹杀。显而易见,论争双方都有宗派主义和情绪化的因素介乎其间,如本多秋五所概括的:这场论争似乎呈现出一种抨击"政治主义"的态势,但实际内容主要有两条:第一,承认完全无视政治的文学乃是隐居式的发育不良的文学;第二,政治与文学乃是维度不同的世界,以政治的尺度规定文学是错误的。[1]这场论争之后,还出现过"人民文学派"与"新日本文学会"等马克思主义左翼文学内部的论争,以及一直以来有关"科学主义与文学主义"的意见分歧等。总之,围绕"政治与文学"的讨论一直延续到1970年代才渐告终结。[2]

---

[1] 参见本多秋五《物语战后文学史(下册)》,岩波书店,1992年。
[2] 也有评论家从文坛内部理论斗争的角度出发,认为"政治与文学"的论争一直持续到1980年代。1985年吉本隆明与埴谷雄高之间因新、旧左翼立场的不同而引起的论战乃是战后伊始发生的那场论争的继续,也是其最后的终结。参见加藤典洋《败战后论》,讲谈社,1997年。

以下，将具体讨论以"革命人鲁迅"为立论中心而展开与竹内好针锋相对研究的丸山升的鲁迅观及逻辑思考理路。为了考察的深入展开，我将引入同时代的日本马克思主义理论家竹内芳郎对丸山升及竹内好的批评，以通过这场在中国文学专业研究者与非专业学者之间不大不小的论争，展现战后日本鲁迅研究的丰富性、复杂性及其问题焦点。竹内芳郎和丸山升之间的论争，正是在上述日本马克思主义理论内部有关"政治与文学"关系的思想语境下展开的。从这个思想史语境出发，我们可以更深入地把握丸山升"革命人一元论"鲁迅观的内涵。

丸山升："革命人一元论"鲁迅观

丸山升（1931—2006）[1]在战后不久，即新中国成立的同一年考入东京大学文学部，由此进入了中国现代文学乃至社会主义革命的研究领域，坚持一生而矢志不移。1972年至1992年的二十年间，他担任东京大学文学部中国文学教授，成为鲁迅和1930年代中国左翼文学研究的重镇。如果说竹内好的声誉与影响更多显现在思想界和文坛内外，那么丸山升则是在学术界引领日本鲁迅研究大步发展的一面旗帜。从学术史角度观之，

---

[1] 丸山升，1931年生于日本东京。1949年考入东京大学文学部专攻中国文学专业。1965年后开始出任国学院大学、东京大学等校教授。主要著作有《鲁迅——其文学与革命》《鲁迅与革命文学》《现代中国文学的理论与思想》《检证中国社会主义》《走向"文化大革命"之路》等。中国改革开放以来，他积极推动中日学术文化交流，曾任北京鲁迅博物馆名誉研究员。

活在日本的鲁迅

丸山升是在开创者竹内好的"文学者鲁迅"论基础上，经过严谨的考证和激烈的论争而开拓出以"革命人鲁迅"为中心的研究新路径。同时，他"自觉地，以把革命得以实现的中国文学观念和革命不得实现的日本的文学观念原封对置，并对此提示日本文学所应借鉴之处为研究者的使命"，在这一点上又明显地对竹内好通过中日现代化类型比较来批判日本近代史这种工作方式"深感共鸣并且决意要在鲁迅研究中给以实证"。[1] 就是说，丸山升在批判与继承的结构关系中强有力地推动了战后日本鲁迅研究传统的形成与发展，而这种"批判和继承"主要体现在其两部著作《鲁迅——其文学与革命》（平凡社，1965）和《鲁迅与革命文学》（纪伊国屋书店，1972）中。

如前所述，竹内好的《鲁迅》于战后的1948年再版之后，给日本中国文学研究乃至一般思想界带来深远影响。但他下面这样一些观点和方法论视角，也受到专业学者的质疑和批评。第一，"鲁迅是文学者，首先是一个文学者。他是启蒙者，是学者，是政治家，但因为他是文学者，放弃了启蒙者、学者、政治家等，这些才会作为表象显现出来"。就是说，在人生的某个特定时期经过"回心"或"文学的自觉"，鲁迅得以成为"真正的文学者"，而后才孕育出"革命人"鲁迅来。竹内好是站在"文学者鲁迅无限地生成出启蒙者鲁迅的终极之场"上来观察的。第二，"文学与政治的关系，不是从属关系，不是相克关系。……真正的文学并不反对政治，但唾弃靠政治来支撑的文学"，即在政治与文学的关系上，竹内好虽然没有否定鲁迅的政

---

[1] 木山英雄《也算经验——从竹内好到"鲁迅研究会"》，载《鲁迅研究月刊》2006年第7期。

治性或革命性,但强调更本源的"文学的自觉",这种文学自觉通过对现实"政治"的否定性超越,才获得根本的政治性。第三,竹内好承认作为思想家的鲁迅的一生是有"变化"的,但不同意把"从进化论到阶级论"、从个性主义到马克思主义的发展观看作"决定性"的,而是更关心其"不变"的方面,即鲁迅在获得了"文学的自觉"之后,这个"自觉"作为"核心"贯穿其一生而不曾"变化"。为了坚持这样的观点,竹内好在叙述鲁迅的早期生平时,强调"幻灯事件"被"传说化"而不可信,甚至宁愿相信鲁迅没有参加过光复会。如果参照上述日本思想史上"政治与文学"论争的背景,以及战争期间因政治的极端化而扼杀思想自由的历史现实,就会注意到竹内好的鲁迅论具有思想史的"事件"性,研究对象和本民族现实课题之间那种充满张力的关系使其鲁迅论获得了强烈的批判性,同时也难免带上模式化和偏于一端的论述倾向。

丸山升的《鲁迅——其文学与革命》明显是一部具有针对性和论战性的著作,这个论战的主要对象就是竹内好的《鲁迅》。他在该书"后记"中表示自己要以"鲁迅传"的方式写一部"鲁迅论",其理由在于日本不在少数的鲁迅研究中就有抓住鲁迅的"某个侧面"将其视为"核心"而写下的名著。"然而,这个'核心'越是本质性的就越容易随着时间的流逝被抽象化而失去与现实之间所有的紧张关系,被忘却或形骸化了的'核心'结果成了一个独往独来的词语。……我要再一次重返鲁迅所生活过来的历史之中,通过追寻他精神运动的痕迹而重新把握他的'核心'。"[1]这正是丸山升后来确定的"假说-实证"

---

[1] 丸山升《鲁迅——其文学与革命》,平凡社,1965年,第232—233页。

的方法，他以此对抗竹内好的文学主义倾向。

《鲁迅——其文学与革命》一书共有两部分，分别追述了以"五四"文学革命为分界的前后两个时期中鲁迅的人生经历和思想变迁。作者借助传记文献资料，以细致缜密的实证方法分析鲁迅与中国革命的复杂关联。特别是通过对鲁迅直接参与并最后促使其成为"革命人"的辛亥革命时期的阐释，丸山升与竹内好针锋相对，站在追溯"把革命作为终极课题而生存过来的鲁迅孕育出文学者鲁迅的无限运动"的角度展开论证，最后得出如下结论：

> 我们经常说，鲁迅认为光是政治革命救不了中国，需要精神的或者说人的革命。但是更准确地讲，鲁迅从未在政治革命之外思考人的革命，对他而言，政治革命从一开始就与人的革命作为一体而存在着。……即使是将革命作为精神的问题、人的问题来把握，也并非在"政治革命"之外单独考虑"人的革命"和"精神革命"。换言之，鲁迅作为一个个体在面对这个革命时的方式是精神式的、文学性的，这在性质上异于部分地只将革命中的文学、精神领域当作问题的做法。[1]

在此，丸山升无论在观察视角还是在结论上都突出强调了鲁迅的革命本源性，我们可以称之为"革命人一元论"的鲁迅观。

丸山升甚至认为，鲁迅的人生经历和精神人格原本是"革命

---

[1] 丸山升《鲁迅——其文学与革命》，平凡社，1965年，第121页。

的",他文学中的"寂寞"与"失望"等,"一切都无法片刻离开中国革命、中国的变革这一课题,中国革命问题始终存在于鲁迅的根底里,而且这一'革命'不是对他身外的组织、政治势力的距离、忠诚的问题,而正是他自身的问题。一言以蔽之,鲁迅原本就处于政治的场域中,所有问题都与政治课题相关联"。[1]显而易见,这样突出鲁迅的革命性,无疑是针对竹内好过分强调"文学者鲁迅"的一种反弹。这在有关鲁迅是否参加了光复会这个问题上也有鲜明的表现。我们知道,竹内好是否定鲁迅参加过光复会的。后来随着新史料的出现,"肯定说"已经成为学术界的普遍认识。丸山升无疑是肯定鲁迅参加过的,但他不同意新岛良淳的看法——鲁迅早在1903年前后就参加此会,后来因对"革命"感到失望(且因光复会不久被同盟会吸收)而赴仙台并转向文学的,而同意细谷正子的观点——光复会成立于1904年,被同盟会吸收后依然没有完全消失,而是两会并行存在直到辛亥革命为止,故鲁迅在1908年成为会员完全可能。[2]总之,丸山升反对鲁迅因对"革命"失望而转向文学这种与竹内好相近的说法,而坚信鲁迅是始终一贯关注革命的。

与此相关联,要颠覆竹内好所谓存在于鲁迅根底里的"不变"的"原点",或者类似于宗教情绪的"赎罪的心情""回心之轴"等不免暧昧模糊的直觉式鲁迅论,就需要在方法论上有所改变。对此,丸山升有意识地采取了"假说→实证"这样一种依据第一手史料进行缜密分析的实证方法,紧贴着中国社会变迁和革命发展的具体进程展开论述,与竹内好的《鲁迅》构

---

[1] 丸山升《鲁迅——其文学与革命》,平凡社,1965年,第97页。
[2] 丸山升《鲁迅——其文学与革命》,平凡社,1965年,第51—52页。

成了鲜明的对照。

我认为，丸山升在1960年代及时地纠正竹内好《鲁迅》中有所偏颇和误解的认识，对于日本鲁迅研究的学术发展和传统的形成至关重要，特别是其实证方法的确立使研究得以走上正确的学术轨道，并为长期健全的发展提供了保障。不过，丸山升的"革命人一元论"鲁迅观也存在着与竹内好同样的局限，即最终并未跳出"政治与文学"关系的阐释架构，结果他只是在竹内好鲁迅观相反的方向上将论述推到了另一个极端，相对而言，鲁迅文学的丰富性和复杂性及其通过文学参与社会改造和革命进程的独特方式却没能得到更深入的讨论。难怪木山英雄后来不无遗憾地指出，丸山升的《鲁迅——其文学与革命》"基本上停留于指出对鲁迅来说一开始'革命'就是包含在'文学'之中，或者反之也是同样的"，这"无外乎就是受到竹内的强烈影响而造成的混乱的结果。进而言之，事实上丸山的《鲁迅》每当遇到'文学'的根源之类的问题时，议论不总是陷入晦涩吗？"[1]而在当时，这也成为引起理论家竹内芳郎批评的原因所在。也许是意识到了这样的问题，或者受到竹内芳郎批评的刺激，丸山升在后续的著作《鲁迅与革命文学》中开始改变"革命人一元论"的简单论述，在"革命与文学"的关系中更看重鲁迅文学观的独特性，且有意识地在比较的阐释中为日本马克思主义文艺理论提供参照。

就是说，时隔7年之后所著《鲁迅与革命文学》（1972）虽然篇幅短小，但具有两个鲜明的特点：一个是作为前一部著作

---

[1] 木山英雄《也算经验——从竹内好到"鲁迅研究会"》，载《鲁迅研究月刊》2006年第7期。

的姊妹篇补足了 1927 年以后的鲁迅传记内容，在整理国民党"清党"的政治背景和创造社、太阳社的革命文学论基础上，详细讨论了鲁迅文艺观向马克思主义发展的独特路径；另一个是在阐释鲁迅于"论战"中形成的文艺观同时，时时注意与日本的情况特别是马克思主义文艺理论进行比较，从中汲取有益的认识。而后者，又直接对应着战后日本"政治与文学"关系论争中的种种问题。在我看来，这是《鲁迅与革命文学》一书最为重要的成就和特色。

例如，该书在第三章"'革命文学论战'中的鲁迅"里，强调鲁迅从进化论到阶级论的发展并不意味着从非革命到革命的变化，而是指他对中国革命、变革的承担者和现实过程的认识的变化，对阶级的认识也并非只体现在后期。丸山升的目的在于：

> 我以为这一问题和鲁迅在"革命文学论战"中的"格斗"为何种性质相关联。如果极端一点说，通过这一论争，鲁迅努力要解决的问题是革命与文学乃至革命与文学者的关系，而非如何接受或者拒绝马克思主义文学论。我想探讨的问题在于"革命与文学"这一课题曾经在日本所占的地位与当时中国所处的地位有何不同。……以这一矛盾为媒介，把问题聚焦于作者的主体进行思考的方法，恐怕是鲁迅留给今天的最大的财富之一。[1]

从这种问题意识出发，丸山升得出一个结论："鲁迅的文学

---

[1] 丸山升《鲁迅·革命·历史》，王俊文译，北京大学出版社，2005 年，第 42—43 页。

观之所以新，最主要在于他对于马克思主义，不是将自己整个投入其中，也不是相反地全部拒绝，而且他的接受方式也没有陷入浅薄的折中主义，而是成功地接受了马克思主义的本质内容。"[1]

这恐怕与"革命"在中国社会历史进程中的地位与日本大不相同有关。丸山升提醒日本的读者注意，鲁迅在接触马克思主义的"为革命的文学"之前也接触到了国民党在国民革命中提出的"为革命的文学"问题，他的《革命时代的文学》所针对的正是国民党，而稍后在与创造社、太阳社论争中所面对的则是无产阶级"为革命的文学"，这正好与日本的情形相反（昭和初期与文学对抗的"政治"和中日战争爆发后的完全不同）。鲁迅在与国民党的"政治"相抗争并批判其御用文学式的"革命文学"之际，遭遇到了从反面攻击过来的创造社、太阳社等新的"革命文学"派，故他的认识十分清楚，反击也更加尖锐。这有些类似于战后日本"近代文学派"对马克思主义文学理论的批判，因为经历了战争中文学对抗"政治"的现实过程，故其批判"丰富了马克思主义的文学观"。总之，丸山升强调：政治与文学的关系"在昭和时代知识分子的精神史里的分量，正与马克思主义的接受在日本所具有的特殊的分量成正比。但是在中国，问题的性质和分量都有中国的特色，我想如果无视或者轻视这种差异，就不能正确认识当时中国的'革命文学'的意义"。[2]我理解，丸山升在此要说的是，鲁迅是从中国革命

---

[1] 丸山升《鲁迅·革命·历史》，王俊文译，北京大学出版社，2005年，第44页。

[2] 丸山升《鲁迅·革命·历史》，王俊文译，北京大学出版社，2005年，第47页。

曲折反复的实际经历中认识到文学与革命的复杂关系的,这对于始终没有实际"革命"经验而只是从理论到理论的日本马克思主义来说,具有重要的参考价值。

这样的中日文学观念的比较,也使丸山升对鲁迅的认识达到了新的理论高度。他概括说:"思想为了推动现实、转化成现实的话,不仅需要具有终极目标,而且应当具备联结目标与现实间的无数的中间项。如果缺少了中间项,思想就无法推动现实。因此,比起终极目标,思想更是以中间项的方式得以体现并被尝试的。"鲁迅的思想特征就在于以中间项的方式存在着,它暗示着如果没有一个个作为"中间项"的革命实践,马克思主义也无法先验性地保证其对于现实的有效性,这也正是半个世纪以来从现代史中获得的教训。[1]

竹内芳郎的"被压迫民族文学"说

以上,我们通过丸山升的两部著作,就其"革命人一元论"的鲁迅论述做了简要的概括。这个被称为"丸山鲁迅"的论述直接针对的是"竹内鲁迅",而1967年发表与丸山升著作《鲁迅——其文学与革命》同名的文论,[2]同时向竹内好和丸山升提出批评的是非中国文学专业的马克思主义理论家和文化批评家竹

---

〔1〕 丸山升《鲁迅·革命·历史》,王俊文译,北京大学出版社,2005年,第62页。

〔2〕 竹内芳郎《鲁迅——其文学与革命》,收《文化与革命》,盛田书店,1969年。

内芳郎。[1]竹内芳郎的介入受到了竹内好的欢迎，但引来了丸山升的反批评，以及丸山升同窗好友伊藤虎丸对他的声援，[2]遂在两者之间发生了一场不大不小的论争。这场论争本身的学术意义可能并不重大，但却有学术史和思想史上的"事件"性。就是说，它凸显了战后日本鲁迅论与由来已久的"政治与文学"论争的关系，以及马克思主义理论内部所包含的种种问题。前面，我们已经讨论过竹内芳郎的基本立场和观点，[3]这里，我将具体介绍"论争"双方的见解，并思考其学术史、思想史的意义。

竹内芳郎认为，竹内好在日本帝国主义疯狂至极的时代，面对文学报国会和大东亚文学者大会那种将文学极端政治化而服务于战争的状况，将抵抗帝国主义"政治"、坚守"文学"之孤垒的意志投射到鲁迅身上，强调作为文学家鲁迅的"存在"意义，是完全可以理解的，也赞同竹内好试图努力把握鲁迅的生存"原点"的研究姿态。但是，他不同意竹内好坚持把鲁迅的"原点"固定在某个特定时期，并将"文学者鲁迅"和"启蒙者鲁迅"对立起来的二元思维模式。他认为，鲁迅是站在文学的原本性和革

---

[1] 竹内芳郎（1924—？），日本岐阜县人，马克思主义哲学理论家、文化批评家。1943年入东京帝国大学法学部，1952年毕业于东京大学文学部。长期从事法国哲学研究，以翻译萨特《辩证理性批判》和梅洛-庞蒂《知觉现象学》著称。在建立日本马克思主义存在哲学方面多有贡献。著有《存在性自由的冒险——从尼采到马克思》（1963）、《萨特与马克思主义》（1965）、《意识形态的复兴》（1967）、《国家的原理与反战的逻辑》（1969）、《文化与革命》（1969）、《国家与文明》（1975）、《国家与民主主义》（1975）等。

[2] 参见伊藤虎丸《鲁迅与终末论》第三章"鲁迅论中所见'政治与文学'"，龙溪书舍，1975年。本书有生活·读书·新知三联书店同名中译本，译者李冬木。

[3] 参见本书"导论"部分。

第二章 "政治与文学"关系阐释架构中的鲁迅

命的原本性之交会点上而获得其自身的"存在"的。这个"存在"的原点不是凝固不动的,而是在不断变化的社会历史状况中自我选择、自我克服和更新的过程。因此,不仅要关注其前期,还要深入探讨1927年以后的鲁迅,以获得对文学性和政治性在鲁迅身上达到完美融合境界的深入理解。正是基于上述认识,竹内芳郎对丸山升的《鲁迅——其文学与革命》在与竹内好相反的方向上,以发展的眼光努力追述"革命人"鲁迅如何孕育出"文学者"鲁迅之无限运动过程的研究,表示"基本赞同"。而他的"不满"和批评则主要在于,作为现实性行为的政治(革命)和作为非现实性行为的文学两者之间的矛盾和差异,鲁迅是怎样超越和克服的?对此丸山升没有给出清晰的阐释。他认为,由于将"政治"简单地理解为面向经济社会制度问题的行为,文学则是处理人之生存方式的,因此丸山升没有充分说明鲁迅的"革命"为什么一定要取文学这一非现实的形态,以及经过这种非现实的形态鲁迅的"革命印象"深化到何种程度。另外,对于丸山升过分投入倚重史料的实证研究而没能很好地凸显自己的论述主题,他也表示出强烈的不满。

在批评两位专业学者的同时,竹内芳郎提出了一个重要的命题,即观察和理解鲁迅的基本逻辑起点。他认为,"所谓'文学者'鲁迅之所以能够成为'原本的'文学家,就在于他作为被压迫民族的作家,是在将自己首先塑造为革命者的过程中成为作家的"。[1] 就是说,鲁迅作为身受帝国主义殖民压迫的民族的一员,其民族身份就保证了他的"政治与文学"既包含了对立又必然融合在一起的辩证统一。正因为没有把握到这一与日

---

[1] 竹内芳郎《文化与革命》,盛田书店,1967年,第73页。

本文学背景根本不同的被侵略、被压迫的状态，看不到生存于这种状态下的作家的文学与政治矛盾统一的辩证法，才有了竹内好对"文学者鲁迅"和丸山升对"革命人鲁迅"的二元论式的片面强调。在此，竹内芳郎确实触及了"二战"前后日本鲁迅研究的一个重要问题，即受"政治与文学"关系论争的影响和制约，其思考视野有时候难以超越二元对立的思维框架，进而忽视了被压迫民族的文学必然要求"革命"的特征。

不过，有些遗憾的是，竹内芳郎的批评客观上暴露了"政治与文学"二元对立模式的弊端，但对鲁迅的具体阐释却依然没有完全摆脱这个框架。他强调文学与革命在鲁迅身上的辩证统一，自然有别于竹内好和丸山升的鲁迅论，可是这"辩证统一"强调的依然是"文学"与"革命"两者的统一，并没有对"二元思考"框架本身构成真正的威胁。与此相关联，竹内芳郎在解释鲁迅文学的生成过程时提出了下面这样一个模式：从"屈辱"的原体验→"憎恶"→复仇（革命）的不可能性，到憎恶的郁积→非现实性行动的文学，而生成的原点是"屈辱的原体验"或"憎恶的原情感"。以这样的模式来具体分析鲁迅，就使他过分注重早期传记叙述中"幻灯事件"的意义。结果，他还是缠绕在竹内好预设的逻辑理路内，即承认鲁迅文学有一个"原点"或者"核心"存在，因而招来伊藤虎丸的批判，认为他只是把竹内好伦理、自由意志意义上的"回心之轴"概念，置换成"屈辱的原体验""憎恶的原情感"一类的情绪性概念，对于"幻灯事件"的过分看重则使其混淆了文学叙事和传记事实之间的不同，产生了"轻薄"的误读。[1]

---

[1] 参见伊藤虎丸《鲁迅与终末论》，龙溪书舍，1975年，第345—359页。

针对竹内芳郎的批评，竹内好并没有提出反驳，而是感到很精彩，认为"不仅对于专业学者多有教益，而且其中提出的问题在当今非常重要，值得大家思考"，并征得竹内芳郎的同意将这篇已经发表过的文章拿来在自己主持的《鲁迅之友会报》上转载。丸山升则在稍后出版的第二本著作《鲁迅与革命文学》中对此做出了回应，在部分地接受竹内芳郎的批评的同时，强调自己的"实证方法"是有意为之，目的在于摆脱日本既成的观念架构。此外，他批评竹内芳郎的鲁迅论从预设的理论模式出发，其分析越是鲜明精彩越脱离鲁迅的实际，成为分析者自身的理论体系的演绎。之后，竹内芳郎又于1976年发表《回应批判》的短文，再次批评丸山升的实证方法淹没了理论阐释，使得其鲁迅像不够清晰，同时坚持自己的鲁迅观。这反映出两者之间的论争超出一般鲁迅认识的范围，显示为方法论上的根本不同。据伊藤虎丸暗示，两者之间的意见分歧，似乎反映了1960年代日本马克思主义内部的文学主义与科学主义的对立。[1]到此，这一段已经被历史淹没了的战后日本鲁迅研究史上不大不小的论争也便结束了。那么，这场论争具有怎样的意义呢？我认为，竹内芳郎作为非中国学专业的批评家参与到"政治与文学"论争语境下的鲁迅论的讨论中来，至少具有三个方面的特殊意义。

第一，战后日本鲁迅论背后的"政治与文学"论争的思想史语境被进一步凸显出来，使鲁迅论得以跨出"外国文学研究"的专业领域，成为一个思想史的"事件"。如竹内芳郎自述，作为日本马克思主义理论家，他对鲁迅的关注目的在于理

---

[1] 伊藤虎丸《鲁迅与终末论》，龙溪书舍，1975年，第351页。

解现代中国及其社会主义革命,而这里的问题意识又是直接来自战后不久"新日本文学会"和"近代文学派"之间那场激烈的"政治与文学"论争。《鲁迅——其文学与革命》一文发表之后,竹内芳郎在另一篇题为"鲁迅的文学和革命"(1968)的讲演中,进一步解释了自己使用"革命与文学"这一概念的目的,那就是要突破长久以来对"政治与文学"关系思考的模式化倾向——人们一方面忘记了所谓政治既然是革命政治,就应该是服务于革命的东西;另一方面,文学又是不能服务于政治的。如鲁迅所言,两者本来就"不相容"。只因革命乃是触及人类灵魂的东西,而社会主义革命原本是为了否定政治的一种政治,因而文学可以与之发生关联。可是,在日本,从战前的无产阶级文学诞生以来,一直是把"政治与文学"作为日共一党的问题来处理,其论争也始终是在这样的模式下成为问题的。如今,有必要后退一步将"政治"推到更根本的"革命"层面上来。这时,观察中国革命并通过鲁迅来了解革命与文学关系的本原性,大有参考价值。[1]

第二,竹内芳郎介乎竹内好和丸山升之间的鲁迅观,虽然原创性不足,而且如伊藤虎丸指出的那样,在具体史实和理解上多有疏漏,但他试图改变竹内好的"文学者鲁迅"和"启蒙者鲁迅"二元对立模式,却依然没有彻底走出来的不太成功的努力,反而显示了这个模式的强固力量,在消极的意义上促进了后续研究者的突破意识。比如1975年出版《鲁迅与终末论》的伊藤虎丸,虽然仍留有竹内好影响的明显痕迹,但已经开始逐渐摆脱"政治与文学"的阐释架构,将观察的目光转向鲁迅

---

[1] 参见竹内芳郎《文化与革命》,盛田书店,1969年,第116页。

与西欧思想的关系上来了。而论争中受到竹内芳郎批评的丸山升，则在其后的学术研究中更加坚定了科学化的实证研究方法，并将自己的中国研究从鲁迅进一步扩展到对 1930 年代左翼文学乃至新中国成立以后的社会主义经验教训的探索方面。

第三，竹内芳郎提出了一个在当时没有引起足够重视的方法论问题，即鲁迅的革命性来自"被压迫民族"的"憎恨情感"。他在批评竹内好忽视了 1927 年以后的鲁迅思想发展时指出：

> 这恐怕是身处帝国主义时代，他顽强抵抗军国主义"政治"而试图坚守"文学"之孤垒的意志，不可避免地投射到鲁迅身上的缘故。然而，正是这种投射使他几乎完全没有把握到下面这样的事实：作为身受帝国主义侵略的被压迫民族作家的鲁迅，其政治与文学既包含了对立又必然融合在一起的辩证法。当然，这绝不是说作为文学家的竹内好之力所不及，而是说，同样是抵抗帝国主义，但在置身帝国主义一方和身处受帝国主义迫害一方的人，两者之间是怎样的"心灵难以相通"或者存在着盲点，这是我们通过两位杰出的文学家之间所形成的文学理解之品性，必须深刻领会的。[1]

这一观点，很容易让我们联想起二十年后美国马克思主义批评家詹明信所谓"第三世界文学"，"总是以民族寓言的形式

---

[1] 竹内芳郎《文化与革命》，盛田书店，1969 年，第 70—71 页。

来投射一种政治",那里的"知识分子永远是政治知识分子"[1]的论断。两人同样从现代世界历史的视角看到了"第一世界"和"第三世界",即压迫与被压迫民族作家之间在其文学上的分歧或异质性。而在1960年代的日本,竹内芳郎及时地指出这一点,是有利于研究者避免将自己的价值观和思维方式过分地投射到研究对象上去的。伊藤虎丸曾批评竹内芳郎的上述观点是将鲁迅的民族身份特殊化,而不利于通过鲁迅来解决日本人自身的问题,也会削弱日本知识分子自我变革的切实性,[2]但在我看来,中国文学与日本文学的异质性,即对于日本文学来说中国文学的他者性,在战后鲁迅研究中始终没有得到充分的重视,这也是一个事实。当时的日本中国研究者心仪中国革命和社会主义道路,急于从中发现解决日本社会问题的思想资源,因此,比起鲁迅的特殊性来说更注重其普遍性方面的情况是存在的。

这就涉及了我们最后要提出的问题,即竹内好参照孙中山、毛泽东、鲁迅所代表的中国民族独立意识,来批判日本战后的"近代主义",结果其批判的最终目的落实到"民族问题"即日本的民族独立和民族主体构建上来了。他以"火中取栗"的无畏精神试图在由帝国主义创造出来,并被法西斯主义掌控着的日本近代民族主义中发现重建战后民族独立的主体性资源。这种思想工作的价值当然是无可置疑的。不过,竹内好在战争和近代史方面也出现了一些错误的判断,在批判战后近代主义忽

---

[1] 弗雷德里克·詹明信《处于跨国资本主义时代的第三世界文学》,收《晚期资本主义的文化逻辑》,陈清侨等译,生活·读书·新知三联书店,1997年,第530页。
[2] 伊藤虎丸《鲁迅与终末论》,龙溪书舍,1975年,第350页。

视民族问题[1]的背后，也存在着对中国革命的现实和毛泽东思想的理解理想化的倾向。这是不是和竹内芳郎所说的忽略了"被压迫民族"的文学与革命的历史特殊性有关呢？

我们知道，所谓竹内好"错误的判断"主要是指发表于1941年的《大东亚战争与吾等的决意》和写于战后1959年的《近代的超克》。前一篇文章因明确表态支持日本发动太平洋战争，受到后来者的一些批评；后一篇论文亦是一个颇有争议的文本，如关于战争的"二重结构"说，我们已经在前面的章节中讨论过。对此，竹内好后来说"现在可以简单说出来，即那份宣言，作为政治判断是错了，彻头彻尾地错了。但通过文章所表现的思想，自己却不认为有错。无论被别人怎么定罪，我只有带着那一思想走向地狱"。[2]就是说，撇开政治判断上的正确与否不谈，从1941年的《大东亚战争与吾等的决意》到二十年之后的《近代的超克》论，其间有一个竹内好始终一贯的思想立场，那就是从明确的民族立场出发来处理民族国家主体性重建的问题。我们当然不应该从今天的角度来指责竹内好是民族主义者，不过，20世纪民族国家和战争的历史已经证实：用民族主义的方式往往难以解决民族国家面临的危机。

竹内好在那个被占领因而民族独立成为紧要课题的时期里，围绕日本民族主体性重建所做的艰巨工作具有丰富的思想史意义，甚至有很多可资我们今天借鉴的地方，需要深入细致地解读。我只想在此提出这样一个问题：作为如此感佩和理解鲁迅

---

[1] 参见竹内好《近代主义与民族问题》（1951），收《竹内好全集》第7卷，筑摩书房，1981年。
[2] 竹内好《为了了解中国》（1973），收《竹内好全集》第11卷，筑摩书房，1982年。

以及孙中山、毛泽东之革命中国,同时以此为思想资源而深深介入战后日本问题中来的思想家,竹内好如果对身处"被压迫民族"地位的作家、革命家那源自"屈辱"地位而生成的民族革命思想有更充分的理解和把握,那么,他是否还会以那样的方式去面对日本的侵略战争与民族主义历史?这当然是由竹内芳郎上面提出的那个问题引申而来的。

丸山升的实证方法与国际主义视野

与此相关联,还有一个研究鲁迅和中国革命的方法论问题。丸山升曾对竹内好有一个很精彩的描述:"至于竹内好,在他的中国论中作为有意识的'方法'选取的视角,与其说是通过和中国的比较来构筑日本批判的立足点,不如说是先存在着强烈的日本批判,然后将中国设定为对立的一极。其结果便导致一种倾向:当竹内好的日本批判敏锐地击中要害时,被设定为另一极的中国所具有的特质就被尖锐地刻画出来;但另一方面,倘若竹内好的日本批判稍稍偏离要点,就那一问题描述的中国像和中国现实的偏离便十分明显。"[1]

而在我看来,丸山升正是清楚地看到了竹内好方法论有问题的一面,才在后来的中国研究中形成了自己的科学实证方法,即首先忠实于中国革命的历史事实,在缜密的文献史料基础上提出自己的主张,而后才是反思和批判日本的问题。因此,他

---

[1] 丸山升《作为问题的1930年代》,收藤井省三编《1930年代中国研究》,亚洲经济出版社,1975年。

的研究自然而然地采取了一种始终切近中国具体历史情况的实证性研究方法。与此同时，作为日本的马克思主义者和日共党员，丸山升还有一个不同于竹内好的问题意识或者动机，那就是要考察与日本无产阶级作家通过马克思主义整体性理论和世界观来实现革命化方式不同的，鲁迅所独有的成为革命人的过程。在他看来，鲁迅在接受马克思主义之前，就通过与中国的现实之艰苦卓绝的抗争而筑就了坚定的革命意志。这就涉及了马克思主义者和共产党人应当如何面对鲁迅这种具有自律性的革命者的问题。为此，丸山升在第二部著作《鲁迅与革命文学》中，具体阐明了鲁迅在"革命文学论战"中与创造社、太阳社年青一代舶来的马克思主义的交锋，最后使两者都获得了有关革命的宝贵经验。

在与竹内好的比较中，我还感受到丸山升身上另一个卓越的方面，即作为一生坚信社会主义理念的马克思主义学者，其有关鲁迅与中国革命的研究中始终贯穿着一种国际主义的倾向。这种倾向使他得以超越日本中国学研究界常见的两种倾向：一种是战前以内藤湖南为代表的"支那学"从"代替支那人为支那着想"那样一种与帝国主义优越性视线相重叠的视角观察中国的方法；另一种是以战后竹内好为代表的将中国作为"方法"而目的却在于重建日本民族主体性的立场。两者观察中国的立场和方法最终都落实在本民族的问题上。这自然无可厚非，但难免局限于现代民族国家的框架之内而有碍于对观察对象的深入理解和阐释，正如上面丸山升对竹内好的批评那样。以共产主义信念为支撑的社会主义理念本来就具有国际主义倾向和世界性眼光。因此，丸山升对"革命人"鲁迅以及社会主义中国的观察始终是超越民族国家的，无论是对于鲁迅文学中革命性的阐发，还是对于社会主义中国的憧憬，以及对其制度上的问题之检讨乃至激烈的批评，都是放在与日本社会主义运动经验教训的比较和世界社会主义体系的大背景下进行的。也因此，如在《检证中国社会主义》（大月书店，1991）一书中所展开的那样，他能够将中国社会主义的经验教训作为世界史上的一个"事件"，又如在《走向文化大革命之路》（岩波书店，2001）中那样，把新中国以来僵化的文艺政策下知识分子遭受的苦难创伤，作为包含了许多人类共同记忆的东西来予以理解和反省。而早年在挑战竹内好"日本式"的"文学主义"化鲁迅论过程中构筑起来的研究方法论，即尽可能切近中国的具体历史状况的实证分析方法，不仅铸成了丸山升自己的思想风格和学术气派，也开拓了1970年代以后日本鲁迅及中国文学研究的新局面。这是我读到他的中文版文集《鲁迅·革命·历史》（北京大学出版社，2005）时，所再次感受到的。

第三章

战士之"流动的哲学"与诗人的"向下超越"
——木山英雄、伊藤虎丸对鲁迅研究传统的贡献

在战后民主主义时代，与丸山升一起推动了日本鲁迅研究传统之形成与纵深发展的，还有木山英雄和伊藤虎丸两位。他们同样是在竹内好鲁迅论的基础上，通过继承和反思其成就与问题而建立起了自己独特的研究方法和路径。如果说木山英雄是有鉴于竹内好过重的体系化、模式化的论述弊端，而有意识地通过文本解读即文学作品内部的结构分析和语境关联，从《野草》中获得了对作为"战士"的鲁迅"流动的哲学"之深度把握，并在周氏兄弟平行研究方面将鲁迅相对化、历史化，那么伊藤虎丸则以欧洲近代的"个性"思想取代竹内好的"文学""启蒙"等空洞说法，用"终末论"来置换其内涵模糊的"回心"概念，由此将论述落实到《狂人日记》的诞生和鲁迅"近代写实主义"精神的确立契机上，从而在鲁迅与西方现代的精神联系，和鲁迅给日本、亚洲的思想启示两个方面开拓出研究新路径。而两位的成就共同印证了一个事实：研究者一旦摆脱了那个粗糙简陋且复杂纠缠的"政治与文学"阐释架构，思考就会获得解放而使研究产生无限多样的发展可能性。换言之，木山英雄和伊藤虎丸为战后日本鲁迅研究传统的多元发展做出了独特贡献。

活在日本的鲁迅

木山英雄:以《野草》为中心的鲁迅论

木山英雄(1934—)[1]的鲁迅研究起步早,成果数量少但内容精深,对学术界保持着长久的影响力。从1963年发表长篇论文《〈野草〉主体建构的逻辑及其方法——鲁迅的诗与哲学的时代》到2002年出版广播大学教材《读〈野草〉》,四十年间仅此而已。虽然这期间也有一些其他文章涉及鲁迅与同时代人的关系问题,但系统的专著没有出版过。至于他是如何于竹内好开创的鲁迅论之延长线上展开思考和论述的,木山英雄在最近纪念丸尾常喜的一个同窗会上有如下简要的回顾:

> ……说到我和他的交往,始终有鲁迅介乎其间,这倒是事实。或者可以说,在鲁迅研究上一开始就得到了他对我的信赖,这种关系直到后来规定了我们之间交往谈话的方向。这种关系本身其实很简单,在他身边曾存在过的鲁迅研究会也是如此。例如,丸山升试图通过对使革命最终落实到本土的中国政治史和鲁迅生活史的彻底的实证研究,而对所谓"竹内鲁迅"予以马克思主义式的超越;伊藤虎丸则相反,他自称是"竹内追随者"而志在继承其有关亚

---

[1] 木山英雄,1934年生于日本东京。1959年毕业于东京大学文学部中国文学专业,后长期担任一桥大学教授。主要著作有《北京苦住庵记——日中战争时代的周作人》《人歌人哭大旗前——毛泽东时代的旧体诗》《周作人"对日协力"的始末》等。前两种著作均有生活·读书·新知三联书店中译本。

第三章　战士之"流动的哲学"与诗人的"向下超越"

洲近代的问题意识等，这些都是很沉重的前提；我在这方面则有些稀里糊涂，觉得与其被那个不知出自何处的"回心"牵着鼻子走，不如面对鲁迅所写就的文本而与之认真地较量，这样的文本解读工作一直做到《野草》，并将由此解读出来的一个连续的过程确定为鲁迅流动着的哲学，我觉得做到这个程度就可以了。[1]

我们知道，竹内好的《鲁迅》也是看重《野草》的，认为它是解释鲁迅最恰当的参考资料，充当着"作品与杂文之间的桥梁"，"说明着作家与作品之间的关系"。[2] 但除了反复强调文本的难解和存在着"奇妙的纠结"外，竹内好并没有展开具体的分析，更没有上升到作家"主体建构"的"哲学"高度。而木山英雄的鲁迅研究一开始就把《野草》置于鲁迅思想文学的中心，通过彻底的文本解读以探索作家主体建构的逻辑方法，也即作品本身的运动所展现出来的连续性思维背后的那个"流动着的哲学"，或者作家自我相对化的方式。不管是否明确地意识到，在此，他实际上是依据更具体而严谨的文本解读方法，从思想艺术的结构深层上回答了竹内好曾经提出，却没有清晰呈现的鲁迅"文学的自觉"这一根本性问题。

木山英雄认为，装饰着《野草》的各种黑暗世界之阴影并非作家一时的心情表露，而是有着深刻的思考蕴含其中的。集子中23篇散文诗作为一个整体具有内在的连续性，在其中可

---

[1] 木山英雄《纪念丸尾常喜君》，载东京大学中国语文科同窗会杂志《公孙树人》第9号，2009年。
[2] 竹内好《近代的超克》，孙歌编，李冬木、赵京华、孙歌译，生活·读书·新知三联书店，2005年，第93页。

以发现作者致力于主体建构的持续努力。而他所要关注的则是"作为稀有的散文家的诗,与义无反顾不息前行之战士的哲学"。为了说明鲁迅的"绝望"与"寂寞"和进入《野草》创作契机的关系,木山英雄首先对此前的《呐喊》和"随想录"创作进行了考察。他认为,《狂人日记》是指向黑暗世界之完成而展开的小说,其目的在于托出"人吃人"这个作者抱有的世界映象,故狂人觉醒之后对于生的追求并没有成为作品的动机。因此,小说结尾的"救救孩子"在结构上是"唐突"的。原因在于,这个结尾把对绝望的证实立刻接续到对拯救的呼唤上去,或者说将对绝望之认识直接转化成抵抗的精神发条,中间缺乏对黑暗的历史和未定的将来两者之间关联的结构上之铺垫,这样"现在与未来,生硬地,同时又因绝望之后的奔放而被机械地分离开来,因此产生了唐突感"。[1]认识到这样的"唐突感"之存在非常重要,因为这不仅直接关系到如何理解鲁迅《呐喊》和"随想录"等"五四"时期的一系列创作,而且牵扯到从对黑暗世界的绝望发展到彻底的"寂寞",最后在《野草》中谋求主体重建这一鲁迅式的"流动的哲学"。

在木山英雄看来,由于"救救孩子"终归是一种朦胧的假设而没有现实根基,故对既定的一切实行全面否定的立场又被投回到主体这一边来,这在"随想录"中表现得十分明显。鲁迅与胡适、周作人等不同,他这一时期的文章虽然也时而有表达新世界的词语如"人""进化""科学""爱"等出现,但这些词语没有正面的实质性内涵,反而是为了衬托出中国现状的

---

[1] 木山英雄《文学复古与文学革命》,赵京华编译,北京大学出版社,2004年,第5页。

第三章 战士之"流动的哲学"与诗人的"向下超越"

黑暗或旧世界的恶才被使用的。这里隐然浮现出鲁迅特有的思想立场或思维特征：把自己彻底归入黑暗与过去的一边。这种"自我规定"的方式，不仅使他的作品充满了绝望并导致自我悬置，而且使暂且承担着的"呐喊"精神本身不久就变成了一种桎梏。因此，《狂人日记》之后的作品中不再出现有关未来的构想，而映入眼帘的是作家反复表现的沉积凝固的旧世界映象，小说中的人物也不再有狂人那种清醒的意识，代之而来的是感觉迟钝、无知的民众或知识者的意志丧失与无力症。结果，进入《野草》之前的鲁迅，"一方面怀有对于存在于自己之中，且确信完全覆盖了自我的黑暗之真实感觉，另一方面是不断将自我归入黑暗一侧的同时，欲对假定的未来承担责任的全盘否定的意志，在这两者并立之间，作者的主体仍然处于动摇不定的状态中"。[1]

鲁迅的这种精神状态使他在一系列小说中创造了多彩的人物形象，如集中了以往作品人物所有无知麻木卑怯性格的"黑暗的积极人物"阿Q等。到了《祝福》中的祥林嫂，则鲁迅对于黑暗世界的呈现达到了顶点。木山英雄认为，祥林嫂是一个没有摆脱痛苦的办法，更没有转嫁危机的对象的"完全单方面的被害者"，她在"人吃人"之人间关系循环圈的一角结成了一个孤独的痛苦之核。"这个痛苦之核越出循环圈之外，给出一个把循环的整体机构对象化的视点，同时这个痛苦之核又作为客观映象而出现。这样，黑暗世界的自在统一被打破，黑暗第

---

[1] 木山英雄《文学复古与文学革命》，赵京华编译，北京大学出版社，2004年，第11页。

一次成为离开作者内在世界的孤立存在。"[1]从这个意义上讲，《祝福》被置于《彷徨》的卷首，照映出了《呐喊》的终结。但是，黑暗世界之门虽然敞开了，可照射进去的并非思想之光，结果鲁迅开始了失掉影之后的彷徨，并在《野草》的世界里努力寻求主体重建的道路。

关于《野草》的结构，也即鲁迅主体建构的逻辑方法，木山英雄首先注意到，"明暗之境"式的相反相成的观念单纯而强有力的组合，是其最大的特征之一。而要将"希望"的对立面"虚妄"推到极致以展开对"明暗之境"的深沉肉搏，在逻辑推理上则鲁迅必然要面对"死亡"问题，因为只有死亡才会使彷徨的痛苦终结。换言之，一个强有力的现代主体之建构不能不面对哲学的终极关怀——死亡。可以说，鲁迅在《野草》中设定并最后穿越了四种死亡形态，它们分别体现在《过客》《死火》《墓碣文》《死后》四篇作品里。《过客》以前方的坟墓为象征，呈现了"与那种被动性的达观相反的，作为彻底的主观能动性之纯粹自由意志的死"。与《过客》的坟墓相比，《死火》中的死则是作者内省力想象出来的更为逼真的死。而《墓碣文》则描述的是死之死，即作品中的"成尘"者乃作者欲将与现世的生之苦恼深深纠缠在一起以致无法再解开的死，再次转换成连形迹也不存在的彻底的死。至于《死后》中的死之形态，则是在运动着的生之日常性世界里被估定价值的又一个极具人世间具体性的事件，"我"发觉自己还不应该死并惊讶于死的无聊，突然坐了起来，由此暗示着作者鲁迅从四种死亡形态的探

---

[1] 木山英雄《文学复古与文学革命》，赵京华编译，北京大学出版社，2004年，第18页。

第三章 战士之"流动的哲学"与诗人的"向下超越"

索中回到了现实世界。

我国评论家李长之早就指出,鲁迅的根本信念在于"人得要生存"这一"进化论的生物学思想"。而在木山英雄看来,鲁迅这种生物进化论哲学乃是通过对于死亡的思考而获得的,其艰难困苦的思考历程就隐含在最阴晦的散文诗《野草》之中。它既是作家欲打破黑暗世界的封闭凝固而不得不走到绝境时必然面对的问题,同时经由对死亡的思考,鲁迅这位特异的文学家才得以重构起崭新的"义无反顾不息前行之战士"的自我主体性。也正是在这个意义上,我们说《野草》中蕴含着鲁迅的诗与哲学。众所周知,鲁迅研究史上虽然有人关注过《野草》的价值,但是,在中国真正把《野草》作为鲁迅的哲学(历史中间物意识)和走进作家丰饶的内心世界之窗口而实现了研究史上巨大突破的,是1980年代中期以来以钱理群、汪晖为代表的论述。而在邻国日本,木山英雄在早此20年的1960年代便注意到了《野草》中鲁迅的诗与哲学,并通过对23篇散文诗彻底的文本解读,证实了鲁迅是怎样在生存哲学的意义上经过对四种"死"的形式之抉心自食式的追寻,最后穿过死亡而完成对自身绝望黯淡心理(也即处此历史大转换时代的古老文明中国所怀抱的全部矛盾)的超越,而成为卓越的思想家和文学家的。这不能不让我们敬佩木山英雄鲁迅研究的精深和独特。[1]

那么,这样的探索在战后日本鲁迅研究的历史语境下具有怎样的意义呢?2005年,在韩国召开的一次有关鲁迅的研讨会上,

---

[1] 木山英雄的《野草》研究在新世纪又有了新的发展,主要体现在为日本放送大学所编教材《读鲁迅〈野草〉》(2003)中,相关情况将在本书第六章"日本《野草》研究的两条路径与一条副线"中讨论。

木山英雄回顾了自己战后开始的鲁迅研究，在问题意识和方法论上与竹内好、丸山升、伊藤虎丸等的不同及其贡献。他说：

> 我的课题是从《野草》文本中探索连续性的诗性思考的轨迹。既然如此，与作家的生活史以及作品的历史背景比较而言，文本的至少相对的独立性就不能不成为重要前提。由于这个工作做得比较细致，为后来的丸山以及伊藤的写作，在多少可以省略因理论考据所需要的作品解读程序的意义上做出了一定的贡献。如果把我在这种准备之下，从《野草》中读出的东西极为简单地概括一下，那就是：第一，把可能性的自我，交互逼向主观性和客观性的两极，在反复进行相对化的同时解析混沌、深化认识的独特方法；第二，内部只有诸如"黑暗""虚无"等否定性动机的孤傲的失败者的反抗，是通过面对各种形色的死，而最终彻底消灭荒谬世界的希求和以所谓"身外"的他者关系性为根据的生之自觉归于分离的、"哲学性"的展开。其结果是把过去媒介给未来的一种过渡性的"中间物"意识的自觉。鲁迅深有铭感地把它写在了散文里。[1]

换言之，从鲁迅的作品文本出发试图在其内部发现"鲁迅创造的鲁迅"，这是木山英雄最具特色的分析视角，而与竹内好的"文学主义"倾向、丸山升的历史主义实证方法、伊藤虎丸的东西方文学关系比较论明显地区别开来。不过，这种区别亦

---

[1] 木山英雄《也算经验——从竹内好到"鲁迅研究会"》，载《鲁迅研究月刊》2006年第7期。

第三章 战士之"流动的哲学"与诗人的"向下超越"

是就具体的研究方法而言的。实际上，木山英雄一开始就强烈意识到了竹内好鲁迅论的存在，因为他毕竟是"我们这一代的前面矗立着的一座坚固的高墙"。木山英雄强调，《野草》文本所展开的，是在自己的内部寻求不到"核心"的失败者通过对"身外"的存在负起绝对责任而得以发现其生之根据的故事。在这个故事里，形成了一种与竹内好所谓不动之"核心"不同的、流动性的"核心"，在这个"核心"里存在着鲁迅式的"哲学"，即作家主体建构的逻辑方法。同时他也认为：

> 至于竹内好的"回心"说本身，我本来没有一定要反对的理由。所以如果勉强把上述的展开过程说成是竹内的"回心"投影在文本上的结果，也没有什么不可以（竹内本人把《野草》看作可能是与鲁迅的"回心"关系最密切的作品，只是始终没有尝试解释而已）。然而我认为，至少在为了说明竹内的《鲁迅》所欠缺的鲁迅特有的卓越幽默感这个意义上，强调在文本展开过程中鲜明的自我相对化的方法，也还是有意义的。[1]

我认为，木山英雄的鲁迅研究虽然一样强烈地意识到了竹内好的存在，但在问题意识和阐释架构上与竹内好的"体系"距离最远。他不但将研究的重心置于鲁迅作品的文本本身，而且通过"内部研究"试图发现作家内在的思想精神结构。作为英美新批评的基本方法，"文本分析"起源于1960年代前后，

---

[1] 木山英雄《也算经验——从竹内好到"鲁迅研究会"》，载《鲁迅研究月刊》2006年第7期。

经过后来突飞猛进的发展而于1980年代逐渐扩展到全世界，如今已经成为文学研究的基本方法。木山英雄则在同时期的日本，以自己的方式和悟性达到了通过"文本"分析而观察作家作品之逻辑结构的境界，不能不说是一个独创。他的研究对日本学术界保持着长久的影响力，证明了其开创性和未来性。

与此同时，为了避免将研究对象过分神化或者意识形态化，木山英雄在后来的研究中有意识地把视野延伸到同时代的周作人，通过对周氏兄弟的平行研究而将鲁迅相对化、历史化。这样一种研究路径，使日本战后一个时期里的鲁迅论呈现出更加丰富多彩的面向，也开拓出了周作人研究的新领域。而通过对周氏兄弟在其师章太炎影响下经历日本留学时期的"文学复古"，最后走上"五四"时期的"文学革命"这两者之间的关联性分析和比较，鲁迅在"文学革命"中的独特位置和历史作用则得到了更加深层的展现。

周氏兄弟的"文学复古"与"文学革命"

在日本，真正系统的周作人研究是从木山英雄开始的，这在中日两国学界已是公认的评价。尤其是考虑到这项研究起步于1960年代，彼时周作人因在中国被判定为"汉奸"已经沉默了二十余年，几乎为世人所忘却。"汉奸"罪名与日本所发动的那场侵略战争直接相关，作为日本国民的木山英雄一面承受着道德心理上的重负，一面又努力超越政治、道德的评价，致力于在思想史上凸显思想家和文章家周作人那独特的形象，可以说这是一个相当困难的开拓性工作。我更注意到，在木山英雄的周作人研究系列文章以及专著《北京苦住庵记——日中战争时代的周作人》(筑摩书房，1978)中反复强调了这样一个事实，即周作人的思想价值比起"五四"时期更在于1920年代之后对西方价值观和文学范畴进行的本土化转换，例如把"艺术"变成生活的技术或"礼"，把人道主义变成一种"饮食男女人之大欲存焉"式的人本主义，把个人主义变成以"己"推及"人"的共生主义，科学也被抽掉其可怕的彻底性而变成"人情物理"式的一种常识，等等。[1]木山英雄以精细的文本解读有力地证实，周作人的思想史价值，正存在于这种将外来现代性转换到与历史传统相关联的中国现代语境中来这一不懈努力上，也因此，使其思想和文章保持了惊人的连续性，甚至在战争期间于政治上"落水"之后，依然保持"原始儒家"的姿态而在形式上成全了自己思想上的一贯性。

　　以上，是木山英雄对周作人的基本认识。而他关注周作人，一个重要的目的在于将兄弟俩相提并论，通过平行研究来深化对于鲁迅的理解。木山英雄的周作人或者说周氏兄弟平行研究集中在两个时期，一个是20世纪六七十年代，以《实力与文章的关系——周氏兄弟与散文的发展》(1965)、《从文言到口语——中国文学的一个断面》(1974)和《正冈子规与鲁迅、周作人》(1983)为代表；另一个是1996年所作的《文学复古与文学革命》以及前一年在北京师范大学的讲演《关于周氏兄弟》。长期的研究最终使他得出这样一个结论：在鲁迅与周作人这对骨肉兄弟身上积聚了革命中国及其现代性的全部矛盾紧张，

----

[1]　木山英雄《文学复古与文学革命》，赵京华编译，北京大学出版社，2004年，第90页。

他们是"将中国老大文明的自我改革这个从未如此全面地被意识到的课题，在最深的层次上肩负到底的一组人物"。[1]

我理解，木山英雄的系列研究是在追寻一个包括思维方式、个人性格和文化心理在内的综合要素：周氏兄弟之所以能够肩负起这样的历史使命，关键的思想行动模式就在于他们有一种共通的不断回归"原点"，在现实与历史、实践与理念、现代与传统、个人与时代、文学与革命、精英与大众等关系结构中做思考的往复运动，由此迸发出一种反思和自我批判的力量——正如上面提到的周作人1930年代将西方价值观和文学范畴转化成本土概念那样——从而为中国新文学的发展贡献了深沉厚重的内涵。这一点，后来被木山英雄概括为"从文学复古到文学革命"，即以清末民初兄弟俩在东京受到章太炎复古主义影响而提倡的"文艺运动"作为"原点"，构成了后来他们参与"五四"新文学运动的不可多得的特殊经验。鲁迅身上的很多特质也为周作人所共有，通过周氏兄弟的平行对比，鲁迅思想文学的特殊性将获得历史化和相对化，同时这也足以使人们更加清晰地认识到他的独特性。

周氏兄弟自然在个人天赋秉性和思想观念上存在很多差异和分歧，特别是1923年"失和"之后更加凸显出来。但是，木山英雄关注的更在于兄弟两人的共通性方面，这构成了其研究的一大特色。给人印象最深的《实力与文章的关系》一文，分析了在"五四"文学革命经过十年历程而迎来向革命文学的转换之际，兄弟俩分别感到自己清末以来所形成的文学观受到来

---

[1] 木山英雄《文学复古与文学革命》，赵京华编译，北京大学出版社，2004年，第242页。

第三章 战士之"流动的哲学"与诗人的"向下超越"

自左翼阵营的冲击,面对这种冲击,两人的抵抗姿态和革命观虽有明显的距离,但对"革命文学"论所做反应的根底里仍然有某种重要的一致性,他们都将革命与文学的关系置换为实力与文章乃至语言的关系,而鄙视左翼阵营那种夸夸其谈的议论,并在两者的关系上得出否定性的结论。[1]

而在题为"关于周氏兄弟"的讲演中,对此更有整体而纵深的概括。木山英雄认为,周氏兄弟对传统文明的批判各有千秋,但是"共有的特征,在他们的同代人里也是相当突出的,突出到有时免不了遭到类似'民族虚无主义'这顶太随便的帽子的非难。可是应该区别于权威崇拜和自信丧失,周氏兄弟这种批评能力,本身就是一种文化力量"。这种文化独立自主的意志"对周作人来说,则在他对日本的侵略放弃了实际上的抵抗之后,也仍然给他留下了最后的城堡;在鲁迅,则使他期待民族的自我变革,把救亡斗争也作为一个契机而前进"。[2]在东京,兄弟俩受到章太炎的强烈影响,形成了"外之既不后于世界之思潮,内之仍弗失固有之血脉,取今复古,别立新宗"的复古创新之思想原点。这个"原点"成为他们在此后文学革命的曲折过程中不断"回归"——反思和估价——的标尺。"总之,在此回归或类似回归的事态里,他们自我表现的要求俄然高涨一时,使得新文学获得了新的深度",[3]从而共同走出了一条开创性的道路。

---

[1] 木山英雄《文学复古与文学革命》,赵京华编译,北京大学出版社,2004年,第70—83页。

[2] 木山英雄《文学复古与文学革命》,赵京华编译,北京大学出版社,2004年,第241页。

[3] 木山英雄《文学复古与文学革命》,赵京华编译,北京大学出版社,2004年,第243页。

当然，周氏兄弟也有种种不同，而决定他们分别走上不同政治思想道路的根本差异，就在于对"民众"的态度以及语言观上。周作人"对作为社会政治力量的民众以及推动他们的群众心理抱着深深的不信和忧惧，同时也反对一切诉之于人心狂热性的口号文学。鲁迅向'暴君的臣民'所投射的眼光，也比弟弟有过之而无不及地严厉，然而他一面又使他的文学对文明边缘上的绝对无权力者及其沉默保持不断的紧张关系，有时亦发出要以语言突破语言限度的诗似的呻吟。这在周作人，是不会有的事情。因为他是在回归到固有性的同时，也聪明地回避了文学的现代性危机"。[1]我认为，木山英雄这种周氏兄弟的平行研究，在关注其性格心理的共同性的同时也注意到其文化政治上的差异性，从而达到了辩证思维的高度。而从这样的相对性和历史化的视野看到的鲁迅，乃是一个活在现实情境中又连接着历史总趋势的时代人物。它比任何从理论和体系出发建构起来的鲁迅形象，都更加形象和逼真。可以说，木山英雄虽然没有鲁迅研究的专著却对日本学术界有深远影响力，关键就在于其视角的独特和体察入微的研究方式。

周氏兄弟思维方式和文学气质上的一致性与微妙差异，又促使木山英雄最终将其平行研究进一步拓展到给兄弟俩以重要影响的章太炎那里，因而有了学术含量极高的论文《"文学复古"与"文学革命"》[2]的写作。如木山英雄所自述，为了在

---

[1] 木山英雄《文学复古与文学革命》，赵京华编译，北京大学出版社，2004年，第252页。

[2] 此文发表于《中国——社会与文化》1996年第12号，东京大学东洋文化研究所编。中文版收入《文学复古与文学革命》，赵京华编译，北京大学出版社，2004年。

第三章 战士之"流动的哲学"与诗人的"向下超越"

一个比从"五四"到中华人民共和国成立为止的历史更长远的展望中重新思考鲁迅的思想与文学,他以周氏兄弟与其共同的师长章炳麟的关系为轴心,在此文中展开了将"文学革命"相对化、历史化的全新尝试。[1]该文在仔细分析章炳麟"文学复古"思想的基础上,从文学概念、诗与诗人、神话、小说、文学语言等方面出发,对周氏兄弟"五四"前后非常"前卫性的西欧理解与章炳麟复古主义思想之间的关联"做了纵深的历史性考察。木山英雄认为,与"排满"种族革命运动相结合的晚清"文学复古"潮流,可以说是"文学革命"前史的一个侧面,然而其内容却不可能用"文学革命"的逻辑全部加以穷尽。特别是章炳麟的"反古复史"之"文学复古"论,凝聚了他的全部心血而成为直面20世纪初世界史的现实,致力于将中国文明从其自律性的基础上加以重建的不懈努力的重要部分。其中,极端的反时代性与超越了同时代乃至后来"文学革命"观念之局限性的远见卓识,不可分割地糅合在一起,难以单纯地用进步-反动的尺度来衡量,而周氏兄弟在章太炎的直接熏陶之下,与西方现代的思想文学发生了强烈的共鸣,这一无与伦比的体验,为即将到来的新文学打下了不可替代的基础。该文最后的结论如下:

> 周氏兄弟经由了章炳麟"文学复古"的熏陶,几乎同时又体验了对于西方式"主观之内面精神"和"个人尊严"的渴望;他们借用严复的旧式译语"性解"表现西方

---

[1] 参见木山英雄《也算经验——从竹内好到"鲁迅研究会"》,载《鲁迅研究月刊》2006年第7期。

天才、"诗人"、"精神界之战士",在与他们的声音相呼应的同时,留下了文学语言的大胆试验成果。根本来说,这中间的关系只在文学语言层面上讨论是无法穷尽的。这种种关系以鲁迅为例简略言之,则可说这是面对东方文明古国衰微的敏感高傲的灵魂,把欧化主义的时弊归结为19世纪式的"无知至上"与"多数万能"两点,从而与基督教欧洲内部的基尔凯郭尔和尼采,特别是后者对于资产阶级"末人"的轻蔑性批判发生共鸣,这已堪称一大奇观,而与此同时,他又与中国内部的章炳麟所主张的,立足于岂止是前资本主义社会,而且是前制度性原理的自存自主发生共鸣,这堪称又一个奇观。鲁迅所标示的"外之既不后于世界之思潮,内之仍弗失固有之血脉,取今复古,别立新宗",正是这两大奇观的自觉形态。实际上,如果说章氏的小学由黄侃和钱玄同等嫡传弟子所继承,东方哲学的构筑则触发了熊十力、梁漱溟的儒、道、佛三教间各种会通的尝试的话,那么,他在《民报》时期独特的思想斗争最全面的继承者,则非鲁迅莫属了。现在只举一例:鲁迅在那篇一看便知是模仿章炳麟的《四惑论》所写的未完的论文《破恶声论》中,把蔑视固有宗教、礼赞富国强兵、强调国家义务的"国民论"与主张文字、语言万国通用,放弃祖国以求统一差异性的"世界人论"作为批判的标的,指出他们所依据的"科学""实用""进化""文明"观念实在不过是肤浅皮相的西欧认识的产物而已。仅仅浏览一下他所批判的项目,便可了解他是如何从相反的角度与其师有着相似的问题意识。在此意义上,20世纪中国这一巨大的矛盾,似乎已经在最初的十年里选择了鲁迅作为

第三章 战士之"流动的哲学"与诗人的"向下超越"

它的象征。[1]

"无方法"的方法与对象的历史化

木山英雄自称,自己的鲁迅及中国文学研究并没有什么"方法",不过是读书经验的记录。的确,我们在他的论文中看不到抽象的概念推演、宏大的理论预设或者自明的逻辑前提,他常常是在综合把握史料的基础上,单刀直入地进入历史,直逼对象的问题所在,即使在谈论《野草》里的诗与哲学那样的抽象问题时,他亦有意绕开哲学概念而选择日常用语来描述自己的阅读体验。这对习惯了一百年来以西方理论为基础建立起来的学术制度和话语方式的现代学人来说,确实容易造成阅读的障碍。也许,这便是他的文章"趋于晦涩"的一个原因。也有人说他的文章充满魅力,始终保持一种思考的紧张感,却又是别人无法模仿的,原委恐怕就在于没有理论的预设和先定的前提。

那么,木山英雄鲁迅论的魅力和紧张感来自哪里呢?我体会这来自他作文常常以一己的所有力量来与对象、与自己面对的历史较量,加之现实的人文关怀,便与研究对象构成了一种思想张力。一个研究者如果不想作四平八稳的"学术"文章,就应该有强烈的主体参与,与研究对象或问题打成一片,追问到底的意识。在这个追问的过程中保持研究主体与对象的对抗

---

[1] 木山英雄《文学复古与文学革命》,赵京华编译,北京大学出版社,2004年,第236—237页。

性对话关系,不仅能够激活历史中那些与当下的现实失去了关联的思想资源,同时也不期然地回避了预设的理论和先定的前提。实际上,木山英雄在开始他的"学术"研究之初,就已经注意到了这个"方法"问题,如第一篇论文《〈野草〉主体建构的逻辑及其方法》中,他这样谈到自己的"方法":"对《野草》的研究,方法可能有种种,如采取捕捉晦暗的深层心理,或注重外在因素如以作家生活史、政治背景等为重点的研究方法。然而我在此将尝试沿着一个观察方向一直走到尽头。这个方法,我本来就知道是一种偏于一端的研究操作,因此,我并未想为了说明'这就是鲁迅'而选择最短的研究捷径。总之,在一个平面上疾走而过所留下的痕迹能够描绘出什么,这个'什么'即是本论文的目标。……避开预设的体系去面对研究对象,是因为我并没有什么体系,同时也是做出上述那样选择的结果。"[1] 我认为,这种面对研究对象的姿态和进入历史的方式,正是使木山英雄的鲁迅研究有别于竹内好等人的关键所在。

那么,这种强烈的主体参与会不会有虚化历史、扭曲对象而走向绝对化的道德评价方面去的危险呢?回答是肯定的。要避免这种危险就需要研究者对历史、对自己的研究对象不断地进行相对化和历史化的处理。木山英雄的"方法"的另一个特征也正在于此。记得在一次研讨会上他曾回顾自己的学术经历,透露了着手周氏兄弟研究的起因,那就是有意识地将自己心目中景仰的鲁迅相对化、历史化,以避免研究者神化研究

---

[1] 木山英雄《文学复古与文学革命》,赵京华编译,北京大学出版社,2004年,第3页。

对象而被对象所吞噬的学术危险。如前所述，为此他有意识地引入周作人及周氏兄弟并行研究，甚至将此上推到兄弟俩共同的先生章太炎那里。与此同时，他还注意把所关心的重要问题如文学革命中的"语言"（口语与书面语）问题，中国文学现代性问题，周氏兄弟思想性格、文化政治上的共同性与差异等问题，或者说把现代中国文学的某个重大"局面"（历史事件、场景）放在多种视角、不同的问题系列中反复地加以考察和参证。这也是将研究对象历史化、对象化的一种做法。这样，可以有效地将自己的思考理路相对化，以抑制那种追求透明性的欲望。总之，与历史和研究对象保持一种思考张力，不断将自己的问题和"方法"历史化，从最基础的文本分析进入研究对象的世界，这大概是木山英雄鲁迅研究最主要的方法论特征。

伊藤虎丸：从"预言的文学"到"赎罪的文学"

自1960年代开始鲁迅研究的伊藤虎丸（1927—2003），[1]与丸山升和木山英雄同属于战后日本第一代学者。他常自称是竹内好最忠实的"追随者"，没有像丸山升那样与之针锋相对，也与木山英雄倾全力于鲁迅作品文本的解读不同，而是更自觉

---

[1] 伊藤虎丸1927年生于日本东京。1953年考入东京教育大学文学部，同年受洗礼成为基督教信徒。后考入东京大学，攻读中国文学专业的硕士和博士研究生。毕业后，长期担任东京女子大学教授。2003年病逝。主要著作有《鲁迅与终末论》《创造社研究》《鲁迅与日本人》等。伊藤虎丸早年曾随父母在中国东北生活，改革开放的1980年代以来一直积极致力于中日的学术文化交流。

地继承了竹内好提出的一系列研究课题，并在理论体系的建构上多有建树。不过，到1975年出版《鲁迅与终末论》和1983年刊行《鲁迅与日本人》两部主要著作之际，他所面临的日本社会已经发生了巨大的变化。竹内好那一代人身处战后之初被占领状态而积极思考民族主体性重建问题并激烈批判日本近代化的失败，这样一种以"国家民族"为中心的1950年代的思想主题，到经济高速发展的1960年代之后逐渐转向了"社会个人"方面，伊藤虎丸的鲁迅研究响应时代的变化，其思考的重心也逐渐脱离"政治与文学"的认识框架，而转移到如何反思战后民主主义的问题，怎样建构亚洲式的个人主体性和文学之写实主义传统上来。与此相适应，他更倾向于在"鲁迅与西方"和"鲁迅与日本"的关系结构中思考其思想文学的价值意义。因此，考察战后日本不同时期鲁迅研究的发展，伊藤虎丸的学术成就值得特别关注。

伊藤虎丸回忆自己早年研究中国文学的契机，强调有两部著作对自己影响巨大。一是陶晶孙的《致日本的遗书》，二是竹内好的《现代中国论》。前者激起自己向"新中国学习"并寻找"亚洲连带的出发点"的志向；后者肯定中国执着于自我并在抵抗西方的同时创造出自身现代性的"回心文化"，以此来批判日本缺乏自我主体性的"转向文化"，这样一种思想文化批判的方法则给自己的鲁迅研究以重要启示。[1]不过，有学者已经注意到，伊藤虎丸的鲁迅论与竹内好的虽有交叉，但不同的地方很多，如有关"赎罪"意识的内涵、"近代"的定位等。原因在于

---

[1] 伊藤虎丸《鲁迅与日本人》"序言"，李冬木译，河北教育出版社，2001年。

第三章 战士之"流动的哲学"与诗人的"向下超越"

伊藤虎丸的时代，其思考主题已经从"政治与文学"的关系转移到了"知识分子与大众"或者"革命者与人民"的关系上来了，尤其是在经历了 1960 年代的大规模社会运动之后，战后日本民主主义如何发展的问题，成为他通过鲁迅积极思考的主要对象。伊藤虎丸是把中国的"现代化"作为"西欧化"的等价物来把握的，即以鲁迅为否定性的媒介使中国从根底上"接受"了欧洲的近代精神。而竹内好在中国看到的不是"西欧化"，而是与欧洲不同的"另一个近代化"历程，它暗示了亚洲主体形成的另一种状态。或者可以说："两者在肯定更好的近代或者近代民族国家本身并从鲁迅和中国那里发现其范型这一点上，是共同的，但其观察的视角和眼光则有微妙的差异。"[1]

还应该指出，伊藤虎丸早年患有难以忍受的病症因而受洗于基督教，这给他的学术研究带来潜在的影响。例如，在鲁迅研究上他善于创造新的概念工具并执着于理论体系之建构，而诸如"终末论"（末世论）、"预言"、"赎罪的文学"等关键词均来自旧约《圣经》，这点显而易见。由于信仰基督教和对西方宗教思想史的深入了解，他借这些概念对鲁迅早期与西方思想之关系的阐发，就较好地摆脱了竹内好鲁迅论过重的"文学主义"倾向所导致的暧昧乃至误解。他曾借用日本基督教神学者熊野义孝《末世论与历史哲学》（1933）的观点，将竹内好的"回心"置换为"终末论"。他认为："终末论"并非启示录那样的未来观，而是一种强调人不断意识到自己的死，并经过与死对抗而从自然的生飞跃到作为精神的生之思想，科学本身也必须

---

[1] 代田智明《关于鲁迅论与个体之自由的主体性——从伊藤虎丸说起》，载《飙风》第 45 号，2008 年。

经过这种非合理的飞跃才能确立起来。[1]这可以说明，经历了"回心"过程的鲁迅在日后何以能够确立起文学上科学的"写实主义"方法，并为20世纪中国开辟出与西欧近代相关联的文学发展道路。

这也正是伊藤虎丸的第一部著作《鲁迅与终末论》的主题。该书由三部分组成，前两个部分是其论述的主体。第一部分"初期鲁迅中的欧洲"，是有关留日时期所写文言评论文章的解读。在具体探讨了青年鲁迅从尼采、拜伦、克尔凯郭尔等人那里接受的思想之后，伊藤虎丸提出这样一种观点：鲁迅接受的是超越了单纯的尼采主义或个人主义的，存在于欧洲近代"根底"里的关于"人"的观念。换言之，这意味着鲁迅通过对欧洲近代"精神"的本源性把握而在整体中捕捉到了欧洲的近代。第二部分"鲁迅的进化论与终末论"，是对竹内好提出的"回心"问题的重新解读。伊藤虎丸在肯定竹内好所谓鲁迅在人生某个时期实现了"文学的自觉"这一说法的同时，强调这种"自觉"或"回心"既意味着作为文学家的某种宗教式的自觉，同时更代表着鲁迅文学的近代写实主义方法论得以成立的契机。第三部分，则是通过检讨以竹内好为起点的战后日本鲁迅论的变化过程，来印证自己对《狂人日记》解读的正确无误。

归结起来，《鲁迅与终末论》认为：青年鲁迅从尼采、拜伦、克尔凯郭尔等19世纪思想家那里接受了欧洲的近代文明，这是与中华四千年传统文明根本异质的东西，而鲁迅着眼的是它的整体性。早期鲁迅所把握的欧洲近代文明，并非某种既成

---

[1] 参见木山英雄《也算经验——从竹内好到"鲁迅研究会"》，载《鲁迅研究月刊》2006年第7期。

的主义或体系,而是在创造这些主义和科学时发挥作用的"精神"。这同时也是鲁迅文学的近代写实主义得以建立的基础。在这一总体阐释的基础上,伊藤虎丸全力展开了对《狂人日记》的独特解读。竹内好在《狂人日记》中读出鲁迅的"回心"即"文学的自觉",并以此构筑起他的阐释体系。伊藤虎丸则主张,"狂人的康复是鲁迅复归社会的记录"。在狂人改革的失败、"我未必无意中不吃了妹子的几片肉"的自觉以及"救救孩子"的呼吁中,可以看到鲁迅早期接受欧洲精神时出现过的末世论式的思想逻辑,即把这种"精神"作为促成改悔(自我变革)的人格和伦理力量而非外来的"主义"权威来接受。伊藤虎丸将竹内好所谓的"回心"视为狂人也即鲁迅"复归社会"和"有责任之参与"的开始,认为近代写实主义中的理性主义才是从根本上支撑着那个"回心"的基础。而鲁迅从个体孤独向社会参与的"复归",同时也是其文学写实主义方法得以确立的过程。在他看来,完成《狂人日记》写作的鲁迅,终于确立起了以现实为改革对象的立场,而作为改革者和文学家的鲁迅也终于诞生。

在此,伊藤虎丸提出了自己关于早期鲁迅的基本看法:鲁迅"文学的自觉"或"回心"经历了两次,第一次发生在留学日本期间,使其从根底上真正理解了"欧洲精神"或"近代性的人之精神"。第二次发生在从辛亥革命到"五四"时期的阶段,即"狂人"康复的过程,表明鲁迅摆脱了"振臂一呼而应者云集"的英雄意识,最终成为回归社会的普通人而开始参与社会变革的实践,由此获得了一个文学家的真正自觉。参照竹内好的说法,伊藤虎丸进而把这两次"自觉"称为从"预言的文学"到"赎罪的文学"之转变:"换言之,我和竹内好一样,在《狂人日记》背后看到了作为鲁迅文学'核心'的'回心'。而且,在那里发现一个决定性的转折点,即从留学时代的评论和翻译所构成的早期文学运动(相当于《狂人日记》中狂人要求人们改心的呼唤),也就是我说的'预言者文学'或'启示文学',向竹内好所谓'赎罪的文学'的转折。不过,我在这转变当中看到了近代写实主义(以近代自然科学为代表)在鲁迅身上的确立。"[1]

这里所谓"预言者文学"或"启示文学",是指留学日本时期的鲁迅在《摩罗诗力说》和《破恶声论》中通过拜伦、雪莱、尼采等"诗人""知者"的"心声"与"内曜",发现了与中国传统文学根本不同的"语言"。这种语言具有外在性的力量,足以斩断此岸世界的"和平"和"循环"而迫使人们实行"改悔"(自我变革),由此种语言构成的文学是一种代表着"使命预言"的启示文学。"赎罪的文学",则是指经过了基督教"终末论"式的死之觉醒最终获得的个人自觉,而非竹内好源自佛教"回心"概念的回心转意过程。在伊藤虎丸看来,《狂人日记》第12章末尾对"绝望"的确认与第13章"救救孩子"的呼吁紧密相连,说明鲁迅的"绝望"并不是单纯的感情用事,而是来自深刻的人格即伦理上"背负着死的罪人"的自觉。正"因为只有经历这种来自'死'的根本的'自我否定',人才会意识到才能、勇气、思想、世界观、社会、国家,总之,一切中间权威都不再构成自己存在的根据,只有在超越、断决、否定这一切的假定者(比死更强有力者)面前获得自身存在的根据,人才会真正获得作为人格的,也即社会性个体的自觉——紧张与

---

[1] 伊藤虎丸《鲁迅与终末论》,龙溪书舍,1975年,第231—232页。

责任意识"。[1]

在伊藤虎丸看来，这个通过死而复生所建构起来的鲁迅之个人主体中，包含了坚实的社会性和实践性内涵，它是中国独特的现代化过程中生成的亚洲式"个"的原型，它将为日本人反思战后民主主义的失败以重建现代社会"真的人"之主体性提供重要的参照。我认为，竹内好在战争期间所作《鲁迅》中关注的是个人的生存状态和文学对政治的抵抗，故其思考的重心不在于鲁迅的启蒙者或革命人方面，而在于鲁迅生存过程中于某个"终极的场域"所完成的"文学者的自觉"。而经历了1960年代大规模的社会抗议运动乃至学生造反风潮的风起云涌而发现战后民主主义面临危机的伊藤虎丸，其关心的重点则在于社会性的"个人之主体确立的结构"问题。也因此，才有上述对"狂人"复归社会过程的独特分析。

从以上思考来看，我认为与其说伊藤虎丸是竹内好"最忠实的追随者"，不如说是其鲁迅论"体系"的改造者和创新者。伊藤虎丸的理论基于对西方基督教思想的理解和对近代科学精神的整体把握，能够从人的解放—科学精神的形成—近代写实主义的诞生这样一个清晰的西方思想脉络出发，来阐释鲁迅文学的诞生及其写实主义特征。虽然，"终末论"的概念内涵依然不免有些模糊不清，但这在理论上明确了鲁迅思想文学的另一条来源和历史脉络，使竹内好以"回心"和"文学的正觉"等东方感悟式的表述获得了更加逻辑化和历史化的理解。同时，将西方视角引入论述可以更好地认识鲁迅文学的现代性特征，并摆脱日本特殊历史背景下的"政治与文学"阐释架构，从而

---

[1] 伊藤虎丸《鲁迅与终末论》，龙溪书舍，1975年，第229页。

将研究成果与对战后日本民主主义的问题反思有效地结合起来，进而将议论引向"亚洲"的现实与历史深层。我甚至想，木山英雄提供的一个重要信息——晚年伊藤虎丸的认识达到了新的高度——鲁迅思想文学的特征在于"向下超越"，这个认识也是源自基督教信仰者关注西方精神"向上超越"的同时而在东方中国的历史和现实中获得的独特感悟。而这个问题还远远没有引起日本乃至中国学者的充分关注。

亚洲的"个"与主体性的建构

　　假如可以把伊藤虎丸的《鲁迅与终末论》比之于竹内好的《鲁迅》，那么他稍后出版的《鲁迅与日本人》则相当于后者的《现代中国论》等。就是说，在对鲁迅进行了深入研究和总体把握之后，他们都有意识地将其研究心得与日本乃至亚洲当下面临的问题联系起来，把鲁迅作为一种典范和判断标准或者思想"方法"，来追寻更广泛的社会性现实问题。从这个意义上讲，伊藤虎丸又的确是竹内好"最忠实的追随者"。

　　出版于1983年的《鲁迅与日本人》主要讨论以下两个大的问题系列：一个是早期鲁迅与明治文学的同时代性，及其在明治日本的历史语境下如何接受尼采等西方个性主义思想；另一个是探索小说家鲁迅的诞生过程，尤其是从《狂人日记》到《故事新编》所创造的一系列人物形象。而这种学术考察背后的问题意识则在于思考"亚洲的近代与'个'的思想"原型。正如伊藤虎丸的自述："鲁迅与日本人"这个题目并不是指鲁迅跟日本人过去有怎样的交往关系，而是意味着对于生活在现代社

第三章 战士之"流动的哲学"与诗人的"向下超越"

会的日本人，鲁迅的文学具有什么意义，作为日本人现在应该向鲁迅学习什么？"总之，我把鲁迅所留下的文字，当作亚洲人民的共同财富。这倒不只是因为他接受了西方文化所产生的什么'主义'，而是因为他最早最深刻地把握了西方文化的'根底'，从而彻底否定了旧文化，从根本上接受了西方文化的新精神，并根据这样的精神，提出固执自己的民族文化而建设各民族具有自己'个性'的新的民族文化的方向。"[1]

就是说，这是一本思想批判倾向更为明显的鲁迅研究著作，它从方法论上更直接地继承了竹内好战后借鲁迅来反思和批判日本近代的工作方式。当然，由于时代条件的变化，伊藤虎丸此阶段的研究，其反思的对象已与竹内好明显不同。对此，他本人有着清醒的认识："战后，竹内好曾经根据鲁迅反省了日本的近代。我是从现在的时间和地点出发，再次执拗地向鲁迅探寻同样的问题。当然，我同竹内好所处的状况已经不同。战后有日本的战败和中国革命的成功这样对置起来的构图，而今天在经济高速增长的成功和'文化大革命'失败的构图上，日中恢复了邦交。正因为这看似相反的两种构图，才使我们应该回过头来执着于竹内好对日本近代的批判，同时，在之后三十多年间里两国人民各自经受的种种挫折的经验基础上，我对鲁迅的探寻也就当然不会是一样的。"[2]

伊藤虎丸列举出以下五点，以说明自己的思考重点与竹内好的不同。第一，竹内好以鲁迅型的近代思想代表中国的近代，

---

[1] 伊藤虎丸《鲁迅、创造社与日本文学》，李冬木等译，北京大学出版社，2005年，第28页。
[2] 伊藤虎丸《鲁迅、创造社与日本文学》，李冬木等译，北京大学出版社，2005年，第26页。

并以此作为批判日本型近代的一面镜子,而自己则试图从鲁迅型的近代即使在中国也是孤立的这一侧面出发,来探索鲁迅所提示的日中双方共同面临的近代问题。第二,竹内好强调鲁迅与日本文学没有关系,不曾受到日本的任何影响,而自己则试图在鲁迅所接触的明治时期日本文学当中,搜寻可能存在的与"鲁迅型"共通的接受近代的模式。第三,竹内好探讨了"存在主义"式的"文学者鲁迅"如何孕育出不断抵抗的"启蒙者鲁迅",而自己则要寻找偏激且党派性很强的鲁迅何以又总有慈爱和宽容的一面。第四,竹内好把日本评论界的"政治与文学"问题带入鲁迅研究中,自己则更关注"文学与科学"的对立和分离问题。与此相关联,竹内好对鲁迅的小说艺术评价很低,认为有直觉而无结构;而自己则认为事实正相反,并试图阐明鲁迅如何以科学的方法(写实主义)"重构"了现实社会的问题。第五,竹内好等强调鲁迅小说对社会黑暗的暴露,而自己则更重视其另外一面,即鲁迅怎样塑造了新的英雄人物和具有积极意义的主人公,并将关注的视线转向被竹内好否定的《故事新编》。[1]

　　以向竹内好发出多方面质疑的方式来归纳自己的鲁迅研究重点,这反而生动地反映了伊藤虎丸受竹内好的影响和熏陶之深。如果说他们之间有所不同,恐怕还是要归结为时代的变化和每一代知识分子所承担的思想课题的差异。日本学者代田智明敏锐地指出:1970年代的伊藤虎丸与战后的竹内好一样为中国革命的成功而感动不已,承认在中国产生了真正的现代,而

---

[1] 伊藤虎丸《鲁迅与日本人》,李冬木译,河北教育出版社,2001年,第10—11页。

第三章　战士之"流动的哲学"与诗人的"向下超越"

且他接受竹内好的观点，认为鲁迅在现代化的过程中对毛泽东的人民中国而言已经成为"否定性的媒介"。到了"文革"结束之后的1980年代，伊藤虎丸甚至发现中国和日本共同面临着确立现代性主体的困难，故开始转而追求某种连带的可能性。两者的差异在于如何确定"近代"的位置。正如前面讨论到的"赎罪"那样，这终究是一种基督教式的东西，因而伊藤虎丸是把中国的"近代化"作为"西欧化"的等价物来把握的。他的理解是中国通过鲁迅这个否定性的媒介从根本上"接受"了欧洲近代精神。[1]

基于不同时代的思想立场和问题意识，《鲁迅与日本人》深入思考了以下课题。第一，在1970年代进入大众消费时代的日本，科层管理渗透到社会的各个角落，造成了自立的个人主体性的丧失，日本已然成为有"管理"而无"伦理"的社会。在此，早年鲁迅整体接受欧洲近代精神的方式和追求独立的个人主体以抵抗"众数"的观点，正是"向处于管理社会状况中的我们提出的警告和激励"。第二，1968年学生造反运动中出现的内部斗争之"过激与党派性"，从根本上讲并非真正独立的个人主体性，实际上反映出日本依然是被千篇一律的单一价值观所支配的国家。在此，就有必要学习鲁迅那种包含了宽容的过激。由于鲁迅并没有把自己视为"无罪者"而摆在唯一正确的权威位置上，他的过激与党派性并非出自日本青年那种过激派的"合群心理"，而是基于"个人伦理"，故能够获得一种保持到生命最后时刻的过激、党派性以及宽容。第三，我们可以参

---

[1] 代田智明《关于鲁迅论与个体之自由的主体性——从伊藤虎丸说起》，载《飙风》第45号，2008年。

考鲁迅"文化上的民族主义"以抵抗未来可能出现的国家主义。在伊藤虎丸看来，鲁迅是以对本民族的自我批判姿态而非用优秀的传统来"抵抗"西方的，"其结果是开辟了一条民族传统的全面再生之路，并且由东方产生出超越西方的新的普遍主义。可以说，鲁迅文学的核心就在这个暗示当中"。[1]第四，"近代"一词意味着人的解放，但在亚洲"近代化"同时又意味着政治经济文化上成为西方的殖民地或半殖民地，而日本人常常忘记这一点。我们要重建现代亚洲自身的"个"之主体性，这个主体应当是通过直接面对绝对者（死之威严）自觉到自己的存在并产生责任意识的"个"之自觉。人有了这种自觉才能获得真正的自由。而鲁迅所追求的"真的人"之自觉"精神"，则是我们重建亚洲主体性的重要参考。以鲁迅为媒介，在日中两国"个人"之间甚至可以期待产生真正的沟通之道。[2]

　　这些，都是日本当代社会面临的沉重思想问题。按说，它们与诞生于半殖民地半封建社会的中国作家鲁迅之间的关联性是有相当距离的，但继承了竹内好思想批判精神的伊藤虎丸，却能从现实和历史的深层将两者有效地结合在一起。我想，关键就在于他能够摆脱"政治与文学"关系问题的历史纠葛和视野局限，把"现代性"的危机问题置于中国与日本乃至亚洲的关系结构的核心位置上，由此将战后的民主化课题带入讨论中来。也就是说，他的成功有赖于其纵深的理论思辨力和研究视野的扩大。从这个意义上讲，伊藤虎丸的研究尤其能够代表战后民

---

[1] 伊藤虎丸《鲁迅与日本人》，李冬木译，河北教育出版社，2000年，第179页。

[2] 参见伊藤虎丸《鲁迅与日本人》，李冬木译，河北教育出版社，2001年，第171—183页。

主主义时代日本鲁迅研究的学术传统和精神风貌,也因此有"伊藤鲁迅"之称流行于日本学术界。

鲁迅思想文学的"向下超越"特征

最后,还需要探讨一下伊藤虎丸晚年对鲁迅思想文学"向下超越"特征的思考,这是他一生学术探索所获得的最后的思想灵光的闪现。

晚年,在"鲁迅与西方"和"鲁迅与日本"两个议题之外,伊藤虎丸又开辟出生死观——生命与鬼魂问题的研究新领域,这无疑是其从早年开始关注的"鲁迅与终末论"问题的自然归结。1998年所作《鲁迅的"生命"与"鬼"》和2000年发表的《鲁迅文学的语言》两文,对此有集中的讨论。[1]实际上,这个课题不仅涉及鲁迅对生与死的哲学和伦理关怀,还关系到其文学与"黑暗世界"即"鬼"或土俗民间传统的内在关联问题。1990年代中期前后,中日两国的学者如丸尾常喜、汪晖等不约而同地再次注意到鲁迅思想文学中"鬼"的问题(较早正面论及于此的是竹内好的《鲁迅》与夏济安的《黑暗的闸门》)。伊藤虎丸则在丸尾常喜《鲁迅:"人"与"鬼"的纠葛》(1993)一书和汪晖《死火重温》(1996)一文的刺激下,最终对鲁迅思想文学不同于以基督教为根基之西欧精神的独特存在方式,给出了一个高度抽象的概括——"向下超越"。这个"向下超越"

---

[1] 前一篇收入《日本中国学会创立五十年纪念文集》,汲古书院,1998年;后一篇载日本明海大学《应用语言学研究》2000年2月号。

关系到终极立场问题，有可能带动起人们对鲁迅的全新思考和整体把握，十分重要。丸尾常喜的观点我将在下一章讨论，这里先来看其同辈学者木山英雄的回忆：

> 话题回到伊藤的晚年。伊藤回应丸尾的工作，通过那些没有可以像阿Q那样把苦痛转嫁给比自己更弱的弱者的余地，最底层的民众的不幸和怨恨，以及抱着这种不幸和怨恨死去的民众的"孤魂野鬼"，发现了鲁迅的终极立场，并从而指出，他在"末世论的'个'的自觉"中提出的不可欠缺的"超越"，对于一个"没有超越神存在的国家的唯物论者鲁迅"来说，也就是面对这个"'鬼'的'向下的超越'"。
>
> 在以欧洲的产物"个"的自觉或基督教神学的"末世论"对竹内好的《鲁迅》加以限定的同时，试图最忠实地继承竹内好的正是伊藤独自的伦理性思考。而我认为在伊藤的最后的这种思考中反映着我们所达到的一定的共识。我想丸山升和丸尾常喜大概也会同意这一点。[1]

而中国学者汪晖也有相近的回忆。1999年伊藤虎丸最后一次访问中国，曾对汪晖笑着说："鲁迅产生于一个与基督教世界完全不同的世界，但为什么鲁迅的批判具有如此深刻的性质？这个问题一直令身为基督徒的伊藤先生困惑，现在他终于可以确认鲁迅的世界里的确存在着一种超越性的视角——但与基督

---

[1] 木山英雄《也算经验——从竹内好到"鲁迅研究会"》，载《鲁迅研究月刊》2006年第7期。

教的向上超越不同,鲁迅向下——即向'鬼'的方向——超越。"[1]中日两位学者的回忆,呈现了伊藤虎丸思考的深层背景和所达到的最终结论。鲁迅思想文学的批判精神并非来自对未来世界的末世论天启或对客观存在的形而上学超越,而是源自脚踏实地的现世关怀,特别是对传统土俗世界中最底层民众之"孤魂厉鬼"般存在倾注全身心的思想艺术观照。这个土俗世界的深层,既是鲁迅反思批判的对象,同时更是其批判力量的最终源泉。换言之,鲁迅的存在及其终极立场就深深扎根于历史累积下来的20世纪中国本土。这样的认识在伊藤虎丸,不仅是对自己早年学术观点的发展,更是一种基于科学精神的自我超越。

如前所述,伊藤虎丸有前后两篇论文对此进行了探讨。前一篇论文在讨论战后日本的竹内好、尾上兼英、木山英雄有关"鬼"之论述的学术史脉络后,积极肯定了丸尾常喜和汪晖的新近观点。在此基础上他表明,正如审判阿Q的场面和"我"无法回答祥林嫂诘问的场景所象征的那样,鲁迅并非通过知识分子的"启蒙"而是从"鬼"和"迷信"那里谋求民族生命力再生的根据,在此显示了其思想文学的根本性特征。换言之,让鲁迅获得"文学的自觉"之超越性契机的不是唯一神,而是象征最悲苦民众之"孤魂厉鬼"。最后,伊藤虎丸得出结论道:"我曾经在《狂人日记》的末尾看到了将一切权威相对化而站在'摧毁世界观位置上'的'终末论式罪的自觉',在此有鲁迅现实主义形成的根据。实际上,在这里鲁迅剥去一切公理正论的

---

[1] 汪晖《反抗绝望:鲁迅及其文学世界》,生活·读书·新知三联书店,2008年,第457页。

权威,并得以暴露其虚伪的终末论式的视角并非来自与西方超越者(唯一神)的相遇;相反,是通过与构成亚洲历史社会最底边的'暗黑深层'的民众之死或依然活着而四处彷徨的孤魂厉鬼相'对坐'而获得的。"[1]

后一篇论文是伊藤虎丸退休前的"最终讲义",它从鲁迅一生的文学活动中探讨其现实主义语言的获得过程。在论及论战中那"寸铁杀人"般的杂文语言时,他将"鬼"的超越性视为鲁迅"立场"的源泉。就是说,鲁迅看到了在漫长历史中民众因被伤害和践踏所积累的怨恨,而在这怨恨的最深层有"女吊"之存在。论战中的鲁迅仿佛有一种要诅咒和复仇的愿望。如果说,这种"立场"并非单纯的"私怨"也不是简单的思想,那么其归结就应当是这横亘于历史深层的民众的怨恨。由此,伊藤虎丸得出最后的结论:

> 鲁迅的文章,由其语言可以感受到别的中国作家所没有的"自由",它来自何处?我曾将此称为"终末论式的个的自觉",但这样的"个"的确立必须有与"超越者"的相遇。西欧与亚洲文化上的最大不同就在于超越者的有无。中国并没有超越神的传统,鲁迅是无神论者。但"超越与个"的结构关系大概存在于这"人与鬼"的关系结构中。就是说,鲁迅的超越不是西欧唯一神那样的"向上超越",而是向历史深层里所累积的"孤魂厉鬼"的所谓"向下超越"。

---

[1] 见《日本中国学会创立五十年纪念文集》,汲古书院,1998年,第176页。

第三章 战士之"流动的哲学"与诗人的"向下超越"

这的确是对鲁迅文学语言独特性非同一般的抽象概括，也只有基督徒伊藤虎丸才能够做出这样的东西方精神比较下的判断。而上一段落引文里出现的"对坐"一词，来自竹内好的《鲁迅》"序章"。在谈论鲁迅"文学的自觉"中有"赎罪的心情"作为契机时，竹内好说："正如他不是先觉者一样，他也不是殉教者。但是在我看来，他的表达方式却是殉教者式的。我想象，在鲁迅的根底当中，是否有一种要对什么人赎罪的心情呢？……他只是在夜深人静时分，对坐在这个什么人的影子的面前（散文诗《野草》及其他），这个什么人肯定不是靡菲斯特（歌德《浮士德》中的魔鬼——引用者），中文里所说的'鬼'或者与其很相近。"[1]就是说，日本学者经过半个世纪的执着探寻，最终由伊藤虎丸将竹内好当年一个模糊的"想象"落实到作为表现鲁迅"终极立场"的"向下超越"这一抽象概念上，可以说，其中凝缩了战后日本鲁迅研究所达到的高度和深湛的成就。我想，这也正是木山英雄称"在伊藤的最后的这种思考中反映着我们所达到的一定的共识，我想丸山升和丸尾常喜大概也会同意这一点"的意义所在。

木山英雄还说"向下超越"这一概念概括了鲁迅的"终极立场"，意味着这绝非局部性的研究心得，而是关涉鲁迅思想文学整体的认识新高度乃至全新视角，它必将影响到我们21世纪的鲁迅认识和未来研究走向。而在我看来，这个"向下超越"的"终极立场"至少应该包括以下内涵：真正使鲁迅思想文学得以诞生的社会历史条件，他对西方观念世界的超越和对东方

---

[1] 竹内好《近代的超克》，孙歌编，李冬木、赵京华、孙歌译，生活·读书·新知三联书店，2005年，第8页。

现世生活的感悟方式,他深度持久地批判传统和现代性的力量来源,其文学想象中的"黑暗世界"所具有的方法论意义,还有鲁迅文学的语言是怎样获得其穿透历史与现实而感动人心的独特魅力的。总之,这关乎鲁迅终极的世界观和历史观。在此,我想仅就他与西方现代"历史观"及其思考逻辑的差异略做比较,以深化对伊藤虎丸"向下超越"概念的思考。

德国哲学家和基督教思想家卡尔·洛维特在《世界历史与救赎历史》中指出:"古希腊的历史学家探究和叙述的是以一个重大的政治事件为轴心的历史;从犹太教的预言和基督教的末世论中,教父发展出一种根据创世、道成肉身、审判和解救的超历史事件取向的历史神学;现代人通过把进步意义上的各种神学原则世俗化为一种实现,并运用于不仅对世界历史的统一,而且也对它的进步提出质疑的日益增长的经验认识,构造出一种历史哲学。看来,古代和基督教这两大思想体系,即循环的运动和末世论的实现,似乎穷尽了理解历史的各种原则上的可能性。就连阐明历史的各种最新尝试,也不过是这两种原则的各种变体,或者是它们的各种混合罢了。"[1]我理解洛维特意在强调,古往今来的历史叙述不外乎两种方法和原则,即古希腊的古典循环流动历史和犹太–基督教的救赎历史。近代以来的包括马克思、黑格尔乃至伏尔泰、维科在内的进步史观,终究不过是"救赎历史"的翻版而已。这种统一的、有开端和终结的历史叙述,比如全部历史就是阶级斗争的历史,资产阶级和无产阶级两大阵营的对抗,乃至自然王国向必然王国的转化,

---

[1] 洛维特《世界历史与救赎历史》,李秋零、田薇译,商务印书馆,2017年,第26页。

第三章 战士之"流动的哲学"与诗人的"向下超越"

对应着"最后的历史时期中基督教徒和反基督教徒之间决战的信仰",最终只能成为救赎历史的普遍图式,而无法"以纯粹经验的方式得到证明"。[1]

就是说,洛维特所言与古希腊循环流动史观不同的基督教及其现代进步史观,作为西方人思维的产物明显表现出一种"向上超越"——执着于救赎的信仰和终极目标的倾向,也即伊藤虎丸所谓"终末论式的"思考。如果从这样的角度观之,曾经相信过进化论又最终走向马克思主义的鲁迅,是不是也身在这样一种历史观及其思维模式中呢?然而,我们又时时感到鲁迅与直线发展的进步历史观也与从理论到理论的教条主义之马克思主义的格格不入。伊藤虎丸所谓"向下超越"的特征,或许正是东方古老国度的文学家鲁迅与西方精神迥异的,从"实感"出发而最终总是回到现实、土地、民间、历史的那样一种"现在主义"的思考方式。至少可以肯定,这种永远活在当下,不求天启只面对现实而逼视下去的姿态,乃是鲁迅思想艺术的源头活水。

―――――――
[1] 洛维特《世界历史与救赎历史》,李秋零、田薇译,商务印书馆,2017年,第55页。

第四章

材源考的文化比较学与"鬼"之民俗学视野

——北冈正子、丸尾常喜鲁迅研究的学术史意义

日本消费社会的到来与思想学术的转型

战后日本的鲁迅研究，到了1980年代以后，其思考主题和阐释架构开始发生明显的变化。随着"政治季节"的终结，将鲁迅作为民族自我反省和思想抵抗的资源予以深度开掘的研究意图与动力渐渐弱化，"去政治化"和学术规范化成为代之而起的发展趋向。这当然与大众消费时代的到来和管理社会的出现息息相关。弗雷德里克·詹明信在研究美国后现代主义思潮兴起的社会历史根源时，曾经提出"晚期资本主义"的概念，用以说明社会生活阶段的变化和断裂，并造成后现代主义取代现代主义的必然趋势。这实际上涉及了社会学家所讲的社会转型，即1970年代以来包括日本在内的西方国家普遍从工业生产社会向大众消费社会转变。这种社会转型成为思想学术和政治意识形态发生深刻变化的主要原因之一。

战后日本的经济变动大致经历了四个发展阶段。第二次世界大战后的十年间是社会混乱与经济重建时期。在美国占领下日本实现了政治民主化，为其后的经济活动奠定了基础。朝

鲜战争爆发之后，日本则借军事工业"特需"的机会，迅速完成了战后的经济重建。从1955年开始到1973年，进入经济高速发展时期。1970年第一产业人口比重下降到19.4%；第二产业人口的比重则超过34%；第三产业人口在1970年代上半期已经超过全国人口的一半。1971年日本执政党决定其通商产业政策时，已经开始强调产业结构从化学重工业型向知识密集型转变。1980年，日本随同西德（1966）、法国（1975）相继进入农民只占人口10%的城市化社会。而1973年成为经济社会变化的标志，这一年第一次石油危机爆发，以此为契机，日本和其他西方发达国家调整了产业结构和经济政策，高速经济增长宣告结束，开始全面进入大众消费社会。另一个标志性"事件"，是1973年日美两国实现了汇率的固定制向浮动制的转变。随着日元的升值和GDP的增长，日本从1973年到1985年进入经济稳定发展的时期，成为仅次于美国的世界第二大经济体，这也便是大众消费社会全面发展的阶段。1985年以后日元升值已然稳固，出现了泡沫经济和长达20年之久的经济萧条期。日本大众消费时代和管理社会的到来，正是上述经济发展变动的必然结果。[1]

与上述日本经济社会形态的变化相关联，思想学术界受到新兴的后现代主义思潮的猛烈冲击，也产生了巨大的转型。这种转型包括两个阶段。一个是1970年代后期到1980年代前期从"存在到结构"的转变，即随着西方结构主义思想的影响，日本也出现了以哲学家中村雄二郎、文化人类学家山口昌男、

---

[1] 以上参见升味准之辅《日本政治史》第4卷及书后附表，东京大学出版会，1988年。

文艺批评家柄谷行人和文学研究者前田爱等为代表的"新学术"思潮。他们或者在哲学领域通过恢复被压抑和抹消掉了的感觉、空间、场域等的价值意义,从近代哲学的"边缘"向处于"核心"地位的"理性"发难;或者在文化人类学方面运用现象学和结构主义符号学方法,重新关注被"近代历史"叙述所遗忘了的神话、传说、习俗、边缘文化的固有力量,进而向以"理性"为核心的现代精英文化提出挑战;或者在文艺批评上倚重解构主义的思考理路和分析工具,从反思"现代性"的立场出发对明治维新以来以表现"个性主体"意识为核心的"现代文学"提出根本质疑;或者在文学研究领域独自开拓出读者论、文本分析、文化符号学等新的研究方法,从而在根本上改变了以往以作家—作品、作品—时代关系为中心的传统文学研究格局,实现了由重视文学内外指涉关系的线性分析向重视"外部"和"空间性"的立体研究的方法论转换。总之,他们在推动日本的学术思想由"存在到结构"的转变的同时,使广大知识青年从马克思主义、人道主义、存在主义等观念体系,乃至"制度秩序和近代自我"两重束缚下获得了解放。另一个是1990年代前后出现的从文本分析和解构批评向文化研究和后殖民批评的转变,其中,安德森《想象的共同体》所开拓的讨论民族国家与现代文学关系的路径,萨义德《东方学》《文化与帝国主义》所带动的帝国研究和后殖民批评,以及酒井直树、小森阳一等的文化研究和意识形态分析等方法,大大影响了至今的日本思想学术界。

  1970年代后期以来出现的这股"新学术"思潮,作为在此前以观念论、科学主义为中心的知识谱系和此后以语言解构为中心的后现代思想话语之间的一个过渡性存在,具有特殊的承前启后的意义，它为日本知识界走出背负战争责任与历史重压的沉重时代，摆脱作为科学世界观的马克思主义对人文科学的理论统摄，提供了重要的契机。1990年代前后，新一轮民族国家理论研究的兴盛——其中，将民族属性及民族主义视为一种特殊类型的文化人造物，强调近代印刷出版资本主义的发达推动了第三世界民族主义的兴起等观点——对日本学术界产生了广泛影响。同时，把文学视为媒体和意识形态分析对象的文化研究也盛行一时。

战后日本辉煌一时的鲁迅研究，进入1980年代之后也在上述社会转型和思想学术新潮的直接影响下发生了重大转变。政治与文学的关系、中国革命和日本乃至亚洲的现代性、民族与个人的主体建构、帝国主义战争与社会主义运动、进步与民主等思想上的议题，开始渐渐淡出人们的思考中心；研究方法和阐释架构上也出现了从综合的思想评论和社会历史方法向更为科学规范的思想史、社会文化史、比较文学、文本分析和结构叙述学等方面的转变。特别是由竹内好开创的把鲁迅和中国革命作为西方现代性和日本现代史批判的思想资源这样一种方法论视角，包括丸山升坚持把中国革命作为世界社会主义运动和马克思主义宝贵经验予以省察的思想立场，也失去了原有的社会语境和强大的影响力，即便科学实证的方法依然得到了继承和发展。因此，鲁迅在日本的传播和影响也逐渐从社会政治和思想争论的现场进入学院，成为一个学术研究的对象。换言之，对于鲁迅思想文学的"政治性"品格的关注逐渐让位于在更广泛的社会历史文化关系中或更为专业的文本分析方面的考察。

以下，我将选择比较能够代表这种普遍的思想学术转型而在不同方面做出重要贡献的四位日本鲁迅研究者，通过对其研

第四章 材源考的文化比较学与"鬼"之民俗学视野

究业绩的介绍和分析来呈现1980年代至今的日本鲁迅研究的大致图景，进而了解鲁迅在异域日本的学术场域被解读和认知的状况。这四位学者是北冈正子、丸尾常喜和藤井省三、代田智明。前两位分别将实证研究、比较文学和思想史与文学内部研究相结合，构筑起独特的阐释架构。而后两位则各自在鲁迅与俄罗斯文学的关系、鲁迅作品阅读史和小说叙述结构分析方面，开拓了崭新的研究领域与方法论视角。如果说，北冈正子和丸尾常喜与丸山升等属于同一代学人，只是研究成果的推出略微晚些，自然也就受到了1980年代前后日本社会变化和思想学术界转型的感染，其学术风格明显的政治性诉求和思想辩论的性质已然淡化而趋向于内敛和学术化，那么藤井省三和代田智明则完全属于1980年代之后成熟起来的新一代学者，他们的鲁迅研究更鲜明地反映出日本学术思想从"存在到结构"的重心转移，相应地源自社会史、思想史和后现代主义解构批评的思考路径与方法得到了更多的运用。这让我们切实地感受到战后日本鲁迅研究随着时代的变化而不断发展和深化的轨迹。

这里，还有一件象征性的"事件"需要一提，即1985年日本鲁迅研究界举全力翻译、注释、出版了日文版《鲁迅全集》（学习研究社）。正如1954年岩波书店适时出版增田涉、松枝茂夫、竹内好编译的12卷本《鲁迅选集》而推动了鲁迅在战后日本的传播，也正如改革开放后不久中国的人民文学出版社1981年及时推出16卷本《鲁迅全集》而极大推动了之后学术研究的蓬勃发展一样，1985年日文版《鲁迅全集》的出版，为不断深化日本的鲁迅研究带来了契机，做好了文献资料上的准备，而下面要讨论的四位鲁迅研究者，都或多或少参与了《鲁迅全集》的翻译、注释工作。

143

北冈正子：实证方法与文化比较研究

1980年代初，两部针对《摩罗诗力说》的资料考证性著作的出版，对于思想解放时代中国鲁迅研究的恢复和向纵深发展产生了重要影响。一部是中国学者赵瑞蕻的《鲁迅〈摩罗诗力说〉注释·今译·解说》（天津人民出版社，1982），另一部就是日本学者北冈正子（1936—　）的《〈摩罗诗力说〉材源考》（何乃英译，北京师范大学出版社，1983）。两书对深入了解鲁迅早期的文言文著作，特别是留学日本时期的思想文学观念之形成均有帮助，但在研究方法或著述形式上则各有侧重而显示出不同的风格。赵著主要是采用传统注释考证的方法，力求给读者提供文字语言和思想文化背景上浅显易懂的解释性读本，而北冈正子则更注重材料考证基础上的多文化关联与文学比较研究。例如，对于《摩罗诗力说》中大量引用外文的情况，赵著往往是在发现鲁迅文言译文与原著有较大出入时参照原文译出，而鲁迅省略掉的地方则补足之。对此，北冈正子曾批评道：包括那些材料来源至今不明的地方，赵瑞蕻都是在设想鲁迅阅读过这一前提下，将《摩罗诗力说》本文和"引用"的原文简单地连接到一起进行比较，这种研究方法不很合适。[1]就是说，赵瑞蕻还是在"影响比较"这一相对简单的方法中思考早期鲁迅与西方的关联，对文本间的复杂关系乃至文化史、思想史问

---

[1] 北冈正子《鲁迅——救亡之梦的去向》，关西大学出版部，2001年，第87页。本书有生活·读书·新知三联书店中译本，李冬木译。

第四章　材源考的文化比较学与"鬼"之民俗学视野

题关注不多。而北冈正子更强调的是科学实证方法和文化、文学间多重关系的比较研究，力图呈现出明治末年日本的文化思想史语境和鲁迅在材料选择上独特的立场。

《〈摩罗诗力说〉材源考》由五章构成，分别讨论了拜伦、雪莱、普希金和莱蒙托夫、波兰三诗人（密茨凯维支、斯沃瓦茨基和克拉辛斯基）、裴多菲等在鲁迅笔下出现并作为参考材料的来源，以及鲁迅独特的取舍。周作人曾经指出，《摩罗诗力说》第七、第八节内容有其外文著作的依凭，但北冈正子经过调查发现，其实鲁迅此文的所有章节（共九节）都有材料来源，而且这些材料包括日、英、德三种文字的著作。它们分别是木村鹰太郎《拜伦——文艺界之大魔王》（1902）、木村鹰太郎译《海盗》（1905）、滨田佳澄《雪莱》（1900）、八杉贞利《诗宗普希金》（1906）、升曙梦《莱蒙托夫之遗墨》（1906）和《莱蒙托夫》（1907），以及克鲁泡特金《俄国文学的理想与现实》（英文，1905）、勃兰兑斯《俄国印象记》（英文，1889）和《波兰》（英文，1903）、利特耳《匈牙利文学史》（英文，1906），最后还有约翰·克默迪以德文所译《绞吏之绳》。

北冈正子的研究方法是："将材料来源的文章脉络和鲁迅的文章脉络加以比较检查，弄清鲁迅文章的构成情况"，并"从中领会鲁迅的意图"。[1] 她认为，如果仅把《摩罗诗力说》看作鲁迅的独创，反倒不能真正发现其独特性，关键是在考释鲁迅所依据的文献材料并施以实证研究之后，细细分辨有所取和有所舍弃的情况，于这种取舍选择之中发现鲁迅的立场、视野和思

---

[1] 北冈正子《〈摩罗诗力说〉材源考》，何乃英译，北京师范大学出版社，1983年，第2页。

想精神的根本。而在具体操作层面上的基本步骤如下：首先是确认鲁迅《摩罗诗力说》某个部分的论述所引用的蓝本，介绍该蓝本的基本内容，包括成书过程、学术思想取向和在当时的影响等；其次是从蓝本中摘录出鲁迅参照、引用过或概述其大意的相关段落，再与鲁迅的原文并列加以对比，进而考辨《摩罗诗力说》哪些部分的文字直接取自何种蓝本，哪些部分为鲁迅的综合独创而与蓝本不同；最终是对鲁迅的文本和参考蓝本两者的"文章脉络"做进一步的文化思想上的比较分析，从中发现鲁迅的思想立场和独特的文学观。

我们不能说北冈正子的这种研究方法已经臻于完善或穷尽其详了，但无疑给我们提供了一个实证研究和比较分析的优秀范本，其许多结论和观点至今依然有说服力和学术价值。这不禁让我们想起当年丸山升针对竹内好鲁迅论的"文学主义倾向"而提出的"假说→实证"方法，即依据第一手史料尽可能切近中国近现代史的事实并进行慎重细致的实证分析方法。实际上，北冈正子也确实很好地传承了其受业导师东京大学中国文学专家小野忍，乃至丸山升等战后一代日本学人严谨的实证分析传统。[1]

这里需要特别强调的是，一般认为北冈正子的方法主要在于材料的考证，即文本事实、鲁迅文章与参考材料之间的实际关系，其实并不尽然。文献资料的挖掘和考辨固然是北冈正子

---

[1] 例如，在丸山升追思会上北冈正子就特别强调了其一生始终一贯的"精神"："当面对某个人的生存方式时，不是用一定的标准来衡量其人的言论行动，或者以什么主义来划分，而是依据事实来检验其人所处的状况和在此状况下可能有的生活态度，然后再去思考如何理解这种生存方式的问题。"见《追思丸山升先生》，汲古书院，2008年，第22页。

的工作重心，但并没有仅止于此，她同时更注重材料考证辨析基础上的文化比较、关系史分析和对鲁迅思想独特性的判断。换言之，材料考证和比较研究的有机结合，才是北冈正子鲁迅研究的真正魅力所在。如上所述，《摩罗诗力说》至少参考了日、英、德三种文字的著作文献，这一发现本身已然展示出下面这样一个事实：鲁迅当时是处在多语言文本、多文化关系的结构之中的。因此，如何在这个关系结构中确定鲁迅自身的位置和思想文化取向，就成了实证分析和比较研究的关键所在。北冈正子有关鲁迅对拜伦、雪莱的认识与木村鹰太郎、滨田佳澄等的著译文本之间关系的分析，就达到了材料考证与比较研究有机结合的高超境界。

《〈摩罗诗力说〉材源考》第五章讨论鲁迅与裴多菲的关系，这是北冈正子长期积累多方调查而最见其实证考据和比较研究功力的题目。《摩罗诗力说》第九节讨论裴多菲其人其诗，鲁迅当时主要参考了赖希和利特耳分别出版于1898年和1906年的《匈牙利文学史》，这从周作人的《旧书回想记》里可以找到线索。而北冈正子经过仔细比照鉴定，排除了当时鲁迅可能参照的多种文学史著作，最后确定利特耳的《匈牙利文学史》是鲁迅讨论裴多菲时所依据的主要材料来源。该书第十四章论述裴多菲，前半部分叙述爱国诗人的一生，后半部分论述其诗歌和世界观。北冈正子注意到，鲁迅对此多有参照和引用，但并没有沿袭利特耳通过诗歌从有机联系中呈现诗人裴多菲整体形象的手法，而是"把几乎所有介绍裴多菲的篇幅让给其生活的顶点和不能不失败的革命重合的戏剧性场面"，舍弃掉诗人"以民间民谣为基础，在诗歌中开拓出独特境界的其他侧面，鲁迅笔下的裴多菲仅仅是个民族战士的形象"。经过这样一种仔细的甄别和比照之后，北冈正子得出如下结论："从利特耳的《匈牙利文学史》，鲁迅了解到与革命兴衰密切联系的裴多菲戏剧性的一生，他那民族战士的方面。再有，继波兰诗人之后，从裴多菲身上汲取的精华是坚定不移的复仇心，这可以从《摩罗诗力说》对材料来源的处理方法上推论出来。"[1]那么，鲁迅在讨论诗人裴多菲的时候，何以会对材料来源有如此这般的取舍选择呢？这种选择背后是否有更为深远的属于鲁迅的独特的世界观和价值取向呢？对此，北冈正子最后给出深层文化思想上的思考：

> 在追随西欧近代的明治末年的日本，在自己祖国的改革方案之中也存在顽强的西欧近代取向的时候，鲁迅却去研究在当时恐怕也和现在一样缺乏资料的波兰和匈牙利诗人，我今天痛感有必要重新体会它的意义。鲁迅这时不在奴隶与主人关系的主从位置转换中寻求救国之道，而在以人类精神进化为基调的新价值体系的创造中寻找出路，这种特异思想所光照的世界，与西欧以及追随西欧的后进国家的图式完全不同。……而且，鲁迅不只看到波兰（或匈牙利）和中国都是欧洲或亚洲的被压迫民族，还进而把东欧各被压迫民族所创立的文化和思想，与似乎领导世界的西欧所创立的东西视为不同的价值体系，难道不是这样吗？如此说来，鲁迅思想的先驱意义也就变得更加清晰了。[2]

---

[1] 北冈正子《〈摩罗诗力说〉材源考》，何乃英译，北京师范大学出版社，1983年，第213页。
[2] 同上。

我以为，北冈正子上述基于实证研究和比较分析而得出的这个深刻观察，已然跃出了一般材料考据的范围而具有了文化史、思想史的意义。青年鲁迅立志走异路、别求新声于异域，但他留学7年所寻求到的并非日本一般所谓的富国强兵、"脱亚入欧"式的现代化之路，也非清末"师夷制夷"、中体西用式的洋务之途，而是在19世纪帝国主义时代的被压迫民族摩罗诗人的反抗思想中寻求到的别样的解放道路，这无疑是理解后来作为伟大的思想家和文学家的鲁迅之独特性的一个关键所在。而由于年代的久远和当时历史状况的复杂，青年鲁迅这种特异的思想走向还远远没有引起更多的重视和深入的研究。也因此，北冈正子的业绩和所提出的课题在今天依然具有重要的思想意义和价值。当然，要完全揭开留日时期鲁迅思想的形成过程及其内在结构，还涉及许多更复杂的方面。例如，鲁迅是在怎样一种历史语境下创作《摩罗诗力说》的？从最初的东京弘文学院、仙台医学专门学校到后来的东京德语专修学校，鲁迅如何在日本接受了近代教育，并影响和推动了他立志从事"文艺运动"这一思想志向的产生，这又与后来以《狂人日记》为发端的文学实践构成怎样一种关联？鲁迅早期的"立人"观念与进化论思想有何种关系？等等。这些也正是北冈正子大半生持之以恒不懈追问的课题。

需要说明的是，《〈摩罗诗力说〉材源考》自1970年代初开始动笔，陆续以连载的形式在日本学术杂志上发表，直到2015年才出版日文版单行本《探索鲁迅文学的渊源：〈摩罗诗力说〉材源考》（汲古书院），此可谓北冈正子积一生之功力而成就的大作。我为了讨论的方便，主要依据反映了阶段性成果的1983年中译本做出上述分析，虽然难免挂一漏万，但相信其基本立场和始终一贯的研究方法还是得到了一定的呈现。除此之外，北冈正子另有两部专著。一是《鲁迅——寄身于日本这一异文化之中》（关西大学出版部，2001），主要从中日近代教育史的角度考察鲁迅为修日语所入东京弘文学院的基本情况，是史料丰富的实证研究专著；二是《鲁迅——救亡之梦的去向》（关西大学出版部，2006），研究视野涵盖鲁迅整个早期的个人传记事实和思想文学，特别是对鲁迅"立人"思想的考察，代表了北冈正子基于实证分析的文化比较研究方法所达到的新高度。

历史还原与青年鲁迅形象之重塑

《鲁迅——救亡之梦的去向》是北冈正子集1970年代中期以来的研究成果而编辑成书的论文集，旨在通过"材料来源"考证，探讨鲁迅留学时期从事"文艺运动"的情况，以及这场"失败"的运动与后来以《狂人日记》为发端的新文学实践之间内在的关联。讨论的方式依然是实证研究和比较分析的方法，可以视为作者大半生鲁迅研究的另一部代表作。全书由四个章节和一个"补论"构成，其中第一章"有助于其'文艺运动'的德语学习"是考察鲁迅在弘文学院学习日语情况的《鲁迅——寄身于日本这一异文化之中》的续篇，沿用实证方法整理弃医从文后鲁迅在东京德语专修学校学习德文的状况。第二章"寄托于诗力的救亡之梦——恶魔派诗人论《摩罗诗力说》的构成"，则是"摩罗诗力说材源考"系列文章的缩写。我个人比较看重该书第三、第四章以及"补论"的内容。北冈正子关于《摩罗诗力说》材料来源的考证，其卓越的研究成就已如上述，而第三章"产生理想之诗人像的现实——《摩罗诗力说》之'人'的形成及其意义"，是材料考据基础上更为深入的思想分析和比较研究，对鲁迅早期"立人"思想的形成，包括体现其"立人"思想的诗人形象之建立，都有独特的观察和见解。第四章"成为'狂人'的诗人"，则尝试建立起通过解读《狂人日记》来反观从留学生周树人到后来的作家鲁迅之演变过程的新视角。最后的补论"严复《天演论》——鲁迅'人'之概念的一个前提"，则是对鲁迅"立人"思想之理论基础的进化论予以讨论的篇章，最能显示作者所达到的实证研究和比较分析相结合的深度。也由此，北冈正子得以确立起比较完整的有关早期鲁迅的阐释架构，在还原历史的同时重新构筑了青年鲁迅的形象。

在考察《摩罗诗力说》中体现的拥有"心声"的诗人形象之际，北冈正子注意到鲁迅笔下肯定性的人之形象往往是通过否定性人物的存在而构思和塑造出来的，或者可以认为，这是以鲁迅对本国历史和社会现实之否定性认识为媒介而创造出来的"人"之形象。也因此，鲁迅心目中的诗人形象与他所参照过的日、英、德文著作中有关摩罗诗人的叙述大不一样。与这种"认识方式"相关联，鲁迅接受来自严复《天演论》等著作的影响，其最主要的方面在于使他懂得了作为影响社会的要素，人的作用如何重要，人乃是战胜天演之能动的行动者。

鲁迅以独特的人类进化观寻找救亡之路。他所思考的人类精神进化的目标并非成为眼前存在的那种强者。鲁迅认为现实中的强者和弱者都是将被淘汰的东西。他确信，侵略者即欧洲列强的爱国包含着"兽性"，而试图追赶欧洲的中国则存在"奴隶性"。从人类精神进化的过程观之，两者都处在落后的阶段上。鲁迅这种人类进化观是通过否定那种奴隶变成主人再君临奴隶之上的上下循环封闭之价值体系而建立起来的。[1]

在此，北冈正子进而看到了鲁迅特有的以凝视否定性的负面来透视应该如此之正面的"相对化认识方式"。这种认识方式又导致他虽身处清末邹容、陈天华所代表的具有强烈民族自大倾向的重建"国民"之革命思潮中，却因为自"幻灯事件"后产生对"奴隶"状态的拒绝态度而形成了与一般革命家不同的"国民观"。鲁迅不能认同当时"国民"思潮中存在的那种民族自大倾向，他跨出统治与被统治或主人与奴隶的二元对立结构，试图在摩罗诗人的精神中发现"立意在反抗，指归在动作"式的超越宰制与被宰制往复循环结构的真正独立的个人——国民。正因为如此，鲁迅没有像当时一般舆论那样以侥幸和优越的态度看待波兰、匈牙利亡国亡种的悲惨境遇，而是在这些被压迫民族的诗人之歌声中听到了并非奴隶的"人之声"。[2]这构成了留日时期青年鲁迅思想精神的最大特征，同时这也是他接受进化论的基本立场和思想条件。

进化论深刻影响了晚清至"五四"时期几代中国知识者的思想和精神取向，这乃是众所周知的历史事实。然而，从达尔文的生物进化论到赫胥黎的社会进化论，再到严复创造性地转译

---

[1] 北冈正子《鲁迅——救亡之梦的去向》，关西大学出版部，2006年，第94页。

[2] 北冈正子《鲁迅——救亡之梦的去向》，关西大学出版部，2006年，第100—106页。

《天演论》，其间作为科学观念和社会思潮的"进化论"本身已经显示出矛盾复杂的多层面向，更何况接受者自然要根据自己的需要和条件来索取进化论的某个侧面。因此，作为科学实证研究的课题，需要首先确认接受主体已有的思想立场和关注焦点，然后再分辨其与进化论思想的具体关系，与此相联系还有一个更具技术性的分析程序，即解决不同文献——包括转译文本与原始文本——之间的乖离问题。鲁迅曾深受其影响的严复《天演论》，乃是于19世纪末帝国主义时代面临亡国亡种危机的几代中国知识者热心阅读、深感震撼的一部书。然而，这部"英国赫胥黎造论""侯官严复达旨"的包含诸多改写并插入译者个人观点之"按语"的特殊译著，它的哪些部分、何种观点影响到了当时志在寻找"立人"思想途径的青年鲁迅呢？要解决这个问题，需要穿越由赫胥黎原著和严复并非直译的译文所构成的文本世界，辨析原著和译文之间的差异，确定严复特有的思想取向和译述"达旨"的终极目的。《鲁迅——救亡之梦的去向》中"补论"一章，便依靠娴熟的实证方法和比较分析，对此给出了精彩的解答。

北冈正子认为，首先，赫胥黎《进化论与伦理学》以"宇宙过程"（cosmic process）和"伦理过程"（ethical process）的二元对立为全书的基本结构，强调在进化的所有阶段须不断抑制"宇宙过程"并将其转换成"伦理过程"，这样才能开辟人类社会未来的道路。就是说，社会的道德伦理进步在于不断同"宇宙过程"即外在于人类而无法彻底控制的"自然条件"进行斗争。但是，严复以"天行"和"人治"翻译"宇宙过程"和"伦理过程"两个概念，虽然保持了两者的二元结构，却未能充分体现赫胥黎这两个概念的对抗性内涵。《天演论》论述的核心是如何于"天行"的支配之下实现"人治",他所谓的"天行"与其说指自然科学意义上的宇宙作用,不如说更意味着统御万物的"天"之功能。严复未能在赫胥黎所谓"伦理过程"的建构中发现人类社会实现变革的可能性,他是通过把"伦理过程"对"宇宙过程"的问题解读成"人"对"天"的关系,来探索改革现状的途径。其次,与上述误读相关联,严复的《天演论》中"天"之下为"人","人"之下则又设置了"民"一项,这样一种结构关系在赫胥黎《进化论与伦理学》中是没有的。可以说,严复并没有理解赫胥黎所强调的"伦理过程"对人类社会的作用问题,因此他所说的"人"并非指赫胥黎所谓通过"伦理过程"得到恢复的社会的一员,而是对"民"施以教化并使社会和民族走向富强的能动的行动者。这反映了严复一贯主张的培养"民智民德民力"以挽救中国于危亡的思想。第三,因此严复《天演论》乃是掺杂了强烈的救亡图存之个人主张的变革指南书,而不是科学地宣传进化论的一般译著。鲁迅的《摩罗诗力说》,其主要部分便体现了《天演论》这种救亡图存的关键在于创造出能够教化于民的"人"的观点。换言之,把"人"视为挑战"天行"恣意妄为的存在,进而将"民"置于"人"的教化之下,这一严复思想的核心在《摩罗诗力说》中得到了充分的反映。[1]

  北冈正子的上述比较分析解决了鲁迅研究史上的几个重要问题。第一,通过将《摩罗诗力说》中的"立人"思想与严复《天演论》误译中的观点联系起来比较,确认鲁迅所接受的进化

---

[1] 北冈正子《鲁迅——救亡之梦的去向》,关西大学出版部,2006年,第188—193页。

第四章 材源考的文化比较学与"鬼"之民俗学视野

论并非一般意义上的达尔文生物进化论或者赫胥黎伦理进化论，也与斯宾塞社会进化论无缘，而是更接近于严复在救亡图存意识下强调的"使社会和民族走向富强的能动的行动者"之进化论。第二，这又和鲁迅当时的"认识方式"与思想立场密切相关，即以凝视否定性的负面来透视应该如此之正面的"相对化认识方式"，以及在主奴二元对立结构之外思考建立"真的人"之路的思想立场。这样的认识方式和思想立场，使鲁迅的进化论与赫胥黎的伦理进化论乃至尼采的"超人"进化论清晰地区别开来。第三，鲁迅的人类进化观是通过否定那种奴隶变成主人再君临奴隶之上的上下循环封闭之价值体系而建立起来的，从这个角度观之，又和严复的《天演论》有微妙的差异，这或者可以称为鲁迅创造的鲁迅式进化论也未可知。

北冈正子的鲁迅研究已经得到了中日两国学术界的普遍认可。丸山升早在1986年就给予了高度评价："为了进一步深入鲁迅的内心世界，应该开辟更多的领域和方法。近年来北冈正子的研究是划时代的工作。她梳理鲁迅留学日本时期所写论文依据的材料，绵密地揭示出青年鲁迅有时用'剪刀和糨糊'组合文章，以及即便如此，在他对剪刀和糨糊的使用方法中已经显示出自己很强的独立性。"[1] 而在我看来，北冈正子以材料考据为中心的实证研究和在多语言文本间进行文化比较的分析方法，作为独创的阐释架构实在是一种综合的历史还原法。她不仅把鲁迅研究的重心落实到文本层面，更将观察的视野和焦点拉回到鲁迅当时所身处的历史现场和文化语境上来。在这样一种脚踏实地的历史还原

---

[1] 丸山升《鲁迅·革命·历史——丸山升现代中国文学论集》，王俊文译，北京大学出版社，2005年，第349页。

法之下观察到的鲁迅，已经不期然地和我们多年来不断将其经典化甚至有些神化的鲁迅像大不相同。北冈正子的研究有力地复原并重塑了一个普通留学生，和勤奋摄取各种思想资源，并逐渐立志通过文学以恢复古老民族之精神的青年鲁迅形象，不知不觉中打破了以往人们对鲁迅的某种神化。

  我们知道，1980年代中期中国学者曾提出"回到鲁迅本体"的口号，王富仁先生的博士学位论文就一再强调要"回到鲁迅那里去"，意在摆脱多年来政治化意识形态化的，从预设概念和固定思维模式出发观察鲁迅的方法。而北冈正子同一时期在日本的研究，其成就客观上呼应了1980年代思想解放运动中中国学者的意识和要求，《〈摩罗诗力说〉材源考》中文版的适时出版，也发挥了独特的作用。而在战后日本鲁迅研究史上，北冈正子的鲁迅论则另有其特殊的位置和贡献。如前所述，竹内好主要通过对"五四"时期之前的鲁迅思想文学的独特解读和感悟提出"文学者的自觉"论题，但对于早期鲁迅的分析因时代和材料的限制没有深入展开。丸山升为了证实"革命人"鲁迅的形成，仔细考察了其与辛亥革命的关系，以及革命文学论争中他的马克思主义文艺观和革命立场的确立问题。木山英雄主要是以《野草》为中心，通过深湛的文本分析展开对鲁迅的诗与哲学的整体性论述。到了伊藤虎丸那里，已经开始将"鲁迅与西方"和"鲁迅与日本"两个论题推到留学时期，试图在"明治四十年代"的思想文化场域中讨论鲁迅对（以尼采为代表的）西方近代精神的接受问题。然而，即使是伊藤虎丸的研究，也还主要是使用"论"的方法，其重点并非在于材料的考据和实证分析。如此观之，我们就可以发现北冈正子鲁迅研究的两大特征：一个是执着于材料考据和比较研究，另一个是始终专注于留学时期的鲁迅，特别是《摩罗诗力说》的问题。她那种"论从史出"的研究方法与以丸山升等为代表的那代日本学人一脉相承，同时在"早期鲁迅"这一研究领域中做出了别人无法替代的贡献。我们可以在北冈正子的上述学术研究中，体会到一种特有的细致缜密又朴实无华的专业精神。某种意义上，这一专业精神反映了1980年代以后日本鲁迅研究逐渐向更为科学的学术形态转变的趋势。

丸尾常喜：作为文学生成契机的耻辱与恢复

如果说，在1980年代前后日本社会和思想转型的背景下，北冈正子从实证研究和比较文学的方面拓展了鲁迅研究的领域和方法论视角，那么，丸尾常喜则是在与思想史、宗教学和民俗学密切结合的文学内部研究方面取得了重要成就。他大胆提出"阿Quei即阿鬼"的假说，由此开拓出将鲁迅与传统中国土俗世界直接关联起来以阐释其思想文学的一片新天地。丸尾常喜新颖而厚重的研究在更为科学规范化的学术领域，为战后日本鲁迅研究传统的深化发展做出了贡献。因此，在"竹内鲁迅""丸山鲁迅"和"伊藤鲁迅"之后，又有了"丸尾鲁迅"的说法，足见其影响力之大。

丸尾常喜（1937—2008）[1]倾一生精力专注于鲁迅研究，

---

[1] 丸尾常喜，日本熊本县人。1962年毕业于东京大学文学部，后在大阪市立大学师从增田涉攻读中国文学专业研究生。曾任北海道大学、东京大学东洋文化研究所、大东文化大学等处教授。

共留下三部著作：《鲁迅——为鲜花而甘作腐草》(1985)、《鲁迅——"人"与"鬼"的纠葛》(1993)和《鲁迅〈野草〉研究》(1997)。尤其是在后两部著作中，丸尾常喜以一个体系严密而充满独创性的阐释架构，分析鲁迅小说世界的结构和批判性思想的独特来源。1996年在北京的一次讲演中，他这样概括自己的研究重心和路径：回顾起来，我所研究的关键词有两个，一个是"耻"，一个是"鬼"。换句话说，"耻"和"鬼"是我的鲁迅研究的两根主干。[1]我们可以认为，丸尾常喜正是通过这两个含义丰富的核心概念而构筑起了自己的阐释体系。如果说，从具有文化心理学意味的"耻"意识这一概念出发考察的是鲁迅文学生成的契机问题，那么从宗教民俗学上的"鬼"这一关键词出发，探索的则是鲁迅思想文学与中国民间土俗世界的内在关联问题。而这两个领域，尤其后者，乃是以往的研究关注较少的方面。

从1977年到1983年，在"作为民族自我批评的鲁迅文学"这一总题目下，丸尾常喜共写作了三篇系列论文，虽然没有形成专著，但其内容基本上吸收到了稍后出版的传记《鲁迅——为鲜花而甘作腐草》一书中。[2]在这三篇系列论文之前，还有一篇《"难见真的人！"考——关于解读〈狂人日记〉第十一节结尾的备忘录》(1975)值得注意。该文根据日本关西大学增田文库所藏《呐喊》(1930年，第14版)结尾处增田涉的眉批

---

[1] 丸尾常喜《"人"与"鬼"的纠葛——鲁迅小说论析》，秦弓译，人民文学出版社，1995年，第340页。

[2] 分别发表于《北海道大学文学部纪要》第25卷第2号(1977)、第26卷第2号(1978)和第31卷第2号(1983)，并收入中文版《耻辱与恢复——〈呐喊〉与〈野草〉》，北京大学出版社，2009年。

第四章 材源考的文化比较学与"鬼"之民俗学视野

"面が合わせられぬ、面目がない"（难以面对，无颜以对），对鲁迅"难见真的人"一句提出新解：不是难以发现真的人，而是无颜面对真的人。自竹内好以来，日本学者在翻译《狂人日记》时，大都将此句理解为"难以发现真的人"或"真人难遇"等，竹内好甚至由此悟出文学家鲁迅的某种根本态度的形成而强调其文学的本质为"赎罪文学"。丸尾常喜则认为增田涉的眉批更为准确，并从"无颜面对真的人"这一理解出发，尝试展开自己以"耻"意识为核心的鲁迅研究新路径。

在三篇论文的第一篇中，丸尾常喜明确表示，他的研究意图在于从鲁迅的生命与文学中时而表现出来的"耻"意识入手，探索"作为民族自我批判的文学"之主客体的内涵。他首先从三个方面界定"耻"意识的含义。第一，"耻"是在自身之中兼具"看得见的自己"和"看他人的自己"之意识。"看他人的自己"指人给自己设定的典范，"看得见的自己"则是在典范比照下显示出否定性真相的"现在之自我"。换言之，此乃感觉到与典范相背离的意识。第二，"耻"是一种伦理意识，伴随着脸红和出汗等生理症候。第三，"耻"意识是否定性的，因此必然是受到主客体的条件所制约而不断谋求"恢复"或"肯定"的动态意识。同时需要指出，鲁迅的文学生涯是以"耻"意识为重要契机开始的，但不应该把这个"耻"意识确定为鲁迅文学的本质。[1]显而易见，丸尾常喜的"耻"意识说来自本尼迪克特的《菊与刀》，但为了纠正《菊与刀》过分倚重基督教"罪感文化"而强调东方日本"耻感文化"缺乏主体性的偏颇，丸尾常

---

[1] 参见丸尾常喜《从"耻辱"启程的契机——作为民族自我批判的鲁迅文学之一》，载《北海道大学文学部纪要》第25卷第2号，1977年。

喜坚持"耻"意识中应该包含着摆脱"耻辱"而恢复到先前状态的"肯定性"要素。这一点非常重要，它直接关系到如何解释鲁迅文学生成的契机问题。

在此，丸尾常喜看到从"幻灯事件"到《狂人日记》的诞生，也即鲁迅文学的生成过程中，来自个人乃至民族的"耻"意识是一个重要的契机或根本的推动力。仙台医学专门学校留学时期，鲁迅遇到了两个令人深感"耻辱"的事件，即"漏题事件"和"幻灯事件"。竹内好认为"幻灯事件"与鲁迅后来走向文学没有关系，反而是"漏题事件"使他蒙上了严重的"屈辱感"，这种屈辱感是个人性的，它构成了鲁迅"赎罪文学"的根本。丸尾常喜不同意这种看法，他明确指出：

> "幻灯事件"在鲁迅心中唤起的是看到完全丧失"人的尊严"的人们所处的耻辱状态，即甚至不能把被异民族斩首的同胞之"屈辱"当作自己的"屈辱"时，自己所感到的"作为同胞的屈辱"意识。失去了人之生命力的共感，只是一盘相互隔膜的散沙，这种生存状态实在是一种应该感到耻辱的生存状态。作为这些人的同胞，鲁迅不能不感到"耻辱"。可以说，青年鲁迅把打破这种耻辱状态的改革尝试寄托于文学的力量。[1]

在这样的认识前提下，丸尾常喜以三篇系列论文对《呐喊》中的主要小说进行了初步考察。他结合"五四"时期国民

---

[1] 丸尾常喜《"人"与"鬼"的纠葛——鲁迅小说论析》，秦弓译，人民文学出版社，1995年，第347页。

性批判的思想，发现鲁迅一面不断地在自己的内部营造"人类""人""真的人"这样具有"典范"与"象征"性的形象，一面又把要克服否定性的"耻辱"这一意识当作确立其文学出发点的重要契机。作为鲁迅文学起点的《狂人日记》，其第十二节结尾"现在明白，难见真的人！"一句，正表现了"吃人"一方对"真的人"感到"耻辱"的意识。在此，狂人的所谓"觉醒"也便意味着对"耻辱"的自觉，而"救救孩子"则是这一"耻辱感"像弹簧一样寻求恢复而发出的呐喊，表明了作者矢志不渝的决心与对民族的希冀。深入分析还可以发现，狂人对于"吃人"的感觉，从莫名其妙的"恐怖"到"呕吐"——作为兄弟的耻辱，再到自己感到"羞耻"，包含三个层次且有一个逐步深化的过程。丸尾常喜强调，注意到这三层结构的存在，对理解鲁迅从《狂人日记》到《阿Q正传》阶段的创作十分重要。它将直接关系到我们对鲁迅"耻辱"意识以及由此产生的文学之性质和内涵的理解。如果说《狂人日记》的耻辱感来自对"有四千年吃人履历的我"之发现，那么作为《阿Q正传》之出发点的耻辱感则基于对邹容所谓"一部大奴隶史"的认识。两篇小说在"耻辱感"上有微妙的差异，这差异导致后者发现了支撑和维持汉民族"一部大奴隶史"的元凶在于"精神胜利法"。就是说，鲁迅身上的"耻"意识不仅是个人的，它同时更是历史的和民族的，而且有着从否定性向肯定性转化的多个层次，也因此，才得以成为其文学生成的真正契机和动力。[1]

---

[1] 以上参见丸尾常喜《"耻辱"的形象——作为民族自我批评的鲁迅文学之二》，载《北海道大学文学部纪要》第26卷第2号，1978年。

丸尾常喜当初计划写作五篇系列论文，试图将"耻"意识这一研究视角贯穿到包括《彷徨》在内的所有鲁迅小说中。但后两篇没有完成，其预设的思路则在十多年之后的《鲁迅〈野草〉研究》一书中得以延续下来。我感觉，中断的原因在于丸尾常喜又找到了新的研究视角和阐释架构，这便是以"鬼"为核心概念来考察鲁迅思想文学与中国传统民间土俗世界的内在关联。那么，如何评价上述丸尾常喜以"耻"为关键词而展开的鲁迅研究呢？我以为，由于有意识地引进了文化心理学的视角并对本尼迪克特的"耻感文化"概念有所匡正，丸尾常喜对日本学者历来重视的鲁迅文学之诞生契机，有了新的开掘阐发，特别是对鲁迅"耻辱感"三层结构的分析和"耻辱"意识包含个人的、历史的和民族的要素等观点，都有新意。然而，我们也应该客观地指出，这些研究依然带有明显的竹内好影响的痕迹，其论述领域或者观察的视野也没有完全超出伊藤虎丸"狂人"的康复乃作家回归社会之记录的阐释架构。丸尾常喜真正的创造性研究和影响力，还是在以"鬼"为核心概念构筑起来的全新的鲁迅小说阐释方面。

鲁迅文学结构中的传统土俗世界

前面，我曾从总体上把丸尾常喜的鲁迅论概括为"与思想史、宗教学和民俗学密切结合的文学内部研究"。这一方面是要将其与北冈正子以材料考据和文化比较研究为重心而重视"外部"关系的实证方法区别开来，另一方面也是借用1960年代美国新批评派的"内部研究"概念，强调丸尾常喜不同于今天盛

第四章　材源考的文化比较学与"鬼"之民俗学视野

行的更为技术化的"文本分析"。以鲁迅小说文本为中心，通过作家自身的思想言行来解释其创作，同时参照宗教学、民俗学和社会史的最新研究成果，以阐释鲁迅文学的内在结构和思想艺术特征。可以说，这是与过去那种将思想与文学、时代与作家作品机械二分的社会历史批评不尽相同的，更重视在文学文本层面上高度综合思想艺术诸多要素的"内部研究"。丸尾常喜自己将这个方法称为"训诂"，即接近于传统的"注疏之学"，或者说"通过鲁迅来了解鲁迅的方法"。[1]

> 鲁迅的作品作为文学具有强烈地吸引我的一种魅力。为这种魅力所吸引反复阅读其作品后，使我对鲁迅的学问和思想乃至作为"人"的鲁迅本身产生了深深的信赖感。鲁迅文学中洋溢着一种诚实性，或称其为责任感亦可。即使言论上有前后不一致的地方，如果按时间线索加以整理分析，我们总会发现他身上变化的必然性和贯穿于这种变化中的作为人之坚实的责任感。
>
> 我感觉，上述这种对鲁迅的信赖培育了我对鲁迅所描绘出来的中国像的信赖感。当然，我也试图把鲁迅及其文学，乃至他所描绘的中国像相对化。只是由于自己才学的不足，充其量只能将鲁迅作品所表现的事象还原到他所生活的历史时空中，以深化自己对这些事象之历史、社会、宗教、民俗上的意义之理解，由此加深对鲁迅的文学和中国像的认识。如果采用传统的说法，则可以称之为注疏之学。遗憾的是，从根本上将鲁迅所描绘的中国像相对化，

---

[1]　丸尾常喜《鲁迅〈野草〉研究》，汲古书院，1997年，第457页。

准确地照射出其真实性和偏颇之处,这样的工作我还远远没有做到。[1]

以中国传统"鬼"的观念及其民俗谱系来考察鲁迅小说所呈现出的中国人之"欠缺状态"(不健全状态),以及由此构成的鲁迅思想和文学的内在结构和特征,乃是《鲁迅——"人"与"鬼"的纠葛》一书的主题。丸尾常喜认为,在传统中国人的宗教观念中,人死后都要变成鬼。世间有灵魂这样一种东西存在,如果说人是灵魂在阳间的存在形式,那么鬼则是灵魂在阴间的存在形式。至于鬼本身又可以分为两种。一种是得到子孙祭祀的鬼,为了回报子孙供养,这种鬼要保佑阳间子孙的生活,因此具有与神相近的品格。另一种是没有后嗣而无以得到供养,在阴间过着悲惨生活或者生前横死的所谓"孤魂厉鬼"。这些孤魂厉鬼出没于阴阳两界之间,常常给人家带来疾病和灾祸,所以为了镇抚它们需要举行各种仪式。比起得到子孙祭祀的鬼来,孤魂厉鬼更具有"鬼"的特征,也更像真的鬼。这两种"鬼"可以称为宗教民俗性的"鬼"。除此之外,还有一种表示"人"的阙如状态和民族遗传劣根性的象征影像,即国民性之鬼。鲁迅凭其敏锐的感觉,时常捕捉到事实上无数"鬼"在现实中跳梁、呻吟的情状,而他也常常看到附着在自己身上的种种"鬼"影。[2]这或可以被称为"传统的鬼魂"。丸尾常喜强调,鲁迅的一生持之以恒、不断探求的就是由"鬼"变成

---

[1] 丸尾常喜《鲁迅——"人"与"鬼"的纠葛》,岩波书店,1993年,第329—330页。
[2] 丸尾常喜《"人"与"鬼"的纠葛——鲁迅小说论析》,秦弓译,人民文学出版社,1995年,第362页。

第四章 材源考的文化比较学与"鬼"之民俗学视野

"真的人"的翻身之路与自身生命价值得以实现的途径。

具体到鲁迅的故乡绍兴，上述形成于中国传统社会的鬼魂观念则浓重地渗透到日常生活的祭祀习俗，乃至传统的民间戏剧艺术中，可以说举凡扫墓、年终祝福、结婚生育等祭祀习俗都直接或间接地与上述鬼魂观念有关。丸尾常喜注意到，周家的祭礼基本上沿袭"儒礼"，但也明显地受到佛道和民间信仰的影响。而绍兴地方的"目连戏"则是中国民间社会有关"鬼"的信仰和生死观的艺术化，其中凝缩了"人"与"鬼"阴阳两界相互渗透、彼此通连这样一种传统社会的样态。鲁迅从小耳濡目染，自然地接触到绍兴地区祖先祭礼中的习俗，终生喜爱那以阴间的鬼魂形象表达苦难现世之拯救欲望的"女吊""无常"为戏剧人物的目连戏。他不仅是这种民间戏剧的重要挖掘者和介绍者，其小说创作更受到了来自目连戏的深厚影响。

确认了鲁迅儿时由祭祖习俗和民间戏剧接触到中国传统社会鬼魂观念的事实之后，在《鲁迅——"人"与"鬼"的纠葛》一书中，丸尾常喜便通过"国民性之鬼"和"民俗之鬼"两条线索对鲁迅小说文本展开了综合分析。它不仅涉及鲁迅的思想，更带动起对鲁迅小说独特艺术结构和叙述方法的全新理解来。丸尾常喜选择了《孔乙己》《阿Q正传》和《祝福》三篇进行个案分析，其中，尤以对《阿Q正传》的考察最为深刻精彩。为了阐明民俗上"鬼"的世界及其观念对小说的决定性作用，他首先高调提出"阿Q"的"Q"到底指涉什么这一历来众说纷纭的问题，并给出自己的假设判断："阿Quei"即"阿鬼"。他认为，《阿Q正传》的叙述方法极具冒险性，其冒险的关键在于对"阿Quei"这个主要人物的设定。将作品主人公命名为"阿

Quei",不仅在作品构思而且在创作过程的展开中都具有极其重要的意义。细读小说的"序",可以判明鲁迅试图在作品中将形式上的传统章回体与思想上的寻找"国民之魂"结合起来,而对"阿Quei"这个人物的选择亦基于上述考虑。那么,说"阿Quei"即"阿鬼",其灵感来自何处呢?丸尾常喜说,就在于小说"序"中"仿佛思想里有鬼似的"一句。

众所周知,这句话出自《阿Q正传》开头的第一段,意在说明作者要为阿Q做正传历时已久,几经犹豫之后终于下笔,大有鬼使神差不得不写的味道。丸尾常喜认为,此句中的"思想"未必是指一个人体系化的作为观念形态的思想,很可能是表示脑海中的"印象""影子"而接近于"想象"的意思。如此,我们则可以理解为"仿佛脑子里有鬼的影子时隐时现",它和鲁迅在《〈阿Q正传〉的成因》中所言"阿Q的影像,在我心目中似乎确已有了好几年"一句相重合。由此,我们可以认为,鲁迅此句话在表明执笔的动机——作者脑子里有不曾离去的"鬼"影存在——的同时,也告诉人们这篇作品试图通过为"鬼"做传而将存在于脑海中不甚明晰的幽暗中的"鬼"影暴露于光天化日之下。结合"五四"以来鲁迅国民性批判的思想立场来考虑,我们可以认为作者通过阿Q要画出"国民之魂",其常说的"死鬼"即意味着国民性的病根,或者规定着当下国民性格的过去之遗传因子。而一旦将主人公称为"阿鬼",则在这个人物身上必然带上民俗性的"鬼"影,也就是中国传统社会中规定着祖先祭祀和年中礼俗,成为人们幸福观和生死观的基础,活跃于传统小说和民间戏剧中的"鬼"之观念与形象。于是,丸尾常喜得出结论:阿Q乃是国民性之鬼与民俗之鬼深有意味的结合,由此使作品实现了对植根于中国"历史"与"民俗"之中的小说宏大世界的创造。[1]

随着丸尾常喜绵密娴熟的文本分析方法的展开，我们得以看到阿Q身上及其周围的种种"鬼之生态"。《阿Q正传》前三章多显示出主人公身上背负的"国民性之鬼"的一面，如麻木冷酷、精神胜利法、等级观念。而更有意味的是，在阿Q完成了国民性批判的使命之后，作者开始注意这个人物的生存（生计）与精神状态，于此，一步步显露出孤魂厉鬼的性格特征。第一，阿Q的栖身之地为土地庙——土谷祠，这正与"阿鬼"的身份和性质相合；第二，由于自己的秃头，谈光亮成为阿Q的禁忌之一，这也符合鬼见不得阳间之光亮的性格；第三，从阿Q流浪的生活形态看，如果说"女吊"属于孤魂，那么阿Q正可以称为"野鬼"；第四，阿Q经常的工作是捣米，这又和饿鬼传奇相重叠；第五，向吴妈求婚"事件"后，阿Q似真的成了居无定所的"孤魂野鬼"；第六，照壁前阿Q和小D的扭打，构成一幅绝妙的鬼与小鬼滑稽而沉痛的生存画面，由此可见《阿Q正传》这部作品的思想与结构手法的明晰构图；第七，求婚"事件"之后，阿Q开始"求食"的征程，鲁迅曾引《左传》"若敖氏之鬼不其馁而"，却有意隐去前半句"鬼尤求食"，似刻意暗示"鬼尤求食"与"阿鬼求食"的重合；第八，阿Q求食而不期然来到静修庵，这在小说结构上显然是对"目连戏"的模拟，阿Q下意识地在求"团圆"和"子嗣"；第九，小说第六章"从中兴到末路"讲阿Q从城里逃回未庄，村人都"敬而远之"，正说明他们是把阿Q视为"鬼"的；第十，而革命党"中

---

[1] 参见丸尾常喜《鲁迅——"人"与"鬼"的纠葛》，岩波书店，1993年，第143页。

华自由党"的徽章那"驱鬼避邪"之银桃子的构图,正与不被允许革命的阿Q之鬼影相关联;第十一,到了最后的"大团圆"时刻,阿Q接过画押的笔,吃惊得几乎"魂飞魄散",正暗合了"鬼"恐惧"文字"的说法,而"这刹那中,他的思想又仿佛旋风似的在脑里一回旋了"的"旋风",则作为"鬼风"预示着阿Q的灵魂将出壳而变成真正的"鬼"。

实际上,不仅在小说主人公身上可见种种"鬼之生态",《阿Q正传》整体的叙述结构,亦有与作为中国传统"鬼戏"之起源的"幽魂超度剧"的同构性,即叙述"鬼"的一生、审判、团圆这三个部分。丸尾常喜注意到,审判阿Q的庭审场面十分怪异,一个满头头发剃得精光的老头子,两边站着十几个长衫人物,他们或者满头精光或者一尺来长的头发披在背后。这与其说是对辛亥革命后共和制法庭的如实描写,不如说更接近于镇抚"幽鬼冤魂"的"超幽建醮"仪式。[1]由此可以得出结论,《阿Q正传》采取的正是作为中国审判剧起源的"鬼戏"之叙述结构,作者似乎要通过这种结构去追溯一个"冤魂"的灵魂,并使之显现于光天化日之下。总之,可以说"奴隶精神"之体现者阿Q因其雇农的身份所获得的生命力,同时也即鲁迅将"国民性之鬼"和"民俗之鬼"合二为一而产生的不朽生命力。[2]鲁迅曾希望自己的《阿Q正传》"速朽",然而阿Q这一"鬼魂"的二重性却使这部作品具有了超越时代的不朽性。

---

[1] 在此,丸尾常喜主要借鉴了同为东京大学教授的田中一成《中国祭祀戏剧研究》(1981)的观点。

[2] 参见丸尾常喜《鲁迅——"人"与"鬼"的纠葛》,岩波书店,1993年,第205页。

第四章　材源考的文化比较学与"鬼"之民俗学视野

"鬼"世界研究的学术史意义

丸尾常喜提出的"阿 Quei 即阿鬼"假说，恐怕终归是学术上的"假说"而已。不过，这没有关系。重要的是他以此为契机，打开了一个崭新的研究视域，并构筑起自己独特的阐释架构：鲁迅的思想文学中始终有各种"鬼"影在闪动，作为一个象征性的隐喻，这个"鬼"既意味着鲁迅时常自觉到的传统因袭之"鬼魂"，更象征着"国民性之鬼"和"民俗之鬼"纠缠在一起而形成的黑暗世界的存在。它是鲁迅思想文学批判的对象，同时也是这种批判力量的源泉之一。而鲁迅的小说艺术中则弥漫着一个由黑暗的"鬼"所构成的传承久远的土俗民间世界。从这样的视角观察过去，我们不但可以发现鲁迅那幽默怪诞的独特性格之来源，获得对其小说艺术的崭新理解，更可以找到他得以超越现代性的世界结构和话语体系而始终保持思想批判性的奥妙——不断从中国本土的传统思想，特别是民间土俗信仰中解构现代性观念的思想力量。

丸尾常喜杰出的研究成果，某种程度上改变了日中两国此前较少注意鲁迅与中国传统土俗世界之关联的偏颇局面，具有重要的学术史和思想史意义。我在前面提到，对于鲁迅思想艺术中的"鬼"之问题，或者对其与中国民间土俗传统之关联的考察，在日本战后鲁迅研究史上是有一个大致的谱系可以追溯的。最早提出这个问题的是竹内好，他在《鲁迅》（1944）中认为，隐含于《狂人日记》背后的是一种"忏悔的文学"，或曰"赎罪文学"。不过，鲁迅在反思时所面对的不是西欧的恶魔，而是中国的"鬼"。木山英雄则注意到:"鲁迅和周作人当然都不是鬼的迷信者,但在他们那里,至少是我们难知难解的部分里,似总有鬼在'作祟'的感觉。如有人所言,以鬼之亡灵特性来面对死者乃至无数死者堆积起来的历史,在那样的感觉中就有鬼的存在,且历史感总能即刻与现实感联系起来。"[1]然而,这些观点主要指涉的还是观念思想或者历史感觉层面上的"鬼",且比较抽象和简单。丸尾常喜自然受到了他们的启发,但却在此基础上将思考的视野伸向更为久远阔大的中国传统民间世界——祭祀信仰与土俗艺术,从中发现鲁迅与其在思想文学上的内在联系,这不能不说是一个重要的学术突破。

实际上,早在丸尾常喜之前,美国学者夏济安也曾指出鲁迅作品中的黑暗面问题,包括其小说世界追求恐怖、幽默和得救的倾向与绍兴"目连戏"的类似性:"在鲁迅看来,被拯救的母亲就是他的祖国,她的儿子必须承担并洗清她的耻辱和罪恶。在通往地狱的途中,他可以是一个绿林好汉,也可以是一个尼采式的超人,也可以是一个佛教的圣者。村民和庄稼汉演出这些戏剧的片段时具有一种质朴的魅力和可笑的单纯。这使他们非常适合于鲁迅小说的世界。"[2]在中国,王瑶大概是最早注意到《故事新编》有意识地采用了"目连戏"演出形态的学者。[3]到了丸尾常喜出版《鲁迅——"人"与"鬼"的纠葛》前后,汪晖也注意到鲁迅思想文学中"鬼"世界的存在。他认

---

[1] 木山英雄《略以夸张之言谈鬼》,载《中国古典文学月报》1971年第43期。
[2] 夏济安《黑暗的闸门》,参见乐黛云编《国外鲁迅研究论集》,北京大学出版社,1981年,第377页。
[3] 王瑶《鲁迅〈故事新编〉散论》,载《鲁迅研究》1982年第6期。

第四章　材源考的文化比较学与"鬼"之民俗学视野

为，这个激进的民间世界的逻辑与现代性的现实世界相悖，给鲁迅带来独特有力的批判性：鲁迅的世界具有深刻的幽默怪诞的性质，它的渊源之一，就是那个在乡村的节日舞台上，在民间的传说和故事里的明艳的"鬼"世界。"鬼"世界的激进性表现为它所固有的民间性、非正统性、非官方性：生活、思想和世界观里的一切成规定论，一切庄严与永恒，一切被规划了的秩序都与之格格不入。[1]就是说，与夏济安、丸尾常喜略有不同，汪晖更注意挖掘鲁迅"鬼"世界的积极意义。他强调"鬼"世界背后更有一个"亡魂意识"存在，使鲁迅得以超越自我和现代，在个人和现代性之外获得更为辽阔和久远的时空——土俗民间的世界。[2]

丸尾常喜的鲁迅研究自然受到了竹内好、木山英雄、王瑶等先行者的启发，同时他以"阿 Quei 即阿鬼"的假说为轴心所开拓的阐释鲁迅思想文学的新视野，也刺激了同时代的中日两国学者。汪晖自然十分关注丸尾常喜的研究，两人亦有直接的交流。而后来木山英雄在高度评价丸尾常喜的研究成就时更透露了一个信息，晚年的伊藤虎丸提出鲁迅思想文学的"向下超越"特征，其直接的刺激和启发就来自丸尾常喜。

　　……不单是"阿Q＝阿鬼"说的提出，丸尾先生直接将鲁迅与"鬼"的礼俗关系主题化而加以彻底的解读，我们都认为其意义是非常大的，而且随着时代的发展这意义于其内部和外部都在不断增大，难道不是如此吗？总之，

---

[1]　汪晖《死火重温》，人民文学出版社，2000年，第420页。
[2]　参见汪晖《反抗绝望：鲁迅及其文学世界》（增订版），生活·读书·新知三联书店，2008年，第456页。

将阿Q直接视为"鬼",正是在进行这样的思考之际一个丰饶的世界突然展现开来,这恐怕是确切无疑的。《鲁迅——"人"与"鬼"的纠葛》这部著作,甚至论及《阿Q正传》的故事结构而对"阿鬼"说给出了有说服力的论证,的确显示了格外的精彩,他这些工作的独创性毋庸置疑。

再讲一点感想,关于他所言的"鬼"之两义性。即,从"国民性之鬼"和"民俗之鬼"两个方面来观察"鬼"的问题。一方面是认真接受所谓国民性之民族心理遗传这种来历有些可疑的西方学说,而对现实坚持执着的因袭批判,另一方面又是无可置疑地具有民族独特性。对于鲁迅这个关键之处,丸尾先生的"鬼"之两义性说法自然有其巧妙或者崭新的魅力。所谓崭新,是说它是最终落脚在与观念层面不同的民族文化之深沉积累中而血肉化的某种东西……晚年的伊藤虎丸曾受他这些研究的触发,而想到鲁迅思想的"向下超越"的问题。这种说法有点儿怪异,不过也正是作为始终关怀思想之超越性契机的这位基督徒长年醉心于非宗教的鲁迅才会给出这样的解释。至于我呢,不知如何理解鲁迅之国民性批判的批判逻辑,而试图给以寡妇姿态出现的生活之实体命名为"绝对无权力状态",当看到丸尾先生的"鬼"之说照见了深深浸透在民间乃至土俗生死世界里的鲁迅之存在,自然感到很有意思。[1]

---

[1] 木山英雄《纪念丸尾常喜君》,载东京大学中国语文学科同窗杂志《公孙树人》第9号,2009年。

第四章 材源考的文化比较学与"鬼"之民俗学视野

木山英雄的这段回忆，与他此前在韩国的一个学术研讨会上的发言《也算经验》基本一致，我们已在前一章引用过。这里重复引用，意在通过同时代人的言说进一步引证丸尾常喜研究成果的杰出和影响之大。

正如伊藤虎丸受到触发而想到"向下超越"的问题，或者如汪晖进而关注到鲁迅"鬼"世界的积极意义，丸尾常喜杰出的鲁迅研究成就足以为21世纪的我们重新挖掘鲁迅思想文学的价值意义，提供新的思考空间和可能性，比如，对20世纪的现代性反思与鲁迅思想的批判性问题。我们知道，20世纪是由战争和革命构成的历史时空，而无论帝国主义战争还是无产阶级革命都源自对现代化（性）的欲求。这种巨大贪婪的欲求不仅给人类生活带来了极大的富足和发展，更造成了足以毁灭人类本身的根源性灾难，两次世界大战和今天生态环境的危机就是铁证。而要对这种以启蒙理性、工业化和全球资本主义为核心的现代性进行反思和有力的抵抗，就必须跳出现代性本身而在其外部获得立足点和批判的视角，这样才能避免陷入鲁迅所嘲讽的那种抓起自己的头发欲离开地面的滑稽局面。鲁迅一方面终生坚持"进化论的生物学思想"，认为人要生存、温饱、发展，阻碍这种人之生存发展者则必须坚决予以扑灭和捣毁。从没有放弃人之普遍解放这一点上讲，鲁迅乃是一个彻底的现代主义者。但另一方面，他从早期就一直对西方现代文明，特别是以工业化和启蒙理性为核心的现代性文化，包括战争与形形色色的革命表现出不断的怀疑和批判。这种在对革命提出怀疑的同时追求"永远的革命"，在"向下超越"中获得来自土俗民间世界的批判视角的同时，又不放弃人之普遍解放目标的悖论式思想立场，不正足以为我们思考全球化时代的现代性问题提供重要的思想参考吗？如果我们沿着丸尾常喜的思考路径继续推进，鲁迅思想的超现代性品格，或是一个更有魅力的研究课题也说不定。

第五章
后现代语境下鲁迅研究的新视角
——藤井省三、代田智明的新方法论视角

藤井省三：社会史视野下的鲁迅与俄罗斯文学

　　如前所述，藤井省三和后面将要讨论的代田智明，属于1980年代之后成熟起来的新一代日本学者。他们生于战后，大学求学时代身处于学生运动和后现代思潮风起云涌的时代氛围中，在对竹内好开创的鲁迅研究传统继承发展的过程中，发挥了与北冈正子、丸尾常喜等不尽相同的作用。他们的鲁迅研究更鲜明地反映了日本学术思想从"存在到结构"的转型，相应地，源自社会史研究、思想史视角、文化关系论和解构主义批评的思考路径与阐释方法，在他们手里得到了更多地运用。因此，他们笔下所描述出来的鲁迅像，已经和战后一个时期里作为民族自我批判和思想抵抗的参照系之鲁迅像，多有不同了。他们更加学术化和技术性的研究，展现了新时代日本鲁迅认识的另外一番风景。

　　藤井省三（1952—　）的研究始于1985年《俄罗斯之影——夏目漱石与鲁迅》的写作，至今已有关于鲁迅的8部著作出版，[1]是名副其实的日本新生代鲁迅研究专家。他的一个重要特点，在于密切关注当代日本学术思想界的动向，不断从新兴的文学批评和文化研究方面汲取理论资源和方法论工具，进而尝试开拓研究新领域以改变以往人们对鲁迅的神化。自早年开始，他就试图努力确立起自己的社会史和文化比较研究的方法论视角并将其贯彻始终，同时借鉴1980年代以来以柄谷行人为代表的解构主义和在日本广为流行的安德森"想象的共同体"理论，以及读者接受论和文学意识形态分析等，从而将社会史视野和文化比较研究逐步推向纵深。仅就这一点而言，他的研究具有视野广阔、"新学术"气象浓厚、善于在多重关系中观察鲁迅思想文学的特点，与同时期活跃于日本研究界的北冈正子、丸尾常喜等学者大异其趣。以下，我将按出版的先后顺序分析藤井省三早年的3部著作，以透视日本鲁迅研究的新近发展。

我理解，藤井省三所谓的社会史方法，当初主要是针对竹内好以来的政治化和意识形态化的鲁迅论而言的，他强调在更广阔的包含了社会、思想、文化趋向等多种因素的时代氛围中认识研究对象。《俄罗斯之影》便是从这种方法论立场出发，通过重新复原日俄战争后东方的时代氛围，考察俄国作家安德烈夫文学作品在东亚的流行状况，并以该作家为中介探究同时受到其影响的夏目漱石和鲁迅的文学精神。这样一种论题的设定

---

[1] 藤井省三的鲁迅研究著作主要有：《俄罗斯之影——夏目漱石与鲁迅》（1985）、《鲁迅——"故乡"的风景》（1986）、《爱罗先珂的都市物语》（1989）、《鲁迅〈故乡〉阅读史》（1997）、《鲁迅事典》（2002）、《鲁迅——活在东亚的文学》（2011）和《鲁迅与日本文学——从漱石、鸥外到松本清张、村上春树》（2015）等。

方式，已经显示出其独特的方法论意识。

藤井省三认为，日俄战争给世界近代史以巨大冲击。夏目漱石和鲁迅均为身处日俄战争后的复杂背景下，深刻自觉到要建立"东洋的近代"这一思想课题，并在文学领域进行彻底追求的文学家。在与封闭窒息的时代状况发生深刻关联的时候，如何获得个人主体性？怎样才能超越因对时代状况的认识深化而发现的自我封闭性？当夏目漱石和鲁迅开始追问这样的问题时，他们的视线一同聚焦到俄国作家安德烈夫的文学。今天，人们几乎已经忘记了这位以独特的写实主义和象征主义手法深刻表现出普通人心理孤独的俄国作家，但实际上在20世纪初期，他不仅于祖国俄罗斯受到关注，还在欧美、日本和中国得到阅读和讨论，是名副其实的世界性作家。伴随着日本现代文学在1890年代前后对个人主体性"内面世界"的发现，1900年代安德烈夫文学开始作为表现"内心"孤独的最新方法介绍到日本来，而在"大逆事件"（1910）前后人们甚至将其作为"抵抗的文学"来阅读。安德烈夫文学所描绘的不安和恐怖心理，色彩浓烈地反映出第一次革命前后俄国知识分子的精神混乱。如果从思想结构上能阐释清楚夏目漱石和鲁迅对安德烈夫的接受过程，那将引导我们深入理解日俄战争之后深陷革命与反革命旋涡之中的东洋那封闭窒息的时代精神状况。[1]

这里所谓东洋封闭窒息的时代，指1905年日俄战争爆发后的十余年间。在日本以"大逆事件"为象征出现国家主义（民族主义）高涨和社会主义思潮受到镇压的局面，在中国则于戊

---

[1] 参见藤井省三《俄罗斯之影——夏目漱石与鲁迅》，平凡社，1985年，第4页。

戌变法后以"拒俄运动"为发端形成"中国同盟会"和倾向于俄国民粹派的"光复会"等革命团体,革命与反革命交错并行。藤井省三认为,生活于这样的大时代,留学日本的鲁迅与夏目漱石一样,在感到个人主体性受到社会压抑的时刻,从安德烈夫文学中获得了打破封闭的自我状态而寻求解放的文学途径和表现手法。在创办《新生》杂志而开始"文艺运动"之际,鲁迅接触到安德烈夫文学并亲自翻译了《谩》和《默》两篇小说。引起鲁迅强烈关注的,乃是小说中淋漓尽致地表现出来的孤独之内心世界的表象,以及个体觉醒后内心的不安和惶恐。而在十年之后创作中国新文学开山之作《狂人日记》时,比之果戈里的同名小说来,鲁迅的表现手法更直接脱胎于安德烈夫的文学,但又与其单纯反映个体之孤独的倾向有微妙的不同。鲁迅在狂人所自白的觉醒过程中,鲜明地加入了社会历史批判的内涵。藤井省三指出:

> 安德烈夫描写的疯子之申诉乃是从封闭压抑的自我发出的悲鸣,而鲁迅借狂人之口发出"救救孩子"的呼声,则是找到了与民族共生之线索的开放的自我之疾呼。
>
> 安德烈夫通过谎言、沉默等实体化的感觉描绘出孤独的内面世界。于《域外小说集》中翻译过《谩》和《默》的鲁迅,十年之后对安德烈夫的手法进行了脱胎换骨的改造,借狂人的妄想,通过食人一事进一步把孤独实体化,最终得以形成突破自我封闭而与时代状况共生的崭新自我。[1]

---

[1] 藤井省三《俄罗斯之影——夏目漱石与鲁迅》,平凡社,1985年,第174页。

根据柄谷行人的考察，在近代欧洲，自卢梭以来文学中的"自白"一直是自我存在和表现的有力手段。而且，这个"自白制度"更自觉不自觉地创造出了要去自白的"内面世界"。[1]然而藤井省三发现，与近代东西方文学中那个通过"自白制度"确立起来的个人自我相比，鲁迅的《狂人日记》借日记形式揭示了狂人"吃人"的罪恶，但并没有赋予自白者狂人任何的人格特性。在此，鲁迅通过对自白的主体进行非人格化的处理，从而将内面世界本身再度普遍化了。就是说，在柄谷行人文学"自白制度"的理论刺激下，藤井省三发现鲁迅虽借鉴了安德烈夫的手法，却能在《狂人日记》的自白形式中表现出与民族解放共存共生的个体自我来，这正是鲁迅作为中国新文学开创者的独创性所在。通过将自己置于"加害者同时也是被害者这一关系网络"中，鲁迅"得以将封闭的内面世界向自己的民族敞开，从而获得无限可能的解放"。[2]

《俄罗斯之影》有意识地通过引入俄国作家安德烈夫，试图把夏目漱石和鲁迅重新放置到日俄战争之后亚洲的动荡历史背景中，从而观察他们思想文学的复杂性，努力追寻两人在进行"文明批评"（夏目漱石）和反封建之社会批判（鲁迅）的同时，如何以安德烈夫为媒介艰难地探索现代文学的核心——个人主体之"内面世界"的确立。藤井省三强调，他这种社会史考察，意在打破多年来人们针对日本和中国两位国民作家建构起来的神化模式：超越个人主义而达到"则天去私"境界的夏目漱石

---

[1] 参见柄谷行人《日本现代文学的起源（岩波定本）》第三章，赵京华译，生活·读书·新知三联书店，2019年。
[2] 藤井省三《俄罗斯之影——夏目漱石与鲁迅》，平凡社，1985年，第176页。

和革命圣人鲁迅。仅就鲁迅而言，这个神化不仅指对鲁迅的圣人化，同时也涉及竹内好以来的日本鲁迅研究。延安时代的毛泽东由于大力表彰鲁迅在现实政治中贯彻始终的革命意识，结果遮蔽了其对中国的统治结构本身予以批判的文学本质。而日本竹内好以来的鲁迅研究者，由于一直局限在"政治与文学"二元对立这种阐释架构的范围之内，因此忽视了活跃于现代精神史舞台上的鲁迅文学的思想核心——对个人主体性之"内面世界"的追寻及其所感到的不安和惶恐。[1]应当说，藤井省三的鲁迅论某种程度上达到了预期，由此开拓出鲁迅与俄国文学关系研究的新领域，这在日本战后鲁迅研究史上自有其独特的学术意义。另外值得一提的是，《俄罗斯之影》在确立起"社会史"阐释架构的同时，还将一般的比较文学方法扩展开来，使之变成一种关系史研究，从而摆脱了二元论式比较研究的藩篱。

藤井省三的第二部专著《鲁迅——"故乡"的风景》（1986），作为《俄罗斯之影》的姊妹篇，主要考察的是1920年代以后陷入思想"寂寞"期的鲁迅。书中的三个章节分别讨论的是故乡的风景、希望的逻辑和复仇的文学，试图通过对"希望""寂寞"和"复仇"这三个关键词的解读进入鲁迅文学世界的深层。该书采用的依然是社会史和文化比较论的方法，并在鲁迅与俄国文学的关系方面将观察的视野扩展到契里珂夫、爱罗先珂、阿尔志跋绥夫等作家。

俄国作家契里珂夫在第一次世界大战之后先后受到日本和中国读书界的关注，鲁迅通过日本知识界了解到该作家并翻译

---

[1] 参见藤井省三《俄罗斯之影——夏目漱石与鲁迅》，平凡社，1985年，第5页。

了他的《连翘》和《省会》两篇小说。藤井省三通过比较鲁迅《〈连翘〉译者附记》与日译本《契里珂夫选集》卷首所载关口弥作"译者序",以及俄国文学研究者升曙梦关于契里珂夫评论的同异,发现鲁迅在介绍该作家的生平创作时基本上蹈袭了关口弥"译者序"的内容,但在思想评价方面,如"他的著作虽然稍缺深沉的思想,然而率直,生动,清新","他又有善于心理描写之称,纵不及别人的复杂,而大抵取自实生活,颇富于讽刺和诙谐"[1]等,则不见于上述两位日本评论家的文字中。因此,藤井省三下结论道:"在故乡绍兴曾亲近于农民的孩子,于留学日本时期接受了清末革命思想强烈影响的鲁迅,由于相近的身世经历,使他对这位俄国作家产生共鸣,而有了对既是艺术家又是革命者的契里珂夫之简短而有说服力的评传。"[2]大概是要弥补契里珂夫"稍缺深沉的思想"之弱点,鲁迅才执笔创作了《故乡》。同时,《故乡》虽借用了《省会》的叙述结构,却表达出远为深刻的思想情感,甚至构筑起鲁迅特有的"希望的逻辑"。两位作家的这种差异的原因,在于1920年代之后中国思想界发生了重大转变。受到俄国革命的冲击,"五四"前后人道主义、无政府主义、世界主义乃至社会主义等思潮多元并存的局面为之一变,布尔什维克或马克思主义迅速成为思想知识界的主流,从而导致"五四"新文化阵营的急剧分化。鲁迅通过翻译武者小路实笃《一个青年的梦》以及创造《故乡》,透露出对布尔什维克的怀疑和恐惧,转而探索和倡导不同于陈独秀等的"共产主义革命"和胡适等的"改良之民主主义"的

---

[1]《鲁迅全集》第10卷,人民文学出版社,1981年,第188页。
[2] 藤井省三《鲁迅——"故乡"的风景》,平凡社,1986年,第31页。

"第三条道路"。

在论述鲁迅"复仇的文学"时,《野草》中《复仇》和《复仇(其二)》与阿尔志跋绥夫《工人绥惠略夫》的关系成为讨论的重点。藤井省三认为,阿尔志跋绥夫是1920年代的鲁迅最为关注的外国作家之一。在日本,该作家作为讴歌性爱的文学家而受到欢迎,中国的鲁迅则始终关注其文学的爱与憎之复仇的一面。工人绥惠略夫在终结其作为革命家的生涯之际,失去了一切向善的希望,被追赶到剧场时向观众开枪射击从而得以实现其复仇的愿望,这样的复仇无疑源自他深深的绝望。而这个面向剧场射击的恐怖主义者,正是鲁迅早年在《摩罗诗力说》中所描绘的走向穷途末路的剑客=诗人。当翻译《工人绥惠略夫》四年后写作《复仇》的时候,鲁迅必定感受到了与绥惠略夫的绝望与复仇情感无限接近的东西。《复仇》再现了于旷野中对峙的男女间横亘着性之结合与杀戮契机这一绥惠略夫式的幻觉。不过,两者之间也有不同。藤井省三注意到,在阿尔志跋绥夫那里,看到男女对峙的只有绥惠略夫一人,而没有要使观众失望这一鲁迅式的复仇意图。另外,鲁迅用"大欢喜"表现男女之间的色欲和虐待欲,而阿尔志跋绥夫则以此来表示觉悟到革命者生涯之虚妄而坠入绝望深渊前,绥惠略夫所体验到的异常的紧张感。[1]

以上两部具有主题上之连续性的著作,以社会史和文化关系论的视角讨论鲁迅与俄罗斯文学的关系,从而发现了1920年代的鲁迅思想文学诸多复杂的面向。藤井省三与此前的中国学者不同,并没有拘泥于俄国批判现实主义文学与鲁迅的关系,

---

[1] 藤井省三《鲁迅——"故乡"的风景》,平凡社,1986年,第153页。

而是更多地关注到当时在中国被称为"反动作家"或悲观主义知识分子的人对鲁迅文学的影响。安德烈夫、契里珂夫、阿尔志跋绥夫这些生活在革命与反革命激烈对抗时代的俄国作家,他们在大时代与个人自我、民众与知识分子的深刻矛盾关系中寻找着自己的人生意义和文学之路,表现着人们内心的不安、焦虑和惶恐。这样一种悲观绝望的情绪和文学精神,使鲁迅产生了共鸣。因此,鲁迅与俄罗斯文学的关系,与其说在于人们常常提到的果戈里、高尔基,不如说更在于和这些作家的内在精神联系方面。这是藤井省三一系列鲁迅研究给我们呈现出来的图景。

藤井省三于1989年出版了一部并非专门讨论鲁迅的著作,即《爱罗先珂的都市物语——1920年代:东京、上海、北京》,其中涉及了鲁迅与爱罗先珂的关系,值得一提。该书依据日本外务省外交史料馆所藏的当时中日两国警方监视"盲诗人"行动的秘密报告书,以及三大都会报刊所载的新闻材料,在详述爱罗先珂游历东亚三大城市的经历之后,重点考察了其与鲁迅的亲密关系。在此,藤井省三尤其注意为读者提供一个1920年代东亚乃至世界一体化的风景,同时,通过以爱罗先珂为主人公的三都市故事,反照出鲁迅矛盾不安的内心世界。[1]该书尝试通过考察文学文本在1920年代的东亚都市空间中生成的过程,从文学的视角再现当时的区域社会史脉络。可以说,在《俄罗斯之影》和《鲁迅——"故乡"的风景》基础上,《爱罗先珂的都市物语》进一步将社会史的视角推向纵深,从方法论

---

[1] 藤井省三《爱罗先珂的都市物语——1920年代:东京、上海、北京》"序言",美铃书房,1989年。

上有力地改变了战后鲁迅研究中那个政治性和意识形态性相当强烈的"政治与文学"阐释架构。

文学阅读史与意识形态分析

在《鲁迅——"故乡"的风景》出版十年之后,藤井省三又推出他的另一部著作《鲁迅〈故乡〉阅读史》。而这十年间,除《爱罗先珂的都市物语》外,藤井省三还著有《东京外语支那语部》(1992)并投入《新中国文学史》的编写过程中。《东京外语支那语部》记述的是"二战"前一个热心于中文教学和中日文化交流的由日本教授、教材出版商构成的群体(东京外国语学校支那语部教授神谷衡平、宫越健太郎,横滨高等商科学校副教授武田武雄,大阪商科大学讲师奥平定世,以及出版商文求堂主人田中庆太郎),考察他们在中日关系最暗黑的时代如何通过外语教学和教材的编辑出版,推动中国现代文学在日本的传播,同时又不幸成为后来由日本帝国主义挑起的对华侵略战争的马前卒。实际上这乃是依据社会史的方法,通过对教材中文学作品如何被阅读和接受的分析,来观察文化关系史和文学社会史的一种尝试。到了稍后《新中国文学史》的编写阶段,藤井省三的"社会史"方法已然系统化,并开始把源自接受美学的读者论、阅读史以及意识形态分析纳入其中,形成了新的研究视角。

写作过程中我的目标不是把文学史写成作家作品的解说,而是从社会史的视角进行叙述:他、她或者他们,在

第五章 后现代语境下鲁迅研究的新视角

当时的时代怎样识字、怎样学习文章作法，又如何与走在时代前列的作品群相遇并进而创造出自己的表现手法，其作品是怎样被记录、印刷，怎样传达给读者的？还有，读者是如何将其放在先锋性作品群中定位的？批评又是如何发挥作用的？乃至，从获得这种阅读体验的读者层当中，涌现出来的是怎样的新作者、新作品？

……我还注意对作品和读者相交锋的意识形态进行分析。即从作者被生产，其作品得以流通，作者被读者消费的全过程中，把文学史作为批评和新作品再生产的过程来叙述。[1]

可以说，出版于1997年的《鲁迅〈故乡〉阅读史》，正是将上述社会史视角归结为"阅读史"研究而产生的结晶。在该书"导言"部分，藤井省三首先把《故乡》定位为想象民族共同体和叙述国家建设的意识形态小说：《故乡》虽然是描写北京、上海之类的大都市与地方、乡村的距离，描写知识阶级与农民、小市民的隔膜，但知识阶级却是将其作为建设民族国家的、具有原型性质的故事来解释的。中华人民共和国成立之后，中国共产党又将《故乡》作为社会主义建设的神话性作品来阅读、来讲授。总之，穿越了中华民国和中华人民共和国两个时期，《故乡》始终是"文学位于民族国家想象的核心位置"的一种象征，发挥了意识形态教化的重要功能。[2]

---

[1] 藤井省三《鲁迅〈故乡〉阅读史——近代中国的文学空间》"中文版序"，董炳月译，新世界出版社，2002年。
[2] 参见藤井省三《鲁迅〈故乡〉阅读史》，创文社，1997年，第8页。

我们知道，早在1970年代西方的接受美学就传播到了日本。而同一时期里文学批评家前田爱（1931—1987）已然洞见到此时文学"从时间、历史、精神到空间、神话、身体，从意识形态、男性原理、主语中心的叙事向乌托邦、女性原理、谓语中心的叙述"等的重大转变，他以《近代读者的成立》（1973）和《都市空间中的文学》（1982）等著作，开拓了读者论、文本分析、文化符号学等新的文学研究方法。与西方文本理论的盛行相同步，前田爱在日本率先确立起从多媒体（近代出版、印刷、报纸、杂志）视角考察阅读群体与文学之关系的读者论，同时为了从"外部"解构以"自我表现"为中心的近代文学架构，他将符号化、话语化的现代都市作为一种特殊的"文本"，又把文学作品视为都市的隐文本以透视两者的关系，在此基础上建立起空间化的"都市文学"理论。这从根本上改变了以往以作家－作品、作品－时代关系为中心的传统文学研究格局。尤为重要的是，前田爱在"文本"的多层分析中，由文学领域进入作为分析对象的话语世界，形成了从某个时代的话语状况来展现该时代的历史、文化、社会状态的分析方法。他试图创造一种将刻在语言深层的权力与制度之不可见的意识形态性凸显出来，使之可视化的批评实践，有力地影响了日本文学批评在1980年代的转型。[1]

再者，美国康奈尔大学教授本尼迪克特·安德森于1983年出版了《想象的共同体》。这部有关非西方地区民族主义兴起的具有世界性影响力的著作，早在1987年就有了第一个日文版的

---

[1] 参见拙著《日本后现代与知识左翼（修订版）》，生活·读书·新知三联书店，2017年，第15—16页。

译本，它不仅迅速引起日本学术界的广泛关注，还推动了新一轮民族国家理论研究的兴盛。其中，安德森将民族属性及民族主义视为一种特殊类型的文化人造物，强调近代出版资本主义的发达推动了第三世界民族国家想象和民族主义的兴起，包括学校这一规范化的现代教育设施因升学而使离开故土的青年得以完成想象民族国家的"巡礼之旅"等观点，都对学术界产生了广泛影响。因此，关注文学与民族主义和民族国家建构的关系，把文学视为媒体和意识形态分析对象的文化研究，也成为盛行一时的学术新潮。

《鲁迅〈故乡〉阅读史》是否直接受到了前田爱文学理论的启发，我们不得而知，但后者作为1980年代日本一个重要的学术思想背景，将帮助我们理解藤井省三的鲁迅研究。至于安德森"想象的共同体"说则无疑是一个直接的理论参照。如该书"序言"所说：

> 本书的写作是为了考察《故乡》这一在20世纪的中国被不断重构的文本如何被阅读的历史，同时也是一种描述七十年间以《故乡》为坐标的国家意识形态框架的尝试。换言之，这里讲述的是一个映现在《故乡》这一文本生成过程中的现代中国文学的生产、流通、消费、再生产的故事。[1]

《鲁迅〈故乡〉阅读史》调查了上百种中国中学语文教材

---

[1] 藤井省三《鲁迅〈故乡〉阅读史——近代中国的文学空间》，董炳月译，新世界出版社，2002年，第8页。

和教学参考书，采用"情感的文学"和"事实的文学"[1]两个批评概念，具体分析中国人从中华民国到中华人民共和国长达七十年阅读《故乡》的历史。藤井省三认为，从"五四"时期到抗日战争的爆发，中国知识分子通过文学作品的生产、流通以及消费，在文化心理层面上"想象"地构筑起中华民国这一政治共同体的存在。在这个过程中，《故乡》描写了知识者与农民、大都市人物与乡镇小市民之间因隔膜而造成的悲哀，尽管采用的是反讽形式，但的的确确使读者完成了对本来应当是一体化的国家共同体的想象。也因此，《故乡》得以成为民国时期的"经典"，并成为中学语文教科书中的"超稳定教材"选目。此外，从1920年代末至整个1930年代，随着人们开始社会主义革命探索，出现了从无产阶级文学的视角来解读《故乡》的趋向，相应地，《故乡》被视为描写农村经济破产的小说，而在1940年代国共内战时期又被解读成渴望新的社会主义社会出现的作品。到了中华人民共和国的成立与毛泽东时代，《故乡》的主题则被归结为反映现实、憎恨与抗议、渴望与信念。改革开放时代之后，新中国以来对《故乡》的规范性解释失去了固有的权威性，不仅民国时期的观点时有复活，甚至出现了将《故

---

[1] 这两个概念来自日本批评家升曙梦。在《情感的文学与事实的文学》（1911）中，升曙梦指出：俄国艺术正处在新旧交替的过渡时期，安德烈夫文学的特征在于情感与事实的结合。情感并非产生于外界，而是其本身接受了现实性，进一步将现实性体现在情感之中。按照藤井省三的理解，描写故乡衰败的现实与少年闰土站在大海边月光下这一梦幻般风景的同时表达"隔膜""阶级"以及"绝望"的《故乡》，乃是安德烈夫文学的变奏。故因读者不同，《故乡》既可以作为"事实的文学"，又可作为"情感的文学"来阅读。参见藤井省三《鲁迅〈故乡〉阅读史》，第68页。

乡》作为面对贫困与共同体崩溃危机的人的故事来阐释的新观点。总之，在农民工潮成为令人瞩目的现象的当代中国，大城市的知识者和一般市民已经失去了与农村和农民的直接联系，如今只有外出务工的农民才能对重返故土的故事发生情感共鸣。[1]七十余年来，《故乡》所承担的想象家国、凝聚民族政治共同体的意识形态使命，似乎也迎来了终结的时刻。

《鲁迅〈故乡〉阅读史》虽然未能在文学与民族国家共谋关系上做出更为理论化的深入阐发，但其基于大量材料和实例的分析，有力地呈现了《故乡》七十年来在中国被阅读的历史轮廓，不仅揭示了文学（现代印刷资本主义）参与民族国家共同体"想象"的巨大意识形态作用，而且这本身也构成了一部特殊的中国现代教育史。从早年的社会史和文化比较论的阐释架构，进而到阅读史和意识形态分析方法的运用，可以说，藤井省三的鲁迅研究是在密切关注时代变化和日本学术界的发展，积极吸收最新的思想理论和批评方法的基础上，不断扩展其视野和领域的。他的研究成果之中包含着许多可以进一步发挥和扩展的课题，值得我们关注。

代田智明：结构叙事学的分析视角

代田智明（1951—2017）[2]是起步于1990年代的日本鲁迅

---

[1] 参见藤井省三《鲁迅〈故乡〉阅读史》，董炳月译，新世界出版社，2002年，第193—199页。
[2] 代田智明，日本东京生人。1976年毕业于东京大学文学部本科，1982年同校博士课程毕业，曾担任东京女子大学、东京大学等校教授。（转下页）

研究领域的新一代学人。相比于藤井省三的多产，他的研究著作数量不多但内涵丰富，方法论和研究传统的继承意识比较鲜明，只是因病过早离开人世，给学界留下了深深的遗憾。

代田智明的学术思考贯穿着两条方法论的路数。一条是自觉运用当代结构叙事学和文本分析理论，关注鲁迅小说的叙事结构，特别是以叙述者－作者的位置转变为焦点考察其小说前后期结构上的变化，以此对历来颇有争议的《故事新编》之思想艺术给出整体性的解析。这一方法论路数，从发表于1992年的论文《鲁迅小说的对话性与世界像——对通向〈故事新编〉的一系列作品之非"实证性"考察》开始，经过十余年探索而写成专著《解读鲁迅》（2006）。另一条是承接竹内好的亚洲论，从现代性叙述的角度展开包括鲁迅思想在内的有关中国乃至东亚现代性的思想史论述。此方面的文章多收录于《现代中国与现代性》（2011）中，其以现代性为思考焦点的思想史研究无疑给他的鲁迅小说研究增添了重要的因素，使其文本分析不至于变成排除了社会历史语境和思想内涵的纯文本内部研究。

与藤井省三的鲁迅论一样，代田智明这样一种崭新的研究路数清晰地反映了1980年代以来日本学术思想界的巨大转型。在后现代主义思潮冲击下，他更为直接地受到了文本分析、解构批评和当代结构叙事学等新理论与新方法的影响。在他的鲁迅研究中，传统的文学与政治关系论和一般社会历史学的研究方法已然淡化，或者逐渐融入叙事结构和文本分析等更为技术性的阐释之中。从巴赫金的对话理论、巴赫的结构主义叙事

（接上页）出版专著有《解读鲁迅——谜一般不可思议的10篇小说》（2006）和《现代中国与现代性》（2011）等。

学、格雷玛斯的符号学再到福柯、德里达乃至广松涉、柄谷行人等的解构主义理论与批评，这些都成为其主要的理论资源和参照系。这种方法论视角和阐释架构的变化，虽然存在着可能使内在于鲁迅的政治性和社会历史性变得模糊起来的危险，但鲁迅文学世界的内在结构及其自律性的艺术特征却得到了充分的凸显，不仅进一步检验了鲁迅文学的经典性，而且开拓了具有未来巨大发展可能性的全新学术疆域。

代田智明的论文《鲁迅小说的对话性与世界像》，[1]从结构叙事学和对话理论出发对鲁迅的小说做出了整体性分析。所谓"对话性"是指小说自身结构上所具有的对话、论争、对抗的性格，它直接涉及创作主体（作者）与叙述者（小说中的"我"或叙述主体）乃至登场人物之间的复杂关系，决定着小说的叙事结构、文体风格和所达到的呈现主客观间性世界的水准。代田智明认为，鲁迅小说的对话性不是局部的、片段的，而是贯穿整体的结构特征。从《呐喊》到《彷徨》再到《故事新编》，对话性及其叙事结构关系还存在着一个逐渐从单纯走向多层次化的过程。如果对此能够给出合理的分析，那么《故事新编》诸多有争议的问题和歧义性就会得到一定的解决，并对鲁迅小说由其内在结构和多重叙述主体的关系性所自然展现出来的复杂的世界像，获得全新的认识。

从结构叙事学的视角观之，代田智明发现鲁迅的开山之作《狂人日记》存在着两个相互对立的叙述者，那就是"序"中出现的内在于文本的叙述者（相当于作者）"余"与小说中的叙述者"我"构成的对抗性（对话）关系。"余"在作品中起到统摄

---

[1] 收入鲁迅论集编辑委员会编《鲁迅研究的现在》，汲古书院，1992年。

日记部分的作用,形式上以文言体与小说正文构成对抗关系,在内容上则将日记中的"我"规定为"被害妄想狂"。这种套匣式故事结构必然引出小说"框架"和统御"序"与正文两个叙述者之创作主体的位置问题。人们历来对"狂人"的身份所指及其定位(病人、先觉者或被害者)多有意见分歧,概由小说结构上叙述者的多重性和对话(对抗)性所引起。实际上,《呐喊》中各篇均有类似的对抗性。例如,《头发的故事》中N氏与"我"的对话;《故乡》中无言的"我"与不期然喊出"老爷"的闰土之间的对话,而故事结尾对两种"希望"的思考则无疑是在作者(内在于文本的叙述者)内部发生的对话;《阿Q正传》的对话性更为复杂,由于故事发生在作家和作品混浊不清的关系中,其对话性蕴含在人物构成的表层故事和创作主体(叙述者)构成的深层故事之间。《彷徨》中各篇在人物和叙述者之间的对话也是相当明显的,同时内部隐含的潜在对话性更造成了叙述结构的多层次化。简言之,从早期小说近乎独白式的叙述到《祝福》以后"他者"出现所带来的叙述结构上的多层次对话关系,鲁迅文学呈现世界的方式也复杂化了。

  鲁迅小说的"对话性"是整体的、贯穿全局的。不过,其叙事结构即叙述者之间的关系在前后期的创作中有重大的变化。例如《呐喊》中的早期小说里隐然有一个巨大的叙述者(创作主体)的影子覆盖于文本之上,与"黑暗世界"构成尖锐、紧张的对峙关系,直接向读者提示出其悲剧的社会性。实际上,这时期的鲁迅小说在形式上还没有完全达到伊藤虎丸所谓以科学为根基的"近代写实主义"的高超境界,其对话也还是一种受创作主体控制的接近于独白那样的东西。这种状态在叙述结构上发生明显变化的,是从《故乡》到《祝福》等一系列作品里"他者"的出现。尤其是第二部小说集中的《祝福》，其黑暗之像凝结成客体而成为独立于叙述者（作者）的故事。这是一个巨大的他者，同时作为非定型的东西在文本的根底里与创作主体深深地关联着。到了《在酒楼上》《伤逝》《孤独者》那里，则进而出现了由文本内的叙述者和整体叙述者（作者）构成的多层次对话关系。而在上述变化过程中，鲁迅的作品终于获得了甚至会影响到创作主体本身的那种激烈而流动的对话性。

到了《故事新编》则进入了全新的境界。代田智明认为，这部小说集的后五篇里叙述结构上出现了全新的特征。鲁迅不仅使用并重构了古典文本中已有的丰富的对话性，而且古典与现代之间的对话更使这种对话性获得了前所未有的开放性，从而构成了其文学整体上的一个重要关节点。这个结构上的特征表现为：鲁迅采用主人公与其他人物对话、比照的方式使形象鲜明化，并由此去规定其他的人物形象，而文本的创作主体已然隐身到主人公和其他人物构成的世界内部那多层次网状关系中了。以《采薇》为例，阿金这个人物的出现，一开始就是作为"世界内存在"而被相对化了的人物，由此在小说文本的深层，非实践性的知识者与"活生生"的反面人物民众之间的存在论意义上的关系得以成立，而逼视这种关系的创作主体的爱与憎则作为悲喜剧得以表现出来。在此，鲁迅所说的"油滑"并非故事情节上的缺欠，也不是丑角所附加的插科打诨。《采薇》中的这种"油滑"乃是浸透于文本世界全体的，或者可以说是使世界得以成立的某种"感情"。而小说本身作为古典与现代之文本间的对话，以典型的"相互关联性"方式达至意义的生成。从作为"世界内存在"而相互规定着的人类各自的生活与态度的意义上讲，这"意义的生成"也便是鲁迅所呈现的一个"世界像"。代田智明在论文的最后，对《故事新编》的对话性做出以下结论：

> 《故事新编》文本所提示的对话性达到了与1920年截然不同的层面。叙述已不再作为创作主体内在矛盾的纠葛直接或间接地呈现出来，叙述者本身尽可能变成了空白性的、存在感非常薄弱的东西，由此，随着叙述的展开人物被相互媒介性地规定着，而且其存在本身保持着自律性的形象。创作主体自由自在地掌控着叙述的焦点，从这个意义上讲，可以自由地接近（变成）任何一个人物，但又并非特定的某一个。通过这样的叙述构造，文本所展示的乃是存在的主观间性之相互关联的状态。因此，当政者和知识分子（中介的、逃避的、权力性的、帮闲式的等）或者民众（善良的、无知的、恶意的等）的各自的存在，作为存在而相互关联的生动世界即世界本质，是可以通过交织着滑稽的悲喜剧形式而有机地描绘出来的。站在这种多层面之世界像的创出之上，为了变革和解码既成的世界，主体的劳动和言说所带有的实践性（包括反面的非实践性）的信息，就会作为具有厚度的"思想"而浮出文本的表面。而使这种文本成为可能的"认识论的地平线"，当然就是克服了所谓主客观的超越性和实体化"物象化"的存在主观间性＝共同主观的状态（广松涉《马克思主义的地平线》）。如果用更为简便的说法，即人类存在之"一切社会关系的总和"（马克思《关于费尔巴哈的提纲》）。假如要归结为老套的但也是重要的结论，或许鲁迅所接受的马克思

主义也就是这样一种独特的东西。

代田智明的这个结论是相当深刻而具有穿透力的。他不仅明确提示出鲁迅小说在结构上前后期的巨大变化，而且阐明了《故事新编》复杂的叙事结构关系，并上升到文本呈现世界像的方式这样的高度，由此来判断成为马克思主义者的鲁迅认识世界的态度和立场。本来，通过确认承担对话性之叙述者的位置以及统御多重叙述者之相互关系的内在于文本的叙述者（作者）位相，我们可以假设出文本之创作主体的某种认识论形态，或者可以称之为认识上的"符号学机制""了解世界的根本态度"乃至"主体对于世界、自我及相互关系的理解"等。就是说，叙事结构上由不同的叙述者所构成的对话关系可以间接地折射出创作者（作家）的世界观，也就是他观察和呈现世界的特殊方式。显然，代田智明对鲁迅小说叙事结构的解析，不单着眼于结构本身，他最终要获得的是对文学家鲁迅观察和了解世界的"根本态度"的把握。

开放的、内含社会政治的文本细读

从结构叙事学分析进入对鲁迅文学呈现世界方式的讨论，关注由文本内部自然产生的创作主体的"思想"，是代田智明鲁迅论的一个基本路径。这一方面反映了1980年代以来后现代批评方法对日本鲁迅研究的直接影响，另一方面又表明，代田智明并没有彻底走向形式主义和解构批评，而是兼顾了社会历史语境和作家的思想政治实践。实际上，他一直在关注着鲁迅与思想史相关联的种种问题。1999年发表的论文《近代论的走向——再论"作为方法的亚洲"》,[1]就是一个明显的例证。

　　如前所述,"作为方法的亚洲"是开拓了战后日本鲁迅研究传统的竹内好讨论现代化问题的一个独特视角。这个视角强调:在非西欧的亚洲实现现代化需要对现代性思想中以西欧为中心的普世主义进行批判和"抵抗",据此开辟一条基于亚洲自身历史经验和现实状况的现代化道路。"抵抗"(挣扎)概念来自对鲁迅思想及其所代表的中国革命的独特理解。就是说,竹内好在想象的中国革命历程中发现了有别于西方的亚洲现代化或"抵抗"的原型,由此形成了他通过"中国"这一思想资源来反观日本现代化失败教训的方法。这个方法论作为重要的学术传统,在战后的日本中国文学研究领域得到了继承和发展。但是,1970年代末竹内好去世后,中国进入改革开放时代,整个世界也在1989年之后迎来了东西方冷战结构的崩解,所谓"竹内好方法论"连同"中国革命"受到了怀疑和否定。然而,代田智明认为,东洋与西洋这一思考构架依然是有效的,这不仅因为在此构架下能够实现"抵抗"的反殖民主义机能,还因为要立足亚洲重新把握东西方两种思想资源,自觉地选择这个思考构架依然有益。正是在这个意义上,竹内好的亚洲视角及其坚持与自我内部之恶做斗争的精神,应该得到创造性的继承。就中国文学研究而言,通过鲁迅进一步发掘属于亚洲的思想资源,并在克服西方中心主义话语霸权的基础上,建立日中两国知识分子讨论"近代化"问题的共同空间,探索一条开放的亚洲主义之路是可能的。代田智明在论文的结尾说:

──────
[1]　载日本中国文艺研究会编《野草》第63号,1999年。

第五章　后现代语境下鲁迅研究的新视角

那么，中国乃至亚洲是否蕴含着作为思想资源的新的可能性呢？如前所述，在现代民族国家的形成过程中，并非只有一种追求均质同一之国家社会的路径，我们还应该在殖民地化的现实和自己所追寻的理念之间努力发现不同的思考。因此，可以说我们还有一个工作要做，即重新认识和检讨20世纪亚洲知识者的思想遗产。正如竹内好曾经将其作为自己的思想基础那样，而有关鲁迅这一叙述，最值得注意。

近年来有人开始提到，鲁迅的一生有一种近乎病态的神经质气质，其强烈的自尊心反而产生了激烈的自我厌恶和时代的落伍感（王晓明）。而我觉得更应该讲鲁迅这些人格上的"障碍"和落伍的经验，通过对无法成为"主人"的自我之觉悟，反而引导他走到了把现代相对化甚至超越之的境地。

代田智明通过重提竹内好源自鲁迅"抵抗"思想的亚洲现代化论，试图在1990年代冷战格局解体和民族国家这一制度安排受到质疑的背景下，重新思考如何处理国家与个人、东方与西方关系的问题。他一方面对如今有人重提竹内好的亚洲论思想感到惊喜，另一方面对部分左翼人士无视历史语境而判定竹内好为民族主义者并加以简单否定表示无法认同。他认为，如何批判地继承竹内好的思想课题，努力获得身在现代性的内部又坚持对"现代"的批判这样一种思想立场，或者在肯定"现代"的同时保持对现代性的质疑精神，才是最重要的。从这个意义上讲，鲁迅的思想乃至中国革命的历史依然可以成为我们思考当下问题和世界未来走向的思想资源。在此，现代性的世界史、亚洲的现代、鲁迅与中国革命的经验，这样一个由以竹内好为代表的战后日本知识者所构筑起来的思想问题系列，被重新置于当今全球化和区域化齐头并进的历史背景之下，其作为思想资源的价值意义再次得到关注。

我认为，代田智明始终保持着对上述现代性、亚洲论述等思想学术课题的关注，这对于他的鲁迅研究具有重要的意义。至少，使他始于1990年代初的从结构叙事学和文本分析入手的小说研究不至于走向形式批评或结构主义、后结构主义的极端，而忘掉鲁迅文学中的社会历史语境和强烈的政治性，并促使他在采用后现代主义批评的方法论视角观察对象时，依然会以思想史和社会史的视野为背景和依托，从而形成兼顾两个方面的阐释鲁迅新架构。代田智明后来出版的专著《解读鲁迅》，其重要意义和学术价值也正在于此。

《解读鲁迅》是一个丰富翔实的文本细读范本。从表面上看，这部专著并没有提出什么关涉整体的系统化理论阐释架构，然而我注意到该书在结构安排和论述方法上，大有别出心裁之处。全书共分三个部分，从《呐喊》《彷徨》《故事新编》中共选取10篇作品作为细读的对象，同时在三个部分的前后和中间穿插四篇（前奏曲、间奏曲Ⅰ、间奏曲Ⅱ和后奏曲）文字，用以阐明鲁迅的人生状态和思想演变的关节点。这样，既保持了文本分析的独立性，同时又将历史语境和思想史课题提示出来，成为推动细读逐步深化的辅助动力。在观察鲁迅文学如何跨过前现代达到现代性的高度并走向后现代的历程，挖掘鲁迅思想通过怎样的艺术结构形式而得以生成的同时，叙述结构的分析和社会历史的视角有机地结合起来，从而形成了一种新的阐释架构。与几乎同龄的藤井省三的一系列著作相比，代田智明的

《解读鲁迅》并没有更多的新史料之挖掘和理论上的展开,他的特长在于为新世纪的日本读书界提供了一个精致的鲁迅小说文本细读的范本。在继承半个世纪以来日本鲁迅研究业绩的基础上,他还积极参考同代的中国学人如钱理群、汪晖、王晓明等人的最新成果,对鲁迅小说施以深度的意义阐发,其中许多研究史上有争议的问题和难解之处都得到了新的解释。可以说,《解读鲁迅》又一次显示出日本鲁迅研究的厚重传统和发展的多样性,同时也展示了文本解读的新的可能性。

我们先看该书对鲁迅的思想人生和所处历史背景的理解,这主要呈现在"前奏曲""间奏曲"和"后奏曲"的部分中。"前奏曲·屈辱的青春"一节,阐述了1917年前青年鲁迅的思想性格。代田智明首先注意到,鲁迅的思想不是由各种外来观念决定的,而是与其实际的生活感受紧密结合在一起的,因此很少发生转向和变化,但这种感受性也束缚着他的心灵。比如,留学日本时期的鲁迅既有革命和民族主义热情,同时又为母亲和家庭所绊而对过激行动有所保留。家道中落的生活体验也使鲁迅的性格变得相当孤僻甚至有些顽固。代田智明由此提出假说:鲁迅"文学的自觉"发生在1908年前后,即经历了婚姻的不幸而开始倡导新文艺运动的时期。这种"文学的自觉"同时也意味着鲁迅觉悟到自己无以成为勇猛的革命家、启蒙者和斗士。

"间奏曲Ⅰ·苦恼与纠葛"一节,分析了1920年代前期的鲁迅。代田智明特别关注"兄弟失和"事件的意义,认为主要原因是周作人夫妇厌倦了兄长家长式的作风,而鲁迅本身也仿佛对自己的这种作风深有愧疚。这使得他产生异常恐怖的自我意识和矛盾纠葛:自己曾经激烈批判的中国四千年封建主义蔽障，同时也存在于自身的内部！而"五四"退潮期的到来，又使鲁迅遭遇到来自内部和外部的双重危机。正是这双重危机促成了他用象征的现代主义手法表现存在主义式思想探索的文学家"鲁迅时代"的到来。"间奏曲Ⅱ·踌躇与新生"一节，分析了1920年代后期鲁迅的思想人生变化。从结识许广平，到经历"女师大风潮"，再到逃离北京、南下并经历1927年蒋介石政变，鲁迅终于摆脱了苦闷的时期而完成了思想心理的大转变。代田智明认为：鲁迅早在革命文学论争之前就实现了思想态度的根本转变，并开始显示出他特有的战斗性，而在国民党高压之下，其谨慎乃至多疑的性格则依然没有变化。

"后奏曲·超越现代性"一节，讨论的则是鲁迅生命最后的上海十年。在此，代田智明提出了崭新的说法：1930年代的鲁迅是"金属探测器"似的存在。他一方面选择使人们的文化向上发展的东西加以保存，支持于社会有益的青年人才的培养；另一方面对助长"吃人社会"的人与事极度敏感并施以尖锐的批判。从这个意义上讲，这时期的鲁迅开始在过去与未来、年长的知识者与革命青年、批判与激励、挫折与抚慰之间发挥一个"媒介者"的作用，其"中间物"意识得到了延伸和活用。这个"中间物"已然超越了目的论式的现代"主体"，发挥着使日常感性敏锐起来的功能。在这样的主体状态下瞭望到的世界宇宙，正是历史讽刺小说《故事新编》所展开的新天地。

接下来，《解读鲁迅》严格按照文本分析的规则，细心从叙述者的位置和角度变化入手展开多层次的结构分析。代田智明对鲁迅10篇小说的解读各有精彩，在此，我们只选择解读《孔乙己》的部分，做一管窥。按照现代小说的标准衡量，人们一致认为《孔乙己》是鲁迅前期小说创作中技术上最优秀的一篇，但就内容的理解特别是作为启蒙者的创作主体在小说中的位置和意义方面,却各有不同的看法。代田智明发现,《孔乙己》中的"我"作为叙述主体构成了小说的基本情节结构线,而由于"我"的独特位置和不同场合下对孔乙己态度的不同,至少形成了表现主人公悲惨命运和其背后之黑暗世界的四个叙述视角。小说开头描写围绕孔乙己的鲁镇之阶层关系时,叙述者"我"处于"中立"的位置上,但到"在这些时候,我可以附和着笑,掌柜是绝不责备的"之际,"我"初次表明处于和掌柜、"短衣帮"相同的位置,这是第一叙述视角。接下来,当孔乙己要考"我"写字,"我"想"讨饭一样的人,也配考我么?"而不再理会时,便出现了明显地污辱孔乙己的第二叙述视角。而后,有一句话独立构成一个段落,即"孔乙己是这样的使人快活,但是没有他,别人也便这么过",则是概括性的叙述,让读者感到此乃要和故事本身拉开距离的陈述,可谓第三个叙述视角。当孔乙己最后出现在酒店并央求掌柜不要取笑时,小说描写道:"他的眼色,很像肯求掌柜,不要再提。"代田智明认为,这应该是"我"的视角,或者准确地说是现在的"我"与当时的"我"一体化之后出现的站到孔乙己一方且略表怜惜的第四个叙述视角。这样多重的叙述视角之交叉,不仅立体地呈现出了孔乙己的形象和命运,而且巧妙地控制着故事的发展并给读者带来多重的想象,由此构筑起小说的丰饶世界。代田智明最后总结道:

> 这个不透明的、暗示性的、谜一般的叙述者"我",其形态是符合《狂人日记》以来鲁迅小说之原型的,这个"我"注意精神内部的省察并最终导向悔恨。不过,在潜

在的、非明示的意图之外,我感到作者设置这个"我"还有另一个意图。巧妙地说,这是给读者设圈套,而叙述者"我"就是为此而埋设的机关。越是具有高度自觉意识而试图启蒙民众的正义感强烈的读者,越会对孔乙己这样的存在感到愤慨和鄙视。这些读者更容易接受第一和第二叙述视角的视线。但是,跟随着叙述者走到最后,这种视线却作为刻薄的东西而被抛弃了。读者仿佛登上高处梯子却被撤掉了一般,只好自己反省。[1]

鲁迅通过这种方式无疑是在向启蒙者发出警告:在启蒙的态度中或许就隐含着蔑视民众的心理!或者要从自己也可能没落的恐怖中逃离出来。从这个意义上讲,代田智明认为:鲁迅乃是一个战略性的启蒙者,为了启蒙者而存在的启蒙者,或者一个悖论式的启蒙者。[2]而《孔乙己》作为鲁迅前期创作中最优秀的短篇小说之一,其经久不衰的思想艺术魅力,既来自这种"悖论式的启蒙者"态度,更源自小说内部叙述视角的精心营造和战略性的交叉转换。

我认为,作为在1980年代以后日本后现代社会中成长起来的新一代学者,代田智明的鲁迅论至少在以下三个方面值得关注。第一,从叙事结构这一方面深入考察鲁迅小说的艺术构造和意义生成的秘密,提供了一个文本细读的范本,大大推进了研究的深化,并暗示出新世纪鲁迅研究具有广阔发展前景的方向。第二,《解读鲁迅》不仅注意对鲁迅10篇小说进行独立的

---

[1] 代田智明《解读鲁迅》,东京大学出版会,2006年,第73—74页。
[2] 代田智明《解读鲁迅》,东京大学出版会,2006年,第76页。

文本解读，还试图在总体上描述出文学家鲁迅从前现代走来，穿越现代而达到后现代境地的过程，由此给人呈现出身处激烈动荡的现代中国，于新和旧之间上下求索的鲁迅之特殊的生命状态。例如，在该书最后论及1930年代的《故事新编》和杂文创作时，代田智明就特别注意到鲁迅对以上海为象征的"殖民地现代性"的尖锐批判，认为生存于殖民地环境中使他无法获得全部现代性的主体，但这反而提供了他反思和跨越"现代性"而走向后现代境地的契机。这就涉及了第三个方面，即《解读鲁迅》的结构叙事学分析和文本细读并非封闭的文学内部研究，而是开放的、可以通向更为深远阔大的社会历史和文化政治分析的方法。在此我们可以感受到，代田智明实际上和竹内好以来的战后鲁迅研究传统依然有着内在的联系，他自己也曾表明，竹内好曾以"赎罪的文学"来表示传统的幽灵已经侵蚀到自己的内部这样一种鲁迅的自觉，而自己的鲁迅论基本上蹈袭了竹内好的这个命题。[1]

新世纪的代田智明，则尤其注意将现代性的世界史、亚洲的抵抗、鲁迅与中国革命的经验，这样一个由以竹内好为代表的战后日本知识者构筑起来的思想问题系列，置于当今全球化和新帝国主义时代的背景之下加以重新关注，这出于他这样一种认识高度："如果在21世纪继续阅读鲁迅还有意义，那就在于这种源自殖民地的体验可以给生存于后殖民状态下的我们以充分的参照。"[2]

---

[1] 参见代田智明《关于鲁迅论与个体之自由的主体性》，载《飙风》第45号，2008年。
[2] 代田智明《解读鲁迅》，东京大学出版会，2006年，第302页。

第六章

《野草》研究的两种路径与一条副线
——内外结构分析及其与亚洲现代性的关联

战后日本《野草》研究的独特成就

　　《野草》在战后日本鲁迅研究中占有特殊的位置。据初步统计，自鹿地亘翻译《大鲁迅全集》中的《野草》卷以来，完整的《野草》日译至少有九种，包括一些研究专著中对24篇作品的全译。此外，还有如小田岳夫（1953）和木山英雄（2002）的节译等，而研究专著至今也已有四部问世。在鲁迅著作日本传播和学术研究史上，只有《中国小说史略》（日译本有四种）大致可以与其媲美。而更重要者在于，自竹内好最早强调《野草》在作家与作品之间的"桥梁"意义并视其为鲁迅文学的"原型"和"缩影"以来，于文本内部进行深度注释与解读的同时，注重其与外部各种关系的研究，两个方面齐头并进以考察作为一个整体的《野草》之思想艺术世界，就成了日本学者的一个传统或思考主线。日本近八十年来的《野草》翻译与研究历程可谓成就辉煌，不仅促进了整个鲁迅研究的纵深发展，而且能够在中国和欧美之外形成自己独特的学术传统及其方法论路径。因此，考察战后日本鲁迅论的历史发展之际，在以不同时期代表性学者的代表性著述为分析对象之外，选择日本学人对鲁迅某一经典性作品的研究成果进行个案分析，也是一个有效的办法。这样，可以从一个典型的侧面观察到学术史发展的整体风貌和独特品格。

我们知道，世界范围内的《野草》研究至今大概形成了三个系统。一个是已有近九十年历史的中国本土之评论研究，从李长之提出鲁迅"根底上是一个虚无主义者"而《野草》乃"战士的诗"[1]以来，中国学界在前五十年中并没有认真深入探讨其中带有"虚无"色彩的"哲学"，而是在强调"战士的诗"之现实批判方面形成了强劲的源自左翼立场的评论传统。后四十年，即1980年代以后则出现了根本性的改观，《野草》一变成为观察鲁迅思想复杂性的窗口，有研究者由此拈出"历史中间物"意识或"绝望反抗"等关键概念而展开全新的论述，有力推动了新时期鲁迅研究整体向多元纵深的发展，有关《野草》的专著数量也远远超过了前五十年。这无疑与中国改革开放后多元时代的到来，以及对此前政治意识形态化的鲁迅研究之反省息息相关。就是说，中国本土的《野草》研究可以大致划分出两个不同时期，并形成了一个前后有继承但也大跨度发展的传统。

日本的鲁迅研究在"二战"以后也形成了自足的体系，有继承和发展的明显脉络可以梳理。有关鲁迅的思想和小说研究是如此，对艺术成就最高的散文诗《野草》的研究也是如此。我认为，战后日本的《野草》研究至少形成了两个相互交叉又彼此不尽相同的阐释方法或路径。一个是从竹内好到片山智行

---

[1] 参见李长之《鲁迅批判》，北新书局，1936年。

第六章 《野草》研究的两种路径与一条副线

的、坚持追寻鲁迅思想的本源而视《野草》为表现了作家不变之精神特质的作品的视角；另一个是从木山英雄到丸尾常喜的、重视鲁迅一生思想变动过程而视《野草》为杂文家的诗与战士的流动之哲学的研究思路。除此之外，还有一条副线。那就是从片山智行开始注重《野草》的象征手法与厨川白村象征主义理论的关系，到秋吉收以彻底的实证方法讨论其与日本文学家如谢野晶子、佐藤春夫、芥川龙之介等的影响借鉴关系，乃至与中国作家徐玉诺、徐志摩、周作人的种种关联，这样一种广义的比较文学或互文现象的研究路径。如果说前两种方法属于文本内部分析的传统路数，那么这条副线则属于文本外部研究，虽然各种外部关系的直接关联性还有待实证的研究加以落实，但它有力地复原了《野草》诞生时的历史现场，为我们在文坛各种文学生产相互作用的关系中认识《野草》的创作提供了新的视野。这条副线，同时又与中国改革开放以来注重《野草》与西方现代思想艺术如尼采、波德莱尔等的比较研究，形成了不期然的呼应之势。

另一方面，在美国等西方国家和地区似乎始终没有形成可以与日本《野草》研究相媲美的规模和传统，我们甚至没有找到同时期西方有关《野草》的专门著作。不过，自1960年代起，从夏济安到李欧梵等学者的鲁迅研究也注意到了《野草》的特殊意义和价值，甚至呈现出对其"阴暗面"即死亡哲学，与西方现代主义思想和散文诗传统以及中国古典诗文"幽灵"意象的关联，给予密切关注的倾向。这让我想到，1950年代竹内好所谓的《野草》指向一个中心——"无"和1960年代木山英雄对鲁迅"流动的哲学"的探讨取向。中国本土以外的《野草》研究，仿佛从一开始就关注到其诗与哲学的面向并直逼其

"阴暗面"问题,没有像中国学界那样经历复杂曲折的过程。不过,虽然是日本上述《野草》研究的趋向起步在先,但强有力地影响到1980年代以后中国本土的《野草》及鲁迅研究走向的,反而是欧美的这种倾向。也由此,世界范围内《野草》研究的三个系统,有了可以共享的阐释架构和彼此交流的公共空间。这其中,有着怎样的关联和思想文化上的成因?这也是我通过对日本《野草》研究史的回顾,想要加以思考的问题。

总之,经过几代学人的不懈努力,日本对《野草》的翻译、注释和思想阐发,形成了自身的学术传统。它不仅丰富了鲁迅研究整体的内涵,而且包含着足以为中国乃至世界鲁迅研究所借鉴的方法论。特别是在文本解释方面,其所达到的精细程度甚至超过了中国本土,有关外部关系的研究亦不断有新的开拓。这里,我将以四部重要的《野草》研究专著,即片山智行的《鲁迅〈野草〉全释》[1]、丸尾常喜的《鲁迅〈野草〉研究》[2]、木山英雄的《中国的语言与文化——鲁迅〈野草〉解读》[3]和秋吉收的《鲁迅:野草与杂草》[4]为主要讨论对象,并涉及竹内好等人的相关论述,以期描述出以上所言文本内部研究的两种路径和属于外部关系研究的一条副线,并在与中国和欧美《野草》研究的比较中,阐明日本《野草》研究的方法论意义。

---

[1] 片山智行《鲁迅〈野草〉全释》,平凡社,1991年。
[2] 丸尾常喜《鲁迅〈野草〉研究》,汲古书院,1997年。
[3] 木山英雄《中国的语言与文化——鲁迅〈野草〉解读》,放送大学教育振兴会,2002年。
[4] 秋吉收《鲁迅:野草与杂草》,九州大学出版会,2016年。

第六章 《野草》研究的两种路径与一条副线

文本内部研究的两种路径

如前所述，成就卓著的日本鲁迅研究真正的起步始于竹内好。由于竹内好的思想家品性和所处的战后日本急剧变动的大时代条件，他的鲁迅研究一开始就出手不凡，给战后日本的鲁迅论带来了一个相当高的起点。把鲁迅置于亚洲"抵抗的近代"这一中日同时代史背景下，致力于追寻其不同于西方现代性的独特思想价值，于大时代的文学与政治关系中考察鲁迅的存在意义，也就成了竹内好及其后继者坚持不懈的总体研究指向。在此，鲁迅与中国革命及亚洲的现代化具有了一种内在的密切关联，他的文学创作也获得了远远超出"文学"本身的历史内涵。

竹内好是日本最通行的《野草》日文版[1]的译者。正如中学国文教科书中他那简洁沉郁的《故乡》译文一样，该译本也影响着一代代日本读者。但他的《野草》论都是附录于各种《鲁迅选集》之后的解说类文字，或者是专著中的一些章节，而没有独立的研究著作。但是，以下观点却一直受到日本研究者的关注。

其一，《野草》作为小说散文创作和杂文之间的桥梁，指示着作家与作品间的复杂关系，它的运动朝着一个方向——"无"发展而构成了一个自足的整体：

---

[1] 鲁迅《野草》，竹内好译，岩波书店，1955年。

活在日本的鲁迅

> 《野草》和《朝花夕拾》处在对《呐喊》和《彷徨》加以注释的位置，但它们又各自对立，形成了不同的小宇宙。《野草》是由包括题辞在内的 24 篇短文（也许称作散文诗是正确的）组成的，其特征是象征的、直接的和现实的。……
>
> 在鲁迅的作品中，我很看重《野草》，以为作为解释鲁迅的参考资料，再没有比《野草》更恰当的了。它集约地表现着鲁迅，而且充当着作品与杂文之间的桥梁，也就是说，它在说明着作家与作品之间的关系。[1]

竹内好看重的似乎是《野草》的"参考资料"价值，而对其艺术性本身没有更多的论述。他认为，该作品的象征与小说一样，并不单纯，其中有奇妙的纠结，即充满着复杂的关系结构。"它们所传递的鲁迅，比起传记和小说来远为逼真。描写得仿佛可以使人看到鲁迅作为文学者形成的过程，或者是相反地散发出去的经过。"[2]竹内好强调，这些散文诗构成一个"浑然一体"的整体，"所有运动都是朝着一个中心的运动"，而这个"中心"就是所谓的"无"，即旨在表现根源性的存在。他引用《墓碣文》做出结论道："很显然，这是没有被创造出来的'超人'的遗骸，如果说得夸张一些，那么便是鲁迅的自画像。"[3]

---

[1] 竹内好《鲁迅》，李冬木译，收孙歌编《近代的超克》，生活·读书·新知三联书店，2005 年，第 92—93 页。

[2] 竹内好《鲁迅》，李冬木译，收孙歌编《近代的超克》，生活·读书·新知三联书店，2005 年，第 98 页。

[3] 竹内好《鲁迅》，李冬木译，收孙歌编《近代的超克》，生活·读书·新知三联书店，2005 年，第 100 页。

我们知道,《鲁迅》(1943)一书是竹内好在那场大战后期创作的一部作家思想传记,他要探究的是文学家鲁迅诞生的秘密,即在人生的某个时刻获得某种"回心"或"正觉",使其得以成为真正的文学家,而后才孕育出启蒙者和"革命人"鲁迅来。而这里所谓"作家与作品之间的关系"或《野草》指向一个中心——"无",就是在这样一个全书的阐释主旨下衍生出的论述。正像"赎罪的文学""回心之轴"等描述鲁迅文学诞生的概念有些玄虚而无以落实一样,这里的"关系"和"中心"之说,并没有被赋予确定性的内涵。不过,这启发了后来的日本研究者,则又是确实无疑的。

其二,也因此《野草》得以成为鲁迅文学的缩影。竹内好时隔十年之后出版的《鲁迅入门》(1953)中,有些观点较之先前已发生不少变化,但针对《野草》的思考并没有实质性的差异。他指出:"总之,《野草》对鲁迅来说是重要的作品。虽然有些零散,但在整体上是统一的,包含所有的问题,可以称之为鲁迅文学的缩影。可以把它作为萌芽,以与全部作品的关联性为基础来瞭望它丰富的表现形式,从这种意义上看,它是鲁迅文学的原型、索引、代表作,同时也是入门书。"[1]在此,除了依然强调其与"全部作品的关联性"和"在整体上是统一的"之外,更以明确的语言指出此乃"鲁迅文学的原型"和"缩影",这实际上开示了一条观察《野草》的方法论路径:从"原型"这样一种追求根源性的角度出发,通过《野草》来阐发鲁迅的思想核心和文学的精神本质。而关注根源性的问题,乃是

---

[1] 竹内好《从"绝望"开始》,靳丛林编译,生活·读书·新知三联书店,2013年,第131页。

竹内好一贯的立场。这首先影响了后来的日本学者，使之形成了一个坚持追寻鲁迅思想本源而视《野草》为表现了作家不变之精神特质的研究路径。

例如，片山智行就是在这种研究思路下开始其《野草》研究的。1991年，他出版了日本第一部对《野草》全书每一篇作品加以解说分析并附有综合论述的《鲁迅〈野草〉全释》。该书实际上由两部分构成，主体部分是对《野草》所有诗篇的释义解读；另一部分是占全书五分之一篇幅的综合论述，实际上是一个相当全面而专题性的考察。一方面，一如该书"后记"所言，这项研究是以作者此前出版的《鲁迅的现实主义》[1]一书为基础展开的。就是说，作者在对鲁迅一生的思想文学有了综合把握之后才产生了这部《野草》研究，因而在作家鲁迅和作品《野草》之间寻求解读空间这样一种广义的文本内部分析，也就成为其主要的方法。另一方面，作者坦言虽然与同时代中国学者如孙玉石、钱理群等有所交流，但成为本书重要参考的乃是稍早出版的李何林《鲁迅〈野草〉注解》(1973)。因此，我感觉他的研究基本上是沿袭了"战士的诗"这一思考路径，而自觉不自觉地继承了竹内好的观点——鲁迅在人生的某个时刻获得了"文学的正觉"后其思想不曾有根本的变化。通过《野草》要观察的，也正是鲁迅思想文学的本源或不变的精神特质。

片山智行认为，《野草》是文学家鲁迅创作实践的集大成之作。它记录了作者与自身内部的"影"做绝望反抗的过程。这里有竹内好所谓"文学者鲁迅"与自我格斗，在绝望和希望之

---

[1] 片山智行《鲁迅的现实主义》，三一书房，1985年。

第六章 《野草》研究的两种路径与一条副线

间彷徨的身影，而不存在所谓"启蒙者鲁迅"。其中，有绝望和彷徨但"自我格斗"顽强进取依然是其主调。片山智行赞同作家高桥和巳的观点，认为不能全信鲁迅所说的"绝望""虚妄"等，《野草》作者的心情未必真的那么黑暗，其总主题依然是对"希望"的不懈追求。所谓"唯黑暗与虚无乃为实有"，其实是鲁迅的悖论性精神结构所铸成的某种特有的现实主义，并成为其文学的独特风格。若从女师大事件包括与陈源的论战中观视鲁迅的表现，可以看到其"绝望的抗战"等乃是一种特别的文学用语，与颓废的虚无主义无关。因此，《野草》思想的主要特征在于它表现了鲁迅青年时期伴随着进化论式的自我牺牲精神的反抗的个人主义，而这个"反抗的个人主义"，即鲁迅思想文学不变的精神特质。[1]

片山智行研究的另一个特征或者说贡献，在于比较充分地论证了《野草》的象征方法与厨川白村理论之间的关系。这一点，我将在后文叙述。总之，正如丸尾常喜指出的那样，片山智行的鲁迅研究主要继承了竹内好的思考理路，即比起鲁迅思想文学变化的"过程"来更重视其"不变"的根源性——"反抗的个人主义""特有的进化论"与"名教批判"等。[2]这构成了战后日本《野草》研究一条明晰的发展路线。

日本《野草》研究的另一条思考路径，则是由木山英雄和丸尾常喜开拓的。它与竹内好和片山智行的路径相反，比起关注鲁迅思想文学的"不变"之根源性来，更重视其"变化"发展的过程，而《野草》被视为鲁迅前后期思想演变最深刻的、

---

[1] 参见片山智行《鲁迅〈野草〉全释》，平凡社，1991年，第235—260页。
[2] 参见丸尾常喜《鲁迅〈野草〉研究》，汲古书院，1997年，第6页。

哲学化的呈现。木山英雄曾于2002年以日本广播大学教材的形式出版了他的《鲁迅〈野草〉解读》，对散文诗集中除《我的失恋》《风筝》《狗的驳诘》《立论》《一觉》之外的19篇作品做了详尽的文本解读。如前所述，实际上他的研究早在四十年前的1963年就已开始，即长篇论文《〈野草〉主体建构的逻辑及其方法——鲁迅的诗与哲学的时代》，这可以说是日本鲁迅研究史上十分重要的成果之一。该论文的观察视线不仅深入了1920年代鲁迅内心的"黑暗"深处，而且通过彻底的文本解读阐明了作家由追寻哲学意义上的"死亡"之想象世界，到最后回归"日常世界"而完成了前后期思想转变的整个过程。其理论深度和文本解读的精细程度前所未有，乃是四十年后结集出版的《鲁迅〈野草〉解读》一书的纲领。[1]从主体建构的逻辑和方法的角度深入观察鲁迅一个时期里特有的"黑暗与虚妄"倾向，这在日本无疑是《野草》研究的一个新起点，与同时期的美国学者如夏济安、李欧梵等的研究遥相呼应，虽然两者之间并没有直接的交流。

在这篇论文中，木山英雄首先强调自己所关注的是"作为稀有的散文家的诗，与义无反顾不息前行之战士的哲学"。然而，对这一时期鲁迅所持有的原始肉体性感觉的波动与抽象观念的展开是怎样保持着前后的关联性这一问题，由于以往的人多为各篇鲜明、瑰丽的意象所吸引，故很少有人做精心细致的研究。因此，他为自己的考察确定了两个重点，第一是"执着于逻辑的探讨"以考察鲁迅《野草》主体建构的方式；第二则在于其"目标是寻找不曾被天生秉性或外部环境之投影所淹没

---

[1] 关于木山英雄早期的《野草》研究，参见本书第三章。

殆尽的、鲁迅创造的鲁迅，即这种意义上最具个性的鲁迅"。[1]就是说，对于《野草》展现出来的鲁迅思想演变"过程"的探究，乃是其研究的核心议题。

受到李长之"人得要生存"乃鲁迅的"基本概念"这一观点的启发，木山英雄发现为抵抗"彷徨"状态而拨开"虚妄"的实体进入其中，鲁迅在《野草》中探索了死亡的四种形式。一是《过客》中主客观上作为绝望之逻辑终点的死；二是《死火》中由作者内省力想象出来的更为逼真的死；三是《墓碣文》所展现的彻底的死或曰死之死；四是《死后》那种现实的单纯之死，亦即死之无聊。最后的结论是：

> 到了《死后》，梦的系列作品便告结束，《野草》仿佛是摆脱了危机一样，作品的密度也减了下来。《死后》所象征的是从死和幻想中重返日常性世界，那么作者大概是从这连续性探索中有所得而向散文的领域返回的。不过，他只是闯进死与幻想的境域试图努力抓住生机，结果确切认识到即使在死与幻想的世界里也不可能有完结性的东西，最后把人类这种定数的象征化而为诗，又返回日常世界的。[2]

那么，鲁迅以文学（散文诗）的方式对哲学意义上的"死亡"问题所作的艰难探寻，具有怎样的意义呢？它固然代表了

---

[1] 木山英雄《文学复古与文学革命》，赵京华编译，北京大学出版社，2004年，第3页。

[2] 木山英雄《文学复古与文学革命》，赵京华编译，北京大学出版社，2004年，第62页。

作家鲁迅个人在某个特定时期沉痛曲折的精神演变，而在"死与幻想的境域试图努力抓住生机"这样一种意识，是不是也象征了20世纪大时代里中国之艰难困苦的现代化历程呢？关于这个问题，木山英雄在论文中给出了这样的结论：鲁迅通过对生存哲学意义上的四种死亡形式之抉心自食式的追寻，最后穿越死亡而完成了对自身绝望黯淡心理的超越，从而成为一位卓越的思想家和文学家。在此，竹内好所谓《野草》指向一个中心——"无"的提法，终于获得了实质性的内涵。这恐怕与木山英雄注重"变化"的《野草》研究路径有关。不仅如此，由于采取了与竹内好有别的思考路径，木山英雄还从更为广阔的亚洲现代性历程的角度，深化了前者早年提出的亚洲"抵抗的近代"这一命题。

这便是在四十年之后的《鲁迅〈野草〉解读》中木山英雄最终给出的一个结论：鲁迅"这个作家的精英之先锋性在于，一方面采用了超出同时代中国文学水准而面向世界的思维方式和手法，同时展现了与内部的'黑暗'做共存亡之殊死搏斗的过程。因而，这一篇篇诗汇成的该诗集，作为亚洲杰出的近代精神在革命与战争的世纪经历某个阶段而留下的苦斗之纪念，经受住了多次的激荡和转变，至今依然没有失去吸引和震撼读者的力量。从这个意义上讲，它或许已经成了因其艰难而得以流传世界的稀有的古典"。[1]这应该是战后日本《野草》研究所到达的一个新境界。作为坚持以"变化"的观点来研究《野草》的思考路径，其影响巨大。至少，同代人丸尾常喜就是沿着这

---

[1] 木山英雄《中国的语言与文化——鲁迅〈野草〉解读》，放送大学教育振兴会，2002年，第3—4页。

第六章 《野草》研究的两种路径与一条副线

个路径而推出新成果的。

1997年,时任东京大学东洋文化研究所教授的丸尾常喜出版了他的第三部研究专著,即《鲁迅〈野草〉研究》。由于时代的变化,与20世纪五六十年代的竹内好、丸山升、木山英雄等不同,丸尾常喜已然有了和邻国中国的学者直接交流的机会,并得以从中获得诸多学术灵感。该书"序言"就表示,自己对钱理群《心灵的探寻》以"单位观念""单位表象"的抽取为方法,通过《野草》的矛盾斗争而发现鲁迅"历史中间物意识"的研究,是高度评价的。但同时,又对其文本细读的缺乏感到不满。而对于另一位新时期重要的中国学者孙玉石的《野草》研究,则在肯定其社会历史方法与综合研究的划时代意义的同时,指出了其哲学性分析的不足。关于日本的《野草》研究,丸尾常喜充分肯定片山智行的《鲁迅〈野草〉全释》,认为它是日本第一部对《野草》进行全面解读的专著,但对其重点考察鲁迅"反抗的个人主义"、进化论以及名教批判,而没能更多地注意其思想变化过程感到遗憾,认为这是受到竹内好影响的结果。就是说,丸尾常喜是在充分了解到中日两国《野草》研究的历史和最新动向的基础上,确定自己的研究路径和思考重点的。他更倾向于木山英雄的路数,强调通过找到贯穿《野草》全书的逻辑和方法,来揭示各篇的意义。[1]

这个逻辑和方法,在丸尾常喜的著作所附的"中文要旨"中,是这样表述的:

> 本书在分析《野草》时最为重视的是鲁迅所谓的"人

---

[1] 丸尾常喜《鲁迅〈野草〉研究》"序言",汲古书院,1997年。

道主义与个人主义的消长起伏"。"人道主义与个人主义"的矛盾，换言之，是鲁迅"生的连续性"和"生的一次性"的矛盾。"五四"时期的鲁迅否定用"生的连续性"压制"生的一次性"的社会并试图改造它。但是为了中华民族的"生的连续性"（种的生存与再生产），鲁迅个人却选择了压抑自己"生的一次性"的"自我牺牲"的生存方式。这就是"五四"时期鲁迅式的"进化论"。但是，进入《野草》时期，具有鲁迅特色的这种"进化论"逐渐解体，被压抑的"生的一次性"开始抬头，令鲁迅十分痛苦。鲁迅的"人道主义"与"个人主义"的矛盾，就是鲁迅用另一种语言来表达的这种现象。

我认为《野草》就是以丰富多彩的意象来表现鲁迅内部的这种冲突与苦闷，反映出他原先的思想的崩溃、向着新思想再生过程的连续性很强的诗篇。[1]

用民族"生的连续性"之进化论和个体"生的一次性"之人生观，来理解鲁迅所谓"人道主义和个人主义的消长起伏"，并通过《野草》观察鲁迅从"五四"到大革命期间思想演变的过程，以此来解读诗集中的各篇作品，这是丸尾常喜遵循的研究方法，与坚持探索鲁迅思想文学不变的"精神特质"的竹内好、片山智行的路径明显不同。

当然，这里所谓的不同，乃是比较而言。日本学者始终以稳健的态度，坚持在作家-作品-时代所构成的三位一体的关系结构中来解读《野草》的意义和价值，并将其视为鲁迅文

---

[1] 丸尾常喜《鲁迅〈野草〉研究》，汲古书院，1997年，第19页。

学的"缩影"和"原型",这是始终一贯的总体倾向。从这个意义上讲,上述两种思考路径都属于广义上的文本内部研究,只是在强调鲁迅思想文学的变与不变上有所不同,显示出阐释《野草》上的差异。实际上,他们各自的侧重反而丰富了战后日本一个时期里《野草》研究的内涵。

文本外部关系研究的副线

如上所述,战后日本的《野草》研究至今形成了两个相互交叉又彼此不尽相同的阐释路径。而对鲁迅思想特别是《野草》"阴暗面"的关注,又因其角度的不同而各有程度上的差异,显示出日本学者研究的细腻和深入。除此之外,我还注意到1990年代以后日本的《野草》研究出现了一条新的路径,相对于上述的主流,我想称之为"副线",即广义上的比较文学和互文现象的研究,或者可以称之为文本外部的关系研究。这就是始于片山智行《鲁迅〈野草〉全释》的比较重视厨川白村象征主义理论与《野草》创作的关系的研究。

由于鲁迅创作《野草》期间翻译了厨川白村的《苦闷的象征》,因此中日两国学者早已有人注意到两者的微妙关联。例如,中国早在1930年代就有聂绀弩、欧阳凡海等人提出这个问题,而1960年代以后的日本也有如丸山升、中井正喜、相浦杲等学者关注过鲁迅与厨川白村的关系。但是,比较全面系统的研究还是体现在片山智行的《鲁迅〈野草〉全释》一书中。该书认为,《野草》的创作在受尼采、裴多菲、阿尔志跋绥夫等人的某种启发的同时,更直接受到了厨川白村象征主义论的刺激，从而使其自身原有的苦闷得以爆发出来。鲁迅共鸣于厨川白村的，首先在其对"传统因袭思想"的痛烈批判方面；其次则接受了"艺术乃纯真生命之表现"的观点，以及以梦的形式表现思想苦闷的象征手法。至于"苦闷"的内涵，片山智行认为，鲁迅的表现远比厨川白村所论的苦闷包含着更为深广的内涵，既有源自中国革命艰难曲折的苦恼，也有他个人无爱婚姻带来的烦闷。具体而言，《影的告别》《颓败线的颤动》那样表现出深层苦闷的作品，无疑是参照了厨川白村的理论主张而写就的。

系统全面地考察鲁迅与厨川白村的影响共鸣关系，这应该是片山智行对日本鲁迅研究的一个贡献。在他之后，《野草》与《苦闷的象征》之比较研究有了更为深入的发展，丸尾常喜的《鲁迅〈野草〉研究》和工藤贵正的《鲁迅与近代西方文艺思潮》[1]《中国语圈的厨川白村现象》[2]等著作对这一课题有着深入讨论。而到了最近，秋吉收《鲁迅：野草与杂草》一书，则在比较研究的方面走到了一个新的领域——文本外部的关系史或互文现象研究，显示出日本学者的思考新路径和新成果。

秋吉收（1954—　）著作的最大特色或者贡献在于：通过提出鲁迅"野草"书名的语词意象来自日语单词"杂草"这一议题，打开了现代日本文学影响和刺激鲁迅创作的互文现象分析的新课题。"野草"是否直接来自日语的"杂草"意象，在我看来恐怕终究是一个假说，因为没有直接的证词作为依据。但是，正如丸尾常喜《鲁迅——"人"与"鬼"的纠葛》一书通

---

[1] 工藤贵正《鲁迅与近代西方文艺思潮》，汲古书院，2008年。
[2] 工藤贵正《中国语圈的厨川白村现象》，思文阁，2010年。

过提出"阿Q即阿鬼"的假说，而开拓出鲁迅思想艺术与中国大小传统之深层关系的民俗学、社会学研究新天地一样，秋吉收的"杂草"说作为他研究《野草》的一个重要契机，有力地打开了1920年代鲁迅与日本同时代文学创作之密切关系研究的新领域，这是前人很少涉及的。在秋吉收的著作中，以彻底的实证方法和关系比较的视角探讨了《野草》与谢野晶子的诗歌《杂草》、佐藤春夫的《形影问答》、芥川龙之介的《我之散文诗》等的可能性关联。不仅如此，关于徐玉诺的散文诗创作与鲁迅的关系，泰戈尔和徐志摩的影响，《野草》的命名与成仿吾《诗之防御战》，乃至《狗的驳诘》《立论》与波德莱尔诗歌的具体关联等，该书都有基于丰富史料的详细分析。可以说，这是一部有关《野草》的构成与中外文学之关联的研究力作。

我称秋吉收的研究为"彻底的实证"，其意义不在直接证据的发现或者旁证佐证的确凿无疑，而在于他以相互关联的视野和创造性模仿的观点，挖掘出鲁迅与同时代日本乃至中国作家的创作之间广泛的可能性关联，从而为我们展现了一幅1920年代《野草》诞生之时的丰富多彩的文坛图景。正是在这个"五四"以后已然国际化的"文学场"中，才有了鲁迅的天才创造。一如该书第一章结尾所言："《野草》是鲁迅最初的也是唯一真正的新诗创作。人们承认其中有众多作家作品的影响。至今已有各种各样的考证研究，如来自李贺、李商隐等中国古典诗的摄取，夏目漱石《梦十夜》和厨川白村等日本文学的影响，还有对尼采、波德莱尔、裴多菲等西方人的接受。鲁迅在自己的作品世界中时而仿佛与剽窃只差一纸之隔那样将他者融入其中，从而于构筑《野草》独创性的意境上取得了极大的成功。而后来他所提倡的'拿来主义'则成为从理论上支撑其《野草》

等创作实践的基础。"[1]鲁迅虽然也"尊崇独创",但同时不排除"经由模仿的独创",因此,其与日本文学的影响比较研究乃是中国学术的题中应有之义。我想,这样的结论是能够得到广泛认同的。

战后日本《野草》研究遗留的课题

综上所述,战后日本的《野草》研究的特征体现在以下三个方面。一是翻译注释、解读分析和关联性研究三位一体,在将《野草》完整地介绍到日本的同时,开拓出自身的研究传统。二是注意文本内部的解读和外部关系的研究,在将《野草》视为鲁迅创作的高峰而关注其独立艺术价值的同时,致力于通过《野草》观察鲁迅思想文学的根本特征和演变过程,进而联系到对中国乃至亚洲现代性的理解,《野草》的经典价值则在更为广阔的区域范围内得到了肯定。三是在与日本现代文学之关系的比较研究方面,成果显著。

而从竹内好提出《野草》的所有运动指向一个中心"无",到木山英雄关注其中的"死亡哲学"议题,日本与欧美学界在20世纪五六十年代先后提出了鲁迅思想艺术"阴暗面"的问题,这值得注意。如前所述,虽然日本学者对这个问题的关注在先,但给1980年代以后的中国以巨大影响的反而是欧美方面的研究。这其中,自然与欧美的汉学较早受到中国学界的关注,而日本鲁迅研究的成果直到1990年代末才大规模介绍到

---

[1] 秋吉收《鲁迅:野草与杂草》,九州大学出版会,2016年,第43—44页。

中国来有关。但我又觉得，这恐怕与欧美学者基于西方现代文学的知识和体验，能够直接面对《野草》那种象征艺术和超现实的哲学体悟有关，而日本的研究除了木山英雄这样极少数的研究者外，虽然直觉地感悟到了"阴暗面"的问题，却未能深入现代艺术的深层加以透彻的分析。这里，显示出了日本与欧美两地文化背景及学术资源的差异。同时，这也塑造了他们各自不同的研究风格。换言之，七十年来日本的《野草》研究，注重在中国和亚洲剧烈变动的现代史语境下挖掘作品思想内涵，相对而言，艺术和审美结构方面的探索成为其短板。例如，与1960年代以来的美国学界比较，这一点就会清晰地呈现出来。

1980年代初，华裔美国学者李欧梵在写作《铁屋中的呐喊》时，将第五章的《野草》论作为全书的核心。他继承其师夏济安的鲁迅内心世界有一个"黑暗中心"并成为其艺术精神和灵魂的观点，进而引申到鲁迅与中国文化传统"幽灵面"的关联上来讨论其艺术特征。近来，李欧梵借此书重印的机会进一步阐发了自己的观点："最近我重读《野草》，又发现不少中国传统文学和西方现代文学相同之处。且举一个例子：《影的告别》里面，非但有尼采的影子……由此可以证明这篇散文诗融会中西，既脱胎于传统，又做了极为现代性的艺术转化，并汲取了一个来自西方的'机警语'（epigram）的形式，把思想性的短片化为一种'思考图像'，当然，内中也含有波德莱尔散文诗的意象。这一切都说明，鲁迅的《野草》——与他的部分小说和其他作品一样——非但可与同时期欧洲现代主义的经典作品抗衡，而且也可以作为世界文学的经典。"[1]李欧梵在直接

---

[1] 李欧梵《铁屋中的呐喊》，浙江大学出版社，2016年，第6—7页。

面对鲁迅思想的"黑暗中心"之际,是将思考的视野同时追溯到欧洲的现代艺术和中国的古典文学传统的,在这样的比较观照下,鲁迅《野草》的艺术价值获得了作为"世界文学的经典"性。

而这里所提到的夏济安"黑暗中心"的观点,则出自《黑暗的闸门:关于中国左翼文学运动的研究》(1968)。夏济安认为,在"自己背着因袭的重担,肩住了黑暗的闸门,放他们到宽阔光明的地方去"这一悲剧形象中,鲁迅意识到了自己对黑暗的无能为力而自愿接受牺牲。这种意识赋予了其主要作品以一种天才的悲哀性格。《野草》是鲁迅留给世界的一本丰富有趣的书,它有一种特别的表现黑暗意识的艺术气质。其中,"充满着强烈感情的形象以奇形怪状的线条在黑暗的闪光中或静止或流动。正如熔化的金属,无法定型"。[1]

夏济安提醒人们注意,鲁迅的现实主义是有其限度的。《野草》的大部分篇章都用"我梦见"开头,它们是真正的梦魇,并且因变形的现实而引起人们的震动。鲁迅在《野草》中的确窥探到了一个非意识的世界。

> 鲁迅作品中的希望与灵感时常与阴暗并存。看来鲁迅是一个善于描写死的丑恶的能手。不仅散文诗,小说也如此。鲁迅确是一个喜怒无常的人,……在目前人们对他的印象中,讽刺家、预言家的一面可能过分强调了,我很容易就能指出鲁迅天才的某些其他方面,使这个人的形象多少得到平衡,我也可以引出比这里谈到的更多的例证来说

---

[1] 乐黛云编《国外鲁迅研究论集》,北京大学出版社,1981年,第370页。

明他的天才的病态的一面，使他看起来更像卡夫卡的同时代人而不是雨果的同代人。但这只是我的意图的一部分，我认为只去追寻鲁迅情绪的变化是不够的，因为他在某些才华横溢的文章中不得不痛惜地驱散这些感情和思绪，他只好把这些感情和思绪转化为一种更伟大的"熔合体"，用更深广的象征系统来更丰富地描述他所看到的那个世界。[1]

夏济安直接意识到了"鲁迅是一个善于描写死的丑恶的能手"，这在于他身处欧美世界，具备西方现代主义文学的背景和素养，能够将鲁迅联系到弗洛伊德和卡夫卡的现代思想艺术传统，而看到其象征主义方法的西方源头。李欧梵则更从这一观点引申到中国古典文学的"幽灵面"方面，从而使《野草》的艺术精神和经典价值在更广阔的世界文学中获得了定位。这种认识，比起木山英雄对"流动的哲学"的分析和片山智行通过厨川白村而窥视到的《野草》之象征主义，就来得更加直接而深入。这样的观点，在1980年代初经由乐黛云编的《国外鲁迅研究论集》而传到中国，由此产生了巨大的影响，也就可以理解了。就是说，自竹内好提出《野草》为作家和作品之间的桥梁这一观点后，促使日本学者形成了以《野草》来注释作家内心思想与作品之间关系的研究方法，相对而言忽视了对《野草》作为自足的艺术整体，在参照西方现代主义文艺的同时进行结构分析的尝试。如果与欧美1960年代以后的鲁迅研究相比较，是不是可以得出这样的结论呢？其实，这同时也是那个时代中国学界《野草》研究的问题所在。

---

[1] 乐黛云编《国外鲁迅研究论集》，北京大学出版社，1981年，第381页。

结语

"东亚鲁迅"的世界意义

中日两国迟到的交流及其可能性展望

在即将结束对长达七十余年的日本鲁迅研究史的学术考察之际，我想就以下三个问题再做思考。第一，随着新世纪以来中日两国学术交流在规模和程度上的全面扩大与深化，"二战"以后的日本鲁迅研究成果大部分已经被介绍到中国来了，我们应该如何把这个来自域外的思想资源有效地吸收到本土的鲁迅研究中来？这同时与怎样认识日本鲁迅研究的时代背景和历史语境，如何理解其辉煌成就的独特性相关联，需要深入思考。第二，当今的日本和中国都面临着鲁迅研究逐渐走向衰退的趋势，我们应该怎样从日本鲁迅研究史中汲取经验以推动研究的持续发展和向更高境界攀登？在此，我试图提出鲁迅研究的"再语境化"议题，以加深思考。第三，20世纪后半叶日本知识人积极地想象并创造出了一个"日本鲁迅"，实际上在同时期的韩国，以及中国台湾地区等地，鲁迅也得到了广泛的传播，并对社会和思想文化的改造发挥了积极推动作用。就是说，这里的确有一个"东亚鲁迅"的存在，我们需要对这一现象的历史和现实意义，做出积极思考。

活在日本的鲁迅

战后辉煌一时的鲁迅研究作为日本新时代的有关中国的知识生产，呈现出了它特有的品格和魅力。我们知道，日本自645年"大化改新"开始导入中国汉唐文物制度，出现了以学习和研读中国典籍为主要目的的汉学。到了江户时代，这种汉学达到顶峰，已经成为日本文化一个不可或缺的组成部分。但自明治维新之后，日本开始掉转船头努力向西方学习，在学术体制上新型的"支那学"逐渐兴起，并迅速取代了传统的汉学。简言之，以京都学派为代表的"支那学"具有两个方面的特征。一方面文献实证的方法加上源自西方特别是德、法中国学的科学体系的建立，使其在20世纪前期达到了足以与欧洲中国学相抗衡的水准。例如，内藤湖南提出"唐宋转变"的概念，后来宫崎市定等由此发展出"东洋的近世"和"宋代资本主义"等论题。他们从贵族制度的衰败、郡县制国家的成熟、长途贸易的发展、科举制度的正规化等方面讨论中国"早期现代化"问题，以抗衡西方所谓中国没有精神的"历史"主体运动，故无以产生近代资本主义的看法，由此建立起与西方不同的阐释中国历史的学问体系。另一方面，为对抗官学色彩浓厚的东京"汉学"而确立起来的京都"支那学"，最终仍未能避免替帝国日本对亚洲大陆的殖民和侵略提供学术支撑的命运，其学术研究背后隐然有一种殖民主义者超越性的优越视线，亦是不容否定的事实。[1]同时，"支那学"将现代中国革命排除在研究视野之外，这构成了它的另一缺陷。竹内好当年与同好创立"中国文学研究会"（1934），就是要与这个"支那学"无视现代中国的

---

[1] 参见子安宣邦《近代知识考古学——国家、战争与知识分子》，岩波书店，1996年。

妄自尊大的超越性姿态相抗衡。

战后，日本学人反省"支那学"的弊端，开始把目光转向现代中国及其革命历史，"鲁迅研究"正是在这样的背景下形成了辉煌一时的局面。换言之，"鲁迅研究"比较鲜明地反映了战后日本中国学的研究水准和特征。这又可以概括为以下两点。第一，科学的实证方法和对中国革命的丰富想象。就是说，在技术层面，传统汉学和"支那学"的文献实证方法依然得到了继承。而面对一片废墟的战后被占领的现实，日本进步知识人在中日国家关系处于隔绝的状态下，通过孙中山、毛泽东、鲁迅等历史人物在想象的层面获得了对革命中国历史经验的独特理解。由于历史语境的不同和两国文化交流的隔绝，这种想象或许有一些脱离中国历史实际的地方，但它极大开拓了日本人的思考空间，并从特殊的"日本"视角介入中国革命的经验当中，形成了日本学人特有的认识中国的方法论，这在今天仍有参考价值。第二，强烈的民族重建意识与开阔的国际主义视野并存。一方面，在战后特殊的历史背景下，日本一代学人怀抱重建国家和民族主体、追求民主主义社会的课题，这使他们对于包括鲁迅在内的现代中国的思考带上了强烈的现实政治性。可以说，日本的中国学没有哪个时期像战后那样，其研究对象和研究者的问题意识如此深入地介入本土的内部思想斗争中。鲁迅不仅是"外国文学研究"的对象，更成为民族自我反省和批判的重要参照。另一方面，一些具有马克思主义背景和社会主义信仰的日本学者，把鲁迅和现代中国视为世界革命和国际共产主义运动的重要一环，形成了超越民族国家框架的国际主义视野。在此之下，鲁迅身上反抗、斗争的革命精神的一面被凸显出来，从而获得了深刻的理解。这个方面，也值得中国学界积极参照。因为，革命成功后我们反而逐渐淡忘了鲁迅身上那种源自被压迫民族斗争的革命品质和抵抗精神。

然而，战后一个时期里所产生的日本鲁迅研究的杰出成果，在当时并没有迅速传播到鲁迅的故乡中国。在半个世纪的时间里，由于日本和中国分别处于世界冷战两大阵营的不同方，邦交的恢复也不得不等到1970年代。同时，新中国成立后的中国政治运动接连不断，鲁迅被意识形态化甚至遭到庸俗社会学式的解释。因此，战后日本的鲁迅研究成果迟至1990年代之后，特别是21世纪初，才引起了中国学人的普遍关注。这也与丸山升、伊藤虎丸、木山英雄等从1980年代开始积极与中国学界交流、对话有所关联。时至2000年前后，中国终于形成了一个翻译和介绍的高潮。例如，竹内好的《近代的超克》（其中收录了《鲁迅》一书，2005）和《从"绝望"开始》（2013），丸山升的《鲁迅·革命·历史》（2005），伊藤虎丸的《鲁迅、创造社与日本文学》（1996）、《鲁迅与日本人》（2001）和《鲁迅与终末论》（2008），木山英雄的《文学复古与文学革命》（2004），北冈正子的《鲁迅——救亡之梦的去向》（2015），丸尾常喜的《鲁迅——"人"与"鬼"的纠葛》（1995），藤井省三的《鲁迅〈故乡〉阅读史》（2002）和《鲁迅的都市漫游：东亚视域下的鲁迅言说》（2020），等等。

这其中的一个重要原因，在于改革开放后的中国市场经济逐渐成为主导力量，经济高速发展的同时，市场经济的某些弊病也开始暴露出来。因此，重估左翼思想（包括无产阶级文学的传统与价值），重新挖掘中国革命的历史经验和教训，以寻找抵抗资本主义"全球化"逻辑，并重建我们想象世界的思想资源，也就成了中国知识界关注的一个焦点。我认为，这个思想学术大背景乃是日本战后鲁迅研究成果被集中翻译介绍过来，并引起广泛关注的深远社会原因。换言之，"二战"后半个世纪里日本学人针对冷战结构下资本主义世界的种种问题，在中国和亚洲革命的历史脉络下深度解读鲁迅思想文学的成就，终于在中国有了获得理解和认同的思想基础。

改革开放四十余年来，中国知识界积极吸纳中外思想资源，已然形成了开放的学术视野和比较扎实的人文学科基础。特别是对20世纪西方哲学与社会科学——所谓现代主义和后现代最新思想理论——的全方位引进，使我们在规范的学术内涵和方法论意识上积累了足以在同一个平台上与海外学人讨论问题的充分条件。我相信，未来中日两国的学术思想交流一定会更加广泛深入。战后日本鲁迅研究的成就也必将成为东亚区域的共同学术资源。而对中国学界来说，深化交流并使之成为共同学术资源的关键，正如本书"导论"已经指出的那样，就在于我们是否能以"了解之同情"的态度认识日本学者何以如此言说鲁迅的思想史背景，并结合"二战"后亚洲乃至世界大势来深入认识战后日本的特殊社会环境。这样，我们就可以与日本知识人共享这份珍贵的鲁迅论遗产，并促使我们重新认识诞生于中国的伟大作家鲁迅的民族身份和世界意义，从而推动21世纪"鲁迅学"的全新发展。

多元发展的竹内好传统与鲁迅的再语境化

在"导论"部分讨论了战后日本思想论坛中的鲁迅论之后，本书以前三个章节集中阐述学院里竹内好、丸山升、木山英雄和伊藤虎丸等战后第一代学人的鲁迅观，而在后两个章节里分别考察了北冈正子、丸尾常喜、藤井省三和代田智明等过渡一代乃至第二代学者的研究成果。他们各自出色的成就足以反映战后七十余年日本鲁迅研究的基本状况和连续发展的过程。就是说，由竹内好开创，经过丸山升、木山英雄和伊藤虎丸等一代学人的继承、开掘与发展，作为对象的鲁迅已经从最初的思想家竹内好笔下的那个躁动不安而难以定型的形象，逐渐变成可以透视和分析的学术观照对象。这一转化，同时伴随着日本从战后国家重建到走向经济振兴与和平发展的社会转型，学术研究渐趋步入规范化轨道，鲁迅的被关注及其影响也从日本的思想论坛渐渐缩小到文学研究的专业领域。因此，我们看到伊藤虎丸虽有意识地继承竹内好的传统，在《鲁迅与日本人》中针对日本当时的问题展开尖锐的社会思考和思想评论，试图就1970年代的社会转型和亚洲的"个"之主体建构提出自己的主张，然而，其关注度和影响力已经远不如1950年代的竹内好。这恐怕与世界经历1960年代大规模社会运动的高涨之后，到1970年代普遍出现"去政治化"的倾向有关。思想斗争和政治辩论渐渐衰退，代之而起的是思考的学术化。鲁迅在日本的传播和影响方式也发生了变化。

在分析和讨论的过程中，我有意识地对两代人做了相对的区隔，旨在更加清晰地说明战后日本鲁迅研究的发展和变化，包括其学术思想的源头，于不断论争和对话中逐渐累积起来的传统，以及随着社会历史语境和时代思想主题的变化而出现的问题意识和方法论视角上的转变，尤其注意到了1970年代前后日本社会转型所引起的从"政治与文学"阐释架构向更具技术性和规范化方向转移的趋势。所谓"相对的区隔"，是指我并不否认战后七十余年来的鲁迅研究史有一个由竹内好开创并不断延伸开来的学术思想脉络。正如我所讨论的最后一位学者代田智明说的那样，他的鲁迅研究虽然极具后现代主义解构批评的特色，但依然在许多方面承袭了竹内好的命题。竹内好的存在的确使战后日本厚重的鲁迅研究得以形成"传统"，并使鲁迅在日本的传播程度远远超越其他国家和地区。然而，我在阅读和考察的过程中又确实感受到了以1980年代为界前后两代日本学人在关注焦点、阐释架构和方法论视角方面的明显差异。总之，可以说竹内好所开创的是一个有原理性和单一原点而又得到了多元发展的学术传统，其中也存在明显的变化和前后的差异。

从纯粹学术发展的角度而言，1980年代前后的这种学术思想转型本身不仅无可厚非，而且给日本鲁迅研究带来的丰富发展和多彩成就，乃是令人惊叹而应该充分肯定的。只是从个人的角度来说，我更感动于竹内好、丸山升和伊藤虎丸等一代学人充满政治诉求和思想批判的鲁迅论，他们的政治敏感和批判精神大大地激活了鲁迅思想文学固有的某些本质面向，这使今天的我们依然为之振奋而受益匪浅。他们有意识地把这种具有强烈政治性的鲁迅与日本的现实问题对接起来，发挥了学术参与社会改革的积极作用。我以为，这应该是人文社会科学原本具有的价值和魅力所在，虽然这可能有悖于马克斯·韦伯所言的"客观性"准则。然而，我所汲汲然期待的这种传统在今天的回归和重现，恐怕只能是一种奢望。

就是说，战后日本鲁迅研究在经历了两个发展高峰——1960年代和1990年代之后，在21世纪明显地出现了弱化和衰退的趋势。与中国的情形类似，在日本也常常听到"鲁迅时代已经过去"的说法。而在我看来，20世纪的确已经远去，但那个时代的诸多课题远远没有真正消失和完结，因此属于20世纪的鲁迅也依然会继续成为人们关注的对象，关键是我们能否深刻地洞见当下世界所面临的根本问题与鲁迅思想内在的历史性关联。如前所述，木山英雄曾经指出：在周氏兄弟身上积聚了革命中国及其现代性的全部矛盾紧张，他们是"将中国老大文明的自我改革这一从未如此全面地被意识到的课题，在最深的层次上肩负到底的一组人物"。我进而认为，在21世纪的今天，为了重新认识和理解鲁迅身上这种源自革命和现代性悖论的矛盾紧张，以及他面对时代课题所做出的判断与担当，有必要将鲁迅"再语境化"，无论在中国还是日本。

我曾经提出鲁迅研究的"再政治化"主张，强调这当然不是简单重返以往中国某个时期里对鲁迅施行的庸俗社会学式的政治化，也并非完全回到战后日本一个时期里在"政治与文学"阐释架构下讨论鲁迅的时代，而是要站在今天我们对于20世纪中国历史乃至世界史全新认识的基础上，再次将鲁迅的思想和文学放到他所属的那个时代的中国乃至亚洲语境中，重新发现他与那段历史的血肉联系，从中追寻对于当今的启示。[1]如果这个"再政治化"的提法容易遭到误解，那么，现在也可以将其称为"再语境化"。这个"语境"应当包含以反帝反封建的革命方式在西方之外谋求现代化的全部历史过程，其中也蕴含着反思现代性的要素，一如代田智明在《故事新编》和鲁迅的晚年杂文中所见的鲁迅对以上海为象征的"殖民地现代性"之尖锐批判和反思。在我看来，这个反思现代性的要素对于今天的我们更为重要，或许能够为思考在21世纪如何超越资本主义现

---

[1] 参见拙著《中日间的思想》，生活·读书·新知三联书店，2019年，第190页。

代性的危机，如何摆脱本国中心论的民族主义极端政治，提供重要的思想参照。这恐怕将是今后日本乃至中国鲁迅研究者需要深入思考的新问题。

"东亚鲁迅"的世界意义

"二战"以后，日本几代知识者带着本民族的思想课题积极阅读和阐发鲁迅，由此形成了一个特殊的"日本鲁迅"想象，这是本书讨论的主题。为了进一步思考这种现象产生的现实与历史根源及其内涵丰富的思想意义，我们需要将视野进一步扩展到更广阔的时空。实际上，在同一时期中国本土以外的东亚地区，鲁迅同样有一个不同于欧美等世界其他地区的广泛传播和被接受的特殊现象。这种特殊性，就在于鲁迅在该地区不仅是"外国文学研究"的对象，而且还作为一个重要的思想资源和价值标尺深深介入了社会改造和思想斗争的现场——战后民主化运动的实践当中，从而发挥了反抗外部帝国主义牵制和内部威权政治而追求真正的自由民主的象征作用。这是在东亚地区以外所没有的现象。例如，在"二战"后蒋介石戒严时期的中国台湾，作为封禁对象的左翼文学代表鲁迅的作品反而在暗地里得到积极的阅读，从而成为青年知识者反抗斗争的思想力量（陈映真、郑鸿生等）；而在1970年以后的韩国民主化运动时期，鲁迅作为东亚"抵抗文人"的精神代表受到进步青年的关注和崇拜（李永禧、任轩永等）。那么，在20世纪后半叶的整个冷战时期，包括日本知识者创造的"日本鲁迅"在内，是不是可以说的确有一个"东亚鲁迅"存在着呢？

鲁迅在台湾地区传播和影响的情形在此不论，我仅举韩国的情况略作说明。经历过殖民地解放和军事独裁统治，1970年代以后，韩国社会迎来了大规模社会抗议等民主化运动的高潮，在此知识分子通过阅读鲁迅作品的日译本乃至日本学者的研究著作而接触到鲁迅，"二战"以前日本帝国主义对朝鲜半岛长达三十五年殖民统治的负面遗产——日语，反而发挥了使鲁迅得以在新时代韩国传播的正面作用，这真是历史的吊诡！例如，通过日译本阅读过鲁迅作品的民主化社会运动领袖李永禧，就曾在《吾师鲁迅》中深情地回忆道："如果说我的著作和我的思想、我对人生的态度对当代青年起到了这样的影响，那么这个荣誉应该归于现代中国作家、思想家鲁迅。……在过去近四十年的岁月中，我以抵制韩国现实社会的态度写了相当数量的文章，这些文章在思想上与鲁迅相通，当然也在文笔上与鲁迅相通。因此，如果说我对这个社会的知识分子和学生产生了某种影响的话，那只不过是间接地传达了鲁迅的精神和文章而已。我亲自担当这一角色，并以此为满足。"[1]更有韩国学者金良守在《殖民地知识分子与鲁迅》一文中，通过对八十余年来朝鲜半岛·韩国近代历史的回顾，明确指出鲁迅"抵抗文人"的形象，"在经过日本殖民统治、解放运动、'六二五战争'、军事独裁、经济增长、民主化运动等政治、经济、外交变化无常的八十余年的韩国现代史上，鲁迅一直是黑暗的政治现实中的希望之所在"。[2]

---

[1] 转引自朴宰雨《韩国七八十年代的变革运动与鲁迅》，收入鲁迅博物馆编《韩国鲁迅研究论文集》，河南文艺出版社，2005年。

[2] 转引自鲁迅博物馆编《韩国鲁迅研究论文集》，河南文艺出版社，2005年，第81—82页。

结语 "东亚鲁迅"的世界意义

较早关注到鲁迅在东亚广泛传播这一特殊现象的，是日本学者藤井省三。从2002年出版《鲁迅事典》(三省堂)到2011年推出《鲁迅：活在东亚的文学》[1](岩波书店)，新世纪以来藤井省三一直注意把鲁迅放在广阔的东亚区域内来思考其思想文学的价值意义，并最终得出"鲁迅乃是东亚共通的现代经典"[2]这一结论。这让我想起木山英雄称《野草》作为亚洲杰出的近代精神经过苦难斗争的纪念而成为流传世界的稀有经典的说法。[3]总之，大概是日本在亚洲独特的"亚边缘"地理位置促成的其学者特有的东亚视角和区域意识，使他们能够注意到鲁迅思想文学中的东亚基因。那么，我这里所谓的"东亚鲁迅"，其形成的历史背景和现实条件是什么呢？我想，应该包括以下三个层面。

第一，在东亚久远的历史发展中曾经形成一个汉字-儒教文化圈，源自中国的汉字文化和儒教道德成为东亚共同的精神财产。19世纪中叶以后随着西方的强势入侵，东亚原有的经济政治共同体社会（朝贡体系）分崩离析，但在文化精神方面依然有着历史发展的久远遗留作为共同的记忆。这大概是鲁迅在20世纪东亚地区得以深入人心而传播久远的历史背景。第二，20世纪上半叶日本帝国主义对该地区的殖民经营和军事政治侵略，逼使朝鲜半岛·韩国，以及中国台湾地区反抗殖民压迫、追求自由解放的欲望爆发，同时也成为战败后日本反思本民族失败教训的思想契机。就是说，日本对东亚地区的殖民侵

---

[1] 该书中文版书名译为"鲁迅的都市漫游——东亚视域下的鲁迅言说"。
[2] 藤井省三《鲁迅：活在东亚的文学》，岩波书店，2011年，第187页。
[3] 参见本书第六章。

略,反而成为包括日本在内的该地区关注到被压迫民族作家鲁迅的重要原因,这是另一个历史的吊诡!第三,"二战"以后东亚被迅速卷入东西方冷战结构之中,这导致日本、韩国,乃至中国台湾地区成为以美国霸权为中心的西方资本主义阵营的附属,美日韩同盟和"台美"准同盟关系下,实际产生的是来自外部的新殖民主义控制和内部的威权政治体制压迫。这成为东亚地区接受鲁迅的最重要现实因素。

在不屈的挣扎反抗中建构独立的思想主体,于彻底的否定批判之下寻找民族重生的契机,通过自我解剖而认识世界和个体,并向着一切"自欺、欺人"的奴役世界开战,以实现人的全面解放。一个没有反省和批判力量、没有自我否定和重构精神的民族或个人,将不会创造出生生不息的新文化。可以说,正是鲁迅这样一种反抗半殖民地半封建社会的制度压迫,从而追求人之普遍解放的可贵精神,赢得了东亚地区人们的普遍认可。换言之,鲁迅的"反抗绝望"代表了20世纪灾难深重的东亚社会某些本质方面的现实处境和精神欲求。

我认为,这个内涵丰饶的"东亚鲁迅"更暗示了一个重要的道理:鲁迅思想文学所具有的"世界意义",首先体现在他所属的中国乃至东亚地区。作为诞生于半殖民地半封建社会的一个"反抗"的灵魂,鲁迅深深介入了现代东亚区域的社会改造和思想斗争层面,从实践结果上显示了其思想文学跨民族的"世界意义"。套用"民族的才是世界的"这一习惯说法,我们也可以说"区域的更是世界的"。这是真正意义的"世界意义"。我追寻战后日本七十余年来鲁迅研究的历史,这恐怕是最终得到的一个结论。

附录

战后日本鲁迅研究书目一览

竹内好『魯迅』、日本評論社、1946年。
鹿地亘『魯迅評伝』、日本民盟、1948年。
鹿地亘、島田正雄『魯迅研究』、八雲書店、1948年。
増田渉『魯迅の印象』、角川書店、1948年。
竹内好『魯迅雑記』、世界評論社、1949年。
小田岳夫『魯迅の生涯』、筑摩書房、1949年。
小田岳夫『魯迅伝』、筑摩書房、1953年。
竹内好『魯迅入門』、東洋書店、1953年。
尾崎秀樹『魯迅との対話』、勁草書房、1962年。
丸山昇『魯迅 その文学と革命』、平凡社、1965年。
半沢正次郎『魯迅・藤野先生・仙台』、日中出版、1966年。
今村与志雄『魯迅と伝統』、勁草書房、1967年。
佐々木基一、竹内実『魯迅と現代』、勁草書房、1968年。
檜山久雄『魯迅』、三省堂書店、1970年。
高田淳『魯迅詩話』、中央公論社、1971年。
丸山昇『魯迅と革命文学』、紀伊国屋書店、1972年。
横松宗『魯迅の思想 民族的怨念』、河出書房新社、

1973 年。

　　高田淳『章太炎・章士釗・魯迅　辛亥の死と生』、龍渓書舎、1974 年。

　　伊藤虎丸『魯迅と終末論』、龍渓書舎、1975 年。

　　竹内好『新編 魯迅雑記』、勁草書房、1976 年。

　　丸山昇『ある中国特派員 山上正義と魯迅』、中央公論社、1976 年。

　　檜山久雄『魯迅と漱石』、第三文明社、1977 年。

　　山田敬三『魯迅の世界』、大修館書店、1977 年。

　　仙台魯迅記録調査会編『仙台における魯迅の記録』、平凡社、1978 年。

　　竹内実『魯迅遠景』、田畑書店、1978 年。

　　竹内好『続 魯迅雑記』、勁草書房、1978 年。

　　新島淳良『魯迅のユートピア』、晶文社、1978 年。

　　新島淳良『魯迅を読む』、晶文社、1979 年。

　　内山完造『魯迅の想い出』、社会思想社、1979 年。

　　小泉譲『魯迅と内山完造』、講談社、1979 年。

　　飯倉照平『魯迅 人類の知的遺産』、講談社、1980 年。

　　竹内実『魯迅周辺』、田畑書店、1981 年。

　　林田慎之助『魯迅の中の古典』、創文社、1981 年。

　　内山嘉吉、奈良和夫『魯迅と木刻』、研文出版、1981 年。

　　今村与志雄『魯迅と一九三〇年代』、研文出版、1982 年。

　　伊藤虎丸『魯迅と日本人 アジアの近代と「個」の思想』、朝日新聞社、1983 年。

　　丸尾常喜『魯迅 花のため腐草になる』、集英社、1985 年。

　　藤井省三『ロシアの影 夏目漱石と魯迅』、平凡社、

1985 年。

竹中憲一『北京における魯迅』、不二出版、1985 年。

片山智行『魯迅のリアリズム』、三一書房、1985 年。

藤井省三『魯迅「故郷」の風景』、平凡社、1986 年。

尾上兼英『魯迅私論』、汲古書院、1988 年。

片山智行『魯迅「野草」全釈』、平凡社、1991 年。

魯迅論集編集委員会『魯迅と同時代人』、汲古書院、1992 年。

魯迅論集編集委員会『魯迅研究の現在』、汲古書院、1992 年。

丸尾常喜『魯迅「人」と「鬼」の葛藤』、岩波書店、1993 年。

片山智行『魯迅 阿 Q 中国の革命』、中央公論社、1996 年。

藤井省三『魯迅「故郷」の読書史』、創文社、1997 年。

丸尾常喜『魯迅「野草」の研究』、汲古書院、1997 年。

中島利郎編『台湾新文学と魯迅』、東方書店、1997 年。

阿部兼也『魯迅の仙台時代 魯迅の日本留学の研究』、東北大学出版会、1999 年。

吉田富夫『魯迅点景』、研文出版、2000 年。

中島長文『ふくろうの声 魯迅の近代』、平凡社、2001 年。

北岡正子『魯迅 日本という異文化の中で』、関西大学出版部、2001 年。

藤井省三『魯迅事典』、三省堂書店、2002 年。

阿部幸夫『魯迅書簡と詩箋』、研文出版、2002 年。

丸山昇『魯迅・文学・歴史』、汲古書院、2004 年。

北岡正子『魯迅 救亡の夢のゆくえ』、関西大学出版部、

2006年。

　代田智明『魯迅を読む』、東京大学出版会、2006年。

　中井正喜『魯迅探求』、汲古書院、2006年。

　工藤貴正『魯迅と近代西洋文芸思潮』、汲古書院、2008年。

　藤井省三『魯迅 東アジアを生きる文学』、岩波書店、2011年。

　長堀祐造『魯迅とトロッキー』、平凡社、2011年。

　北岡正子『魯迅「摩羅詩力説」材源考』、汲古書院、2015年。

　藤井省三『魯迅と日本文学』、東京大学出版会、2015年。

　片山智行『魯迅と孔子』、筑摩書房、2015年。

　小山三郎『魯迅』、清水書院、2018年。

后记

回想起来，我追随周氏兄弟的足迹留学日本是在1990年，如今已经整整三十年了。当初，计划到东京收集研究资料并向日本学者请益，亲身体验鲁迅、周作人曾经别求新声于"异域"的感受与意蕴。然而机缘巧合，我有幸考入一桥大学木山英雄先生门下攻读博士课程，毕业后又在东京多所大学做兼职教师，不知不觉间十三年时光飞逝而去。结果，我滞留日本的时间竟达到了周氏兄弟两人"在日"时间的总和，这真是始料未及。这期间，我广泛结交了两个领域的日本学人：一些是活跃在当代日本文学、思想论坛的批评家如柄谷行人、子安宣邦、小森阳一等；另一些则是中国研究领域的著名学者。而更让我始料未及的是，这些令人尊敬的左翼批评家、向往中国革命的学者，后来居然成了我回国服务后的学术研究对象。

如今想来，本书中出现的战后日本鲁迅研究领域的重要学人，除了竹内好那一代人无缘相见，大部分都是我曾经有幸晤面且多得教诲的师长。依然健在的导师木山英雄先生自不待言，丸山升先生、伊藤虎丸先生、丸尾常喜先生、代田智明先生……在我下笔写作本书的过程中，他们的音容笑貌常常会突然浮现于眼前，不由得生出仿佛身在两个世界——现实世界和历史世界——之感。实际上，这一代日本学人也确实在世纪之交就已然成为历史的一部分了。就是说，他们大都在20世纪后半叶投身鲁迅研究的事业，甚至奉献出了全部智慧和毕生精力。其成果上承竹内好开创的业绩，下启新世纪的后学，可以毫不夸张地说，他们共同铸就了战后日本辉煌一时的鲁迅研究传统，虽然我当时没怎么意识到这一点。

我开始把他们作为研究对象，大概是在2011年鲁迅一百三十周年诞辰前夕。那时候，我仍然没有明确的历史化意识，只是就各位先生的著作做了一些读书笔记式的考察，希望把他们的研究成果介绍给国内的读书界。这就是本书的前身，收录于2011年出版的拙著《周氏兄弟与日本》上编中的部分。记得，出书后我还撰写了一篇概论式的文章发表在《读书》上，以纪念鲁迅诞辰一百三十周年。那篇小文的题目"活在日本的鲁迅"也就成了现在这本书的书名。所谓"前身"，并非要补充修订的原版本，而是在加以全面改写和重构之际再利用的一些半成品材料而已。改写和重构的关键，就在于如何历史化，即不是单纯地考察他们每个人的成果，而是将其放在"二战"后日本乃至亚洲激烈变动的格局和思想语境之下，来观察其鲁迅论的前后变动与内在联系，去追寻其作为一个学术传统的铸就过程，并挖掘其对于今天的我们仍有参考价值的议题。

因此，我特意安排了一个篇幅较长的"导论"，就战后日本思想论坛上的鲁迅论展开分析。这个思想论坛上的鲁迅论与学院里讲究客观中立性的纯学术研究不同，它直接面对社会舆论和专业以外的公众，其文化政治指向更加明确也更具实践性。而学院里的研究者实际上是与这个思想论坛共享同一个时代精神与问题指向的，因此通过这样的分析，我试图把作为学术的鲁迅研究背后的思想意图呈现出来。在此基础上，本书主体部分的第一章至第五章分别讨论了战后日本几代学人和他们的代表性著作，并试图把每一个独立的研究放到更大的思想场域中，以窥探具有连续性的研究传统的形成及其演变路径。从总体的阐释架构上来说，我根据日本社会的转型而将七十年来的鲁迅研究分成两个部分，即直到1970年代后期的战后民族与社会重建的时期和1980年代以来步入大众消费社会的时期。社会性质的转变决定了思想主题的变化，这导致鲁迅研究的关注焦点也出现转移。不过需要指出的是，转移的是论述方式和方法论视角，而那个支撑战后日本鲁迅研究的总体精神和问题意识却依然始终一贯，即把中国革命及鲁迅文学作为内在于日本思想的他者，通过鲁迅来反思本民族乃至亚洲的现代史。我认为，这个总体精神和问题意识正是战后日本鲁迅研究得以形成传统和特色，其成就远远超过世界其他地区的原因所在。

历史化，也便意味着将分散的研究成果和不同的思想姿态"语境化"，同时去发现个别现象背后的内在联系和共通精神，从而达到总体性的俯瞰。具体而言，这还应该包括纵向的对于起源的追溯和横向的并列比较。因此，我对战后日本鲁迅研究的开创者竹内好着墨较多，包括其鲁迅论的背景——昭和时代"政治与文学"论争的思想史语境及其延伸——对于日本近代史的批判反思乃至对战争的复杂认识。横向比较，则在各章节中注意与中国鲁迅研究的情况对照，并在最后的第六章通过讨论《野草》研究的专题史而引入与英语国家研究成果的比较。我想，这样或许能够给日本七十年来的鲁迅研究一个大致的历史定位。

历史化之外，本书另一个意图在于通过个别案例的研究来构筑中日间的东亚同时代史。不久前，拙著《中日间的思想》出版之际，我曾回顾自己十几年来的学术路径和心得，并粗略地概括为从双向互动、你来我往的事实关系出发，通过种种历史个案的探寻和对失掉的历史环节之重拾，来尝试构筑思想文化上的中日同时代史。因20世纪残酷的战争与革命，人类之间反而获得了未曾有过的或休戚与共或你死我活的紧密关联。思想文化上的相互影响彼此互动，其深入程度也为历史上所罕见。我们能否突破传统比较文学研究中等级化的比较方法，改变单纯从"西方的冲击"或者"日本的冲击"这样的视角观察中国现代文化及中日关系史的偏颇，把"同时代性"作为思考的核心，去关注双向的影响和彼此的渗透，是同时代史建构的关键。沿着这样的思路，我将本书的论述对象置于以下阐释架构中，即一方面，中国革命强烈"冲击"着战后日本，正如明治维新极大地影响到20世纪初中国乃至亚洲的现代化改革那样，因此鲁迅成为日本知识者思考本民族现实问题的思想资源；另一方面，其研究成果在20世纪末又传到中国而成为中国学界鲁迅认识的参照。我希望把战后日本鲁迅研究作为20世纪中日思想文化交流的典型个案来分析，使其成为"中日间的东亚同时代史"的一个组成部分。

  有关"中日间的东亚同时代史"构想，我在此前曾粗略地做过说明（见《中日间的思想·后记》）。在本书写作过程中，受到新材料的启发我又有了一些新的认识。例如，在讨论作家中野重治的鲁迅论之际，我注意到他早在中日战争爆发前夕已经意识到了这个"同时代性"。他作于1937年的《两个中国及其他》一文就强调：1930年代是中日普罗文学联手实现飞跃性发展的时期，正是在此时期鲁迅作品被翻译到了日本。我们需要从中国近代史特别是中日无产阶级文学共同发展的角度认识鲁迅的价值、理解当代中国。他战后所作的《某一侧面》（1956）则进而意识到：逼使鲁迅走向革命和文学的直接推手是对中国实行帝国主义侵略的日本，日本人有对鲁迅先生做出自己的价值判断的义务，思考和研究鲁迅同时也便是对日本帝国主义加深认识的过程。作为日本无产阶级文学的代表性作家，中野重治提示了一个从世界社会主义革命来认识中日"同时代性"的视角，而实际上20世纪的"红色30年代"也正是超越民族国家藩篱、实现被压迫阶级联手合作的伟大历史一幕。

到了1970年代，关心鲁迅和中国革命的日本知识者对此有了更加明确的认识。例如，纪念鲁迅逝世四十周年的时候，竹内好在与桥川文三的对谈《革命与文学》（1976）中，就直接提出了中日"1930年代文学的世界同时代性"的概念："所谓30年代是在1920年代全面现代化了的中国文学基础上，以无产阶级文学为媒介而获得了世界同时代性的时期，在这一点上又与日本有着密切的关系。"1930年代中日之间出现了文学上的同时代性，而战争导致后来两国文学的分道扬镳。对此，桥川文三回应说：如果日本人能够了解到邻国的同时代人，他们有着相同的生存方式，用同样的方法和武器挑战同样的问题，那么才能加深对鲁迅的理解。可以说，到此日本学人对"同时代性"和"同时代人"的观念都有了清晰的表述。我想，战后日本知识者能够达到对鲁迅的深刻理解，这个战前就曾出现的"同时代性"认识十分重要。也因此，他们得以不仅把鲁迅视为外国文学作家，更当作解决本国本民族课题的重要资源而实现了深度的思想开掘。

我由此进而想到，与中野重治同时代的中国文人知识精英，实际上不也有过这种相似的"同时代"感受吗？周氏兄弟就是一例。在中日全面战争前夕，鲁迅应日本《改造》杂志之约作《我要骗人》（1936）一文，就直言"写着这样的文章，也不是怎么舒服的心地，要说的话多得很，但要等候'中日亲善'更加增进的时光"，表达了对当时中日两国国家关系的极度悲观。但同时，他又明确意识到"可悲的是我们不能相互忘却"，如庄子那样"相忘于江湖"！我们毕竟是身处20世纪这个大时代的邻国同类，虽然战争已经到了一触即发的边缘。而周作人则在《怀东京》（1936）中称：自己妄谈日本文化"并非知彼知己求制胜，只是有感于阳明之言，'吾与尔犹彼也'……"。就是说，兵家所言的"知彼知己"不是目的，王阳明那种对毙命路旁的陌生人能产生同为人类而悲悯之的态度，乃是自己看待中日文化关系的根本立场。因此，他要追寻同为"东洋人的悲哀"！在历史上中日关系最黑暗的时刻，周氏兄弟看似相反、实则相近的悲天悯人式的对中日关系的表达，虽然没有采用"同时代"这一词语，也并非从中野重治的无产阶级文学同时代性的角度出发，但同样感到了中日两国彼此并非路人，敌对关系中亦有"不能相互忘却"的东西在。我理解，这也是一种源自"同时代"的感受。

因此，我们讨论20世纪中日间的文化思想关联，这样一种同时代认识应该是必要的思考前提和基础。我们可以把中日两国的思想文化问题放在同一个东亚现代历史的进程中，不仅关注两国之间的矛盾抗争甚至战争仇恨等"历史的断裂"方面，也要看到更复杂的你中有我、我中有你的彼此关联。总之，一旦人们突破了以往"国史"的固定疆界和本民族中心的思想牢笼，崭新的区域视野就会出现在我们面前。20世纪后半叶以来，

后记

包括冷战和全球化的七十余年时间里，日本学人倾注自己的心血和智慧，真诚地致力于在思想精神和文化政治上深度理解鲁迅，他们所取得的成就绝非"外国文学研究"或一般意义上的"学术成果"所能概括。而我在撰写此书的过程中，始终注意贯彻中日间的东亚同时代史视角，不仅将其作为一段学术史，更当作同时代的文化思想史来叙述。至于达到了怎样的程度，我不敢说。唯愿读者们领会我的意图，给予批评指正。

谨以此书向曾经教诲过我的上述日本一代学人表示一份敬重和谢意。同时，以此纪念鲁迅一百四十周年诞辰。

最后，向给本书的写作以种种观点上的启发和资料上的帮助的老友李冬木、董炳月、张明杰各位，向后学朱幸纯等，致以衷心的感谢！向欣然接受此书稿的三联书店表示诚挚的谢忱！本书出版得到了北京第二外国语学院翔宇学者高层次人才科研启动经费的资助，特此鸣谢！

赵京华

2020 年 10 月 16 日 定稿

于北京太阳宫寓所